太阳坠落之时

全球华语科幻星云奖组委会 编

在太阳坠落之前，人类文明已经步入歧途。
这是一颗充满灾难的星球，这是一颗充满希望的星球。

北方联合出版传媒（集团）股份有限公司
万卷出版公司

图书在版编目(CIP)数据

太阳坠落之时 / 全球华语科幻星云奖组委会编. -- 沈阳：万卷出版公司，2019.9
(星云志)
ISBN 978-7-5470-5181-8

Ⅰ. ①太… Ⅱ. ①全… Ⅲ. ①科学幻想小说－小说集－中国－当代 Ⅳ. ①I247.7

中国版本图书馆 CIP 数据核字 (2019) 第 142741 号

出 品 人：刘一秀
出版发行：北方联合出版传媒(集团)股份有限公司
万卷出版公司
(地址：沈阳市和平区十一纬路 25 号 邮编：110003)
印 刷 者：鞍山新民进电脑印刷有限公司
经 销 者：全国新华书店
幅面尺寸：145mm × 210mm
字 数：350 千字
印 张：10
出版时间：2019 年 9 月第 1 版
印刷时间：2019 年 9 月第 1 次印刷
责任编辑：王 越
责任校对：张兰华
装帧设计：尚世视觉
ISBN 978-7-5470-5181-8
定 价：45.00 元
联系电话：024-23284090
传 真：024-23284448

序一

星云奖与科幻的时间之线

不知不觉，全球华语科幻星云奖已经走过十年之久。我还记得第一届颁奖典礼在成都举办，当时费了九牛二虎之力只租到一间小小的电影院，但还是搞起了红毯仪式。它的主要创办者董仁威老师说，不管多困难，也要让科幻作家有像明星一样的成就感，受到全社会的尊重。

但当时的科幻作家都还不怎么出名，这个奖主要是圈子里热闹，要持续办下去一度显得十分吃力。这套“星云志”中所收录作品的诞生是十分艰难的，大家都在业余时间费力写作，所得的报酬却少得可怜。星云奖的主办者世界华人科幻协会的存在和发展，也像是一个科幻般的奇迹。董仁威老师经常带病奔忙，到处拉赞助，主持完星云奖的筹备会，原本就超标的血糖指标因劳累上升，他就自己在肚子上扎一针胰岛素，又接着忙下一个阶段的事。

刘慈欣获得雨果奖的小说是《三体》，这部作品之前就拿下了星云奖。另一部获雨果奖的是郝景芳的《北京折叠》，也是首先得了星云奖。可惜很久以来公众和媒体都不怎么关注我们华人自己举办的科幻“土奖”，而唯国外奖项马首是瞻。另外还有许多好作品，都是在这个平台上涌现的。我忘不了读宝树的《时间之墟》、江波的《银河之心》、墨熊的《爱丽丝没有回话》等作品时的惊喜。

现在星云奖比早前受重视得多，二〇一八年它在重庆颁奖，被重庆市的领导请进了雾都宾馆——这可是市政府的高级接待宾馆。不少获奖作品的电影版权迅速被企业买走，它们都有被拍成

《流浪地球》这种爆款电影的潜质，星云奖的含金量越来越高。

我担任了数届星云奖评委会主席和评委，跟作品有过亲密接触。现在它们以十年为期结集出版，是很让人高兴的一件事情。关注中国科幻文学的人们，拿到“星云志”这一套书，就基本了解了华语科幻近十年的创作状况。在我看来，星云奖的作品有以下几个特点。

一是多元广泛。它包含的不仅是大陆作品，还有世界各地华人的创作，以及外国作品的中文译作。我做评委时，多次看到港台作品和外国翻译作品获奖，黄海、谭剑、伊格言的小说给人留下了难忘的印象。另外，老中青几代人的作品都纳入了我们的视野，年龄跨度约半个世纪。他们的作品风格各异，有以自然科学为主导的硬核科幻，也有富含社会意义的哲学科幻，还有女性主义科幻、赛博朋克科幻、后人类科幻，等等。

二是具有中国特色。作者们用中国人的眼光来看这个世界、这个宇宙，给出独特的思考和解答。作品的书写也颇具中国风格。有的主题深深沉浸于我们民族的几千年历史，这恐怕也是中国科幻在世界上引起关注的一个原因吧。

三是高质量。获奖作品都达到了科幻的审美标准，王晋康、刘慈欣、何夕的成熟饱满，万象峰年、张冉、长铗的沉郁空灵，夏笳、顾适、阿缺的肆意飞扬，无不让人回味无穷。你会从中看到丰沛的想象力，体验浓烈的科技感，被紧张的情节感染，被流畅优美的文字打动，还会震惊于思想实验中闪耀的哲学之光，为那些挑战认知的上限、考问终极命题的疯狂构想而颤抖。

星云奖不仅仅是一个关乎科幻创作的事情，更是一个平台，它在广大华人科幻迷中，聚合起了优秀的人才，其中有科幻作者、影视工作者、画家、科学家、企业家、评论家等，每次颁奖，众人齐聚一堂，好不热闹。大家从星云奖中，看到了命运的共同。我们合力发现或创造了无尽的平行时空，与肉身所处的俗世拉开距离，却又把这底层烟火弥漫的生活看得更清楚。每次参加星云奖的评选我都倍感珍惜，觉得人生实在太有限了，因为科幻所提供的值得我们去体验的东西实在太多。

也许再过十年或不到十年，就会有人写学术论文，来探讨星云奖的意义。那会如何写呢？试想一下，如果十年前没有星云奖出现，那么这因果、互联的世界会出现怎样的变化？这个答案是一个太过科幻的悬念。我想，任何一个客观事物都会在时空河流中泛起涟漪，但星云奖的出现却改变了某些重要的时间线，让我们的明天不同了。

韩　松

2019 年 4 月 2 日

序二

十年踪迹十年心

“星云志”系列丛书是全球华语科幻星云奖历届获奖作品的精选集，用以纪念该奖项创立十周年。从二〇一〇年到二〇一九年，一个没有官方背景和固定经费来源的民间奖项，竟然坚持做了十届，并且逐渐成为国际公认的华语科幻最高奖项。作为创始人之一，我感慨万千。

二〇一〇年，科幻文学在国内还不受人重视，科幻作家还处于散兵游勇的状态。我和南方科技大学的吴岩教授、《科幻世界》杂志的姚海军副总编，觉得我们应该有一个团结的科幻组织，让不大的科幻圈团结起来做更大的事。于是，我们三个资深科幻爱好者牵头创建了世界华人科幻协会。协会成立了，那做怎样的事才更有意义？姚海军老师建议，由协会设立一个奖项，以这个奖为旗帜，把全球华语科幻同人团结起来，大家积聚力量共同发展。这个建议得到了吴岩教授的支持，于是，由我们三人发起，程婧波、董晶、杨枫加入，成立了筹备组，议定创办华语科幻星云奖。

大家一致认为，星云奖不是哪一国的专利，美国有英语星云奖，日本有日语星云赏，我们再建立一个华语科幻星云奖，使它成为与这两个奖项齐名的国际大奖，这符合情理，于是这个梦想在我们心中萌芽，但若欲有所成就，其难度也可想而知。

想要在国内对全世界华人创作的科幻作品进行年度检阅，还要通过颁奖的形式引起全社会对这个领域的关注，使这个领域得到提升，我们的野心可能过分巨大。但是我们相信，在今天的中国，只要有梦想，所有的事情都有可能实现。

评奖做活动，第一个就是要有人，我们渴望得到全球华人科幻力量的支持。通过世界华人科幻协会，我们会员的规模很快壮大了起来，从内地到港澳台地区再拓展到海外，日本、美国、欧洲等地都有华人科幻作家加入进来。我们马不停蹄地开始设计评奖方案，要设法让全球的华语科幻人都在这个奖项中得到激励。

几乎所有的华人科幻作家都支持这项工作，刘慈欣、王晋康、韩松、何夕等许多作家都投身到活动之中。更重要的是，大批科幻爱好者无私地成了活动志愿者，逐渐形成了以我们三个发起人及韩松、姚予疆、甘伟康、陈楸帆、江波为核心，程婧波、董晶、孙悦、尹超、阿贤、三丰为秘书长和副秘书长，以及海内外华人科幻作家黄海、北星、郑军、杨波、杨枫、姬少亭、王侃瑜、顾备、李不撑、肖汉、吴霜、喻京川、李雷、李广益、周敬之、金霖辉等组成的科幻志愿者工作班子。他们团结了更多的科幻志愿者，不计报酬，克服种种难以想象的困难，把每届都可能夭折的华语科幻星云奖坚持办了下来，在此应该感谢他们。

到今天，全球华语科幻星云奖即将举办第十届。更为重要的是，华语科幻力量在华语科幻星云奖的旗帜下聚集了起来，把壮大科幻作为了共同的事业。每届评奖活动的组委会阵容越来越强，评奖机制越来越完善，公信力、影响力越来越大，华语科幻星云奖正在成为与美国星云奖、日本星云赏并肩的国际大奖，甚至在我们的眼中它更为伟大。中国获得雨果奖的两位作家刘慈欣、郝景芳都首先获得过华语科幻星云奖，几十位中国及世界华人科幻作家、上百部优秀科幻作品，因为获得华语科幻星云奖而广为人知。华语科幻星云奖在近十年的科幻大发展中发挥了巨大作用，这是我们当初不敢想象的，也是我们梦想的初步实现。

与此同时，华语科幻星云奖在世界上开始引起关注，美国著名科幻杂志《惊奇故事》用万字英文发表关于世界华人科幻协会和全球华语科幻星云奖的长篇文章。这打破了“中国科幻唯刘慈欣一枝独秀”的国外舆论。应该说，刘慈欣不是孤立的，虽然他领跑世界，但后面还紧跟着一支水平不俗的华语科幻队伍，韩松、王晋康、何夕、陈楸帆、江波、郝景芳、宝树、程婧波、张冉、阿缺、刘洋、夏笳等，都有能写出世界水准的科幻作品的潜质。

近几年来，刘慈欣、郝景芳先后获得雨果奖，国产科幻大片《流浪地球》走红，华语科幻逐步从小众走向大众，正在走向一片繁荣的新天地，这个时候出版“星云志”精选集有着特殊的意义。

综观科学观念昌明、科学技术先进的发达国家，无不有着深厚广博的科幻底蕴，而今天的中国社会正需要有更多、更好的科幻文学作品去耕耘一片肥沃的科幻土壤。“星云志”以“让想象力去旅行”为主题，收录了华语科幻近十年最具代表性的作品，在培养青少年想象力、创造力、思维力和写作能力上有着实际而深远的意义，是为大小科幻爱好者们奉上的一场阅读盛宴。

十年，我们的梦想不仅长成了大树，还结出了甜美的果实，“星云志”的面世便是其中一颗硕果。全球华语科幻星云奖期待在这个领域中继续前行，我们是铺路者，更要当好伴随者——伴随着所有科幻爱好者们，一同让想象力去旅行，一同走向星辰大海，走向新的未来。

董仁威

2019年4月2日

目　录 Contents

太阳坠落之时 / 张　冉

他们在太空中俯视地球。这不是最适合观察的距离，肉眼看不清三万五千八百公里之外地球的细节，可那嵌在观察窗中央的蔚蓝星球仍旧牢牢地吸引着他们的视线。无论从怎样的角度观察，它都美得令人忘记呼吸，仿若一颗闪烁光芒的、具有魔力的蓝水晶。

引　子

他们在太空中俯视地球。这不是最适合观察的距离，肉眼看不清三万五千八百公里之外地球的细节，可那嵌在观察窗中央的蔚蓝星球仍旧牢牢地吸引着他们的视线。无论从怎样的角度观察，它都美得令人忘记呼吸，仿若一颗闪烁光芒的、具有魔力的蓝水晶。

有人打破了无线电静默："我忽然想起一首歌。"

第二个人立刻回应："我也是。Boom De Yada，Boom De Yada，对不对？"

"啊，这首歌在电视上播放的时候我刚满五岁，就是它让我爱上太空的。"第三个人说。

第一个人提议："记得歌词吗？那我们从头开始。"

"附议。"

"好的。"

清清嗓子，一个略显低沉的男声开口："It never gets old huh？"

"Nope."另一个声音回答。

"It kinda make you wanna...break into song？"

"YEP！"

清亮的女声唱起了歌儿：

"I love the mountains,

I love the clear blue skies,

I love big bridges,

I love when great whites fly,

I love the whole world,

And all its sights and sounds."

三个声音合唱:"Boom De Yada! Boom De Yada!

Boom De Yada! Boom De Yada!"

这段副歌重复了许多遍,直到他们笑得喘不过气来。

(注:歌曲*I love the word*,二〇〇八年Discovery频道宣传片主题歌)

距离第一次发射:两小时四十五分三十秒

美国新墨西哥州奥特罗县 阿拉莫戈多市西南方九十六公里 沙漠

一只暗黄色的沙漠角蜥从沙土中探出头来,用布满棘刺的皮肤感知初升太阳的温度。它要尽快提升自己的体温,开始一天之中最重要的捕猎。用不了多久,阳光就会把整片沙漠烤热,在体温过热之前它必须完成狩猎,回到这棵一米多高的牧豆树树荫下,用凉爽的沙子把自己掩埋起来。

它缓缓舒展四肢,钻过一蓬茂密的丝兰,向沙丘移动。沙丘的背面生长着一片梭梭树与红柳,树丛中有一窝蚂蚁,一窝美味的墨西哥蜜蚁。沙漠角蜥花了二十分钟攀上沙丘,站在一块岩石上稍作休息,太阳已经升得相当高了,沙漠开始蒸发出潮湿的热气,它的体温到达了最佳状态,随时准备进行捕猎,同时应付任何可能发生的危险。

角蜥张开下颌,用腮囊中的水滋润口腔,同时转动眼球观察四周。它的右侧视野中有一片银亮的色斑,在灰黄色沙漠背景中显得颇不协调,但角蜥并没有浪费时间调节晶状体焦距,静止物体对它的警戒毫无威胁。几秒钟后，它跃下石块向沙丘背面快速前进，转瞬间消失在那片红柳林中。

矗立在沙漠中的是一片低矮而庞大的建筑群，三米高的钢结构围墙覆盖着反射板，以建筑群中央的黑色基准点为圆心，十万块反射镜、光伏板、温差超导电池板组成复杂的几何形状，占地一点五公顷的设备安装在相位结构模块上，悬浮在地底的导电聚合物池中，可以通过聚合物的液化与结晶度随时调整相位角度。最初的设计图并没有可移动结构，但随着工程的推进，这个基地变得越来越精密复杂，早已经超出了建设者们的最初构想。

建筑物的大门口没有显著标识，只挂着两个钢制铭牌，上面分别刻着：

特里尼蒂（注：TRINITY，意为‘三个，三合一’）发射场遗址。一九四五年七月十六日，世界第一颗原子弹在此爆炸，人类大规模利用原子能的时代就此开始。

特里尼蒂 α 地面站，二〇五五年四月二十六日启用，人类即将迈向一个崭新的时代，试验日期：……

日期后面没有刻字，而是用黑色记号笔潦草地写着：今天。

距离第一次发射：两小时四十二分二十五秒
俄罗斯莫斯科市郊外 “星城”太空基地

夜色中飘着雪花，两辆黑色涂装的乌拉尔牌装甲运兵车悄无声息地出现在黑夜中，门卫看一眼车辆的牌照，马上立正敬礼，打开了俄罗斯联邦宇航局第一设计所宿舍区的大门。车子停在九号楼门口，将两栋宿舍楼之间的通道堵死，身穿黑色作战服的士兵跃出车厢，军靴踩乱了雪地上的车辙。

两个在楼下闲聊的男人显然吓了一跳，他们在装甲运兵车雪亮的灯光中浑身僵直，用手遮挡眼睛，大声喊："你们是谁，你们要做什么？"

冰凉的枪管触碰喉结，男人们的怒吼被扼在喉咙里面，手持AK-109M突击步枪的士兵低声说："闭嘴，转身跪下！"这并非命令或请求，而是一种警告，几秒钟后两个男人被推倒在路边，双手被一次性手铐锁紧，脸朝下栽进白雪覆盖的冬青丛中。

喊叫声和灯光引起了住户的注意，许多人推开窗户向下瞭望，九号楼与十号楼是联邦宇航局高级科研人员的宿舍楼，科学家们对噪声十分敏感。指挥官走下运兵车，确认战术终端中的行动等级：几分钟前，这次行动的自由度刚刚提升到A级。他举起右拳，简略地打了几个手势，两名士兵转动榴弹发射器的弹药选择盘，瞄准天空，"砰……轰！轰！"两枚广域震撼弹在五十米高度处爆炸，强烈的声与光将两栋楼间的缝隙填满，上百扇窗的玻璃同时出现裂纹，人们在窗前痛苦地栽倒，抱着头颅，蜷缩身体。轰鸣声在整个"星城"太空基地回荡，无数鸟儿振翅飞向夜空。

没有等待技术兵上前，指挥官用卡拉什尼科夫步枪的三发点射代替钥匙，打开了宿舍楼的大门。一队士兵冲入大楼，向三层的目标包抄前进，他们身上的自适应迷彩迅速改变颜色，光学纤维管编织成的织物表面化为墙壁般的浅灰。三十秒钟后，幽灵般的士兵来到三〇〇七B房间门外，将切割爆破索贴在门框上，在一串"噼啪"的轻响声中，屋门向外倾倒，激光指示器的红点立刻覆盖了屋子的每一个角落。

睡眼惺忪的老妇人坐在床上，手中举着伏特加瓶子。而起居室的地板上，一名华裔老人刚刚从震撼弹的刺激中恢复，用睡衣下摆擦拭红肿的眼睛。

"你被捕了。"士兵说，然后走过去一拳将他打晕。

幽灵从楼门口鱼贯而出，迷彩服逐渐恢复为黑色，两具失去知觉的人体被丢进运兵车，车轮卷起雪花，乌拉尔装甲车倒出通道，咆哮着冲出宿舍区大门。指挥官在战术终端上提交了这次突袭的资料：两分零六秒。鉴于目标是毫无反击之力的科学家，这成果一点都不值得骄傲。

车子驶离五分钟后，一次性手铐自动解除，跪在雪里的两个男人狼狈地爬起来，其中一个人大吼："我看见他们的徽章了，是卢比扬卡的A小组！可恶！"

另一个人喊："被带走的是平·肖！肯定是天上的项目出问题了！"

由于震撼弹造成的暂时性耳聋，他们谁也不知道对方在喊些什么。

距离第一次发射：一小时三十分三十三秒

德国巴登－符腾堡州　康斯坦茨大学数学和自然科学院大讲堂

布兰登·巴塞罗缪博士平常讲课的时候都会关掉手机，但今天他忘掉了这件事情，手机开始振动的时候，他正在黑板上写下德裔犹太精神分析学家艾瑞克·弗洛姆的名言："因不得不超越自我之故，人类终极的选择，是创造或者毁灭，爱或者恨。"

此时已到了午饭时间，他名为"有关爱的行为动力学研究"的讲座还有五分之一的内容没来得及说，巴塞罗缪博士难免有点焦急，额头微微出汗，用躲在眼镜下的目光偷偷观察大学生们脸上的表情。手机开始振动，他手中的粉笔折断了，"见鬼！"他小声咒骂，右手伸进裤兜握住手机，摸索着挂断通话。

旁边的大学讲师看到他脸上的异样，站起来替他解围："各位，经过学院的同意，巴塞罗缪博士的讲座将延长到下午两点，我们休息三十分钟，大家请先去用午餐，十二点三十五分讲座在此继续。"

掌声响起，学生们收拾书本站了起来，布兰登·巴塞罗缪忙举手致礼，顺便把手机取出来，瞧了一眼屏幕。屏幕上显示的是“胡佛”。

博士戴上耳机走到教室的角落，接通了电话。骨传导耳机里响起一位女性的声音：“巴塞罗缪博士，这是保密线路，局长要跟您通话。”

“当然。我这里安全。”六十四岁的前FBI行为分析师、行为分析部首席顾问摘下眼镜，整理了一下乱糟糟的花白胡子，把喉振动麦克风贴在颈部。

几秒钟后，联邦调查局局长的声音响起：“布兰登，有大麻烦了。”

“什么样的麻烦？”博士说。

“不，更大的麻烦。到最近的安全屋去，有人会告诉你详情。我在去白宫的路上，稍后联系。”局长停顿了一下，“你的大学……在吉斯山，最近的安全屋在斯图加特，来不及了。找间办公室，锁好门，用安全链接接入系统吧，一个外勤小组会尽快赶到你那里。靠你了，布兰登。”

“明白了。”

布兰登·巴塞罗缪花了十五分钟找到正在吃午餐的康斯坦茨大学校长，说服对方准备一间设备完善、安全性高的办公室。他一进房间，就拔掉了所有电器的插头，用随身的小玩意儿检查每一面墙壁，开启信号干扰器，将电脑和手机连接起来，展开便携天线，通过通信卫星建立了安全链路。做完这一切的时候，两名FBI的探员已经赶到，他们在房间外布下了警戒线。

博士戴上眼镜，登录了系统。NCAVC（国家暴力犯罪分析中心）主任的面孔出现在屏幕上，没有一句废话，他语速急促地说：“我会尽可能快地给你做简报，然后给你播放几段视频和直播画面，你需要根据其内容做出判断。这判断将影响白宫的决策，所以，必须百分之百准确。”

巴塞罗缪博士盯着屏幕上的脸：“我负责的BAU（行为分析部）

的工作职能是支援联邦和州政府进行刑事犯罪调查，我猜你要说的事情不在这个范围之内。”

“不。”对方简洁地回答，“这属于BAU第一小组业务范围的‘恐怖活动’，由我直接负责。但白宫需要你的专业知识，整个NCAVC找不出比你更可靠的人选。”

“我的意思是，别把匡提科（注：美国弗吉尼亚州匡提科FBI犯罪实验室，BAU所在地）的家伙们卷进来。我会做出判断，并承担责任。”

“我知道。心理侧写不需要团队合作，白宫需要的是你三十年的心理学和行为分析学经验，巴塞罗缪博士。”

“好，开始吧。”

博士拿出笔记簿和钢笔，坐正在桌前。

距离第一次发射：二十五分

德国巴登－符腾堡州　康斯坦茨大学办公室

巴塞罗缪博士写下最后一个关键词，放下钢笔，“我不太明白。”

“没有人明白，没有人。”NCAVC主任在镜头中解开领带结，用手绢擦拭粗壮的脖颈，显得有点焦躁，“还有二十五分钟，我们要在二十五分钟之内做点什么。”

博士看着笔记簿上的几行字：

最先是休斯敦收到来自特里尼蒂α空间站的文字信息：“变更预定计划，十小时后进行自主试射。”

两个小时，休斯敦将信息发送给白宫，因为特里尼蒂α空间站中断了一切通信，并切断了远程控制通信链。

六个半小时，总统召开远程会议，确认与特里尼蒂β空间站和特里尼蒂γ空间站失去联系。

八个半小时，特里尼蒂α空间站开启视频通信窗口，发布了一段简短的视频。白宫与五角大楼成立应急小组，国土安全部将威胁预警等级提升至橙色。

九个半小时，现在。

“特里尼蒂是各国联合开发的天基太阳能发电项目，我看过新闻。”博士在纸上画了个三角形，“今天预定进行第一次对接试验，但出了点岔子，对吗？我要看那段通话视频。”

“视频很短，不过没时间让你多看几遍，博士。请仔细看。”

视频画面由三个镜头拼合而成，每个镜头的背景都是相同的：明亮的银色舱室，闪烁的仪表灯光，从镜头下方的代码能够分辨，由左至右三个画面分别来自特里尼蒂项目的 α 、β 、γ 三个站点。

博士点亮手边的平板电脑，快速翻阅 FBI 系统内的特里尼蒂项目相关资料。他跳过大段技术描述，找到自己关心的章节：

简述－章节：发射站的空间展开。

经过二百二十一次发射，两年又一百二十八天的时间，特里尼蒂 α 空间站在低轨道组装完成。经过三次变轨，休斯敦宣布 α 空间站成功进入三万五千八百公里外的地球静止轨道，照射投影位于美国新墨西哥州阿拉莫戈多市西南九十六公里处。

展开作业花费了九十天时间，每展开一片反射镜都需要进行细微的姿态调整，尽管空间站自重只有一万三千吨，但展开后面积超过一千万平方公里，超过人类历史上所有空间飞行器的投影面积总和。

完全展开后的复合抛面集中器呈鼓腹瓷花瓶的形状，集中器通过姿态调整确保进光量，将阳光聚焦于球锥型谐振腔，经太阳光泵浦固体激光器转化为激光束传向地面接收站。由于外表面采用黑色涂装，发射站从地球角度很难观测，不过在夜间复合抛面集中器达到最大偏移角度时，可以观测到“花瓶”瓶口反射的弧形光带。

特里尼蒂 α 空间站成功进行了低负荷启动和激光太空传输试验，俄罗斯与欧洲新能源共同体负责装配的 β 空间站、γ 空间站在六个月后先后进入地球静止轨道。三个空间太阳能电站完全展开后，将与地面站进行激光－太阳能传输试验。

α 空间站由NASA宇航员里克·威廉斯操作，地面站位于美国新墨西哥州阿拉莫戈多；β 空间站乘员为法国宇航员莫甘娜·科蒂，地面站位于阿尔及利亚阿德拉尔省提米蒙沙漠；γ 空间站乘员为俄罗斯籍、华裔宇航员别列斯托夫·平·肖，地面站位于俄罗斯中西伯利亚高原的伊尔库茨克州。

这时视频开始播放，博士抬起头，看画面上出现三位宇航员的面孔，三个人各自简短地说了一句话——

α 空间站的美国宇航员长着一副标准的超级英雄面孔，亚麻色鬈发下面有双迷人的蓝灰色眼睛，他首先开口，用洪亮的声音说：“我们是特里尼蒂的操作者，你好。”

β 空间站的法国女性留着短短的金色寸头，身材瘦削，脸上有些雀斑，“我们在此宣布第一次发射将如约进行。”她的眼神并没有看镜头。

γ 空间站的俄罗斯人端端正正坐在镜头前，即使身在太空中也保持着军人的笔挺坐姿，中国血统明显的国字脸上架着一副老式玳瑁框眼镜。博士之所以能认出这种材质，是因为他的祖父好像就有一副古老的玳瑁眼镜，那大概是老古董了。“第一次发射后二十分钟，我们会开启实时通信。那么，再见。”他说。

视频结束了，总长度四十秒钟。

“他们想干什么？我只想问这个问题。不，是总统先生迫切需要一个答案。”NCAVC主任的脸占据了电脑屏幕，“告诉我，博士，他们是恐怖分子还是别的什么人？”

博士犹豫了一下：“这不是侧写的领域，其他的心理专家可能更擅长从动作和语言中捕捉动机，找出他们隐藏的语义。而我……”

“不不不，没有什么心理专家，所有的外包项目都被保密协议排除在外。你还没理解事情的严重性。”画面中的人神经质地搓着粗脖子，“什么都好，告诉我一些事情，让我去应付局长、白宫和国防部，什么都好。”

“我需要更多资料。”

“特里尼蒂宇航员培训项目使用了FBI标准心理测试题，三人的卷宗已经上传至临时数据库了，另外个人资料页也更新完毕，我们的技术员挖掘到一些简历上没写的东西，你可能会感兴趣。”

“好。”

“在此之前，说点什么，快。没时间了。”

巴塞罗缪博士扫了一眼屏幕上的文件，眼神落在三个人的头像上面。“仅凭这些信息我没法得出结论，但我能告诉你一件事情，伙计。无论这些人想干什么，他们是认真的，比自杀炸弹的预告还要认真一千倍。”

FBI官员瞪大灰蓝色的眼睛，白色的衬衣领上出现明显的汗迹。几秒钟后，他点点头，抓起电话：“这就够了。接线员，给我接白宫。”

博士抓紧时间追问：“告诉我，他们能用特里尼蒂空间站做什么？我看不太懂技术参数。”

对方用粗脖颈和肩膀夹住电话机，右手指着左手腕上的爱彼皇家橡树自动表，做了个秒针旋转的手势，随即切断了视频。巴塞罗缪博士在屏幕右下角发现一个红色的倒计时数字，那是技术员根据对方声明的“发射时间”而设定的。

时间还剩一分三十秒。

距离第一次发射：一分三十秒

阿尔及利亚阿德拉尔省　提米蒙绿洲

这是一个尘土飞扬的沙漠小镇。一个八百年历史的地下淡水湖滋养了这撒哈拉沙漠中的绿洲，从阿尔及利亚北部山区迁徙而来的人们聚集在这里，种植椰枣树，筑起红色砂岩的城堡，至今仍有上千人居住在奥斯曼帝国时期建立的古城之中。这里曾经是那么兴旺，但随着塔曼拉塞特省优质天然气田的发现，阿德拉尔省所有绿洲城市的居民都朝圣般涌向相邻省份，留下不愿迁徙的人们守着旧城和每年春季准时到来的沙尘暴。

三年前，一帮法国人出现在提米蒙绿洲，开着越野车进入沙漠，用激光指示仪圈定了一大块土地。随后，浩大的工程开始了，无数覆盖着银白色反光膜的设备装满轮船，从马赛、直布罗陀、热那亚和巴伦西亚运往阿尔及尔，又被集装箱卡车送至提米蒙。没人知道法国人在修建什么，但工作机会和崭新的欧元钞票是真实的，全镇的男人都被雇用了，尤其是文化程度较高的青年人。

“今天爸爸为什么没有按时上班？”七岁的查奥·阿克宁站在屋顶用玩具望远镜眺望远方，然后抬头问自己的母亲。

“因为今天是发射的日子。”他的母亲一边晾晒衣服，一边回答，“所有人都不能进入基地，他们去山上的观察点了。”

“可爸爸是向基地的方向走的，我看见他的摩托车向那边开了。”小阿克宁说，指着风沙遮蔽的西方。

“因为他是爸爸。我们只要等他回来吃晚饭就好了。”母亲回答道，“去洗洗手，吃块哈尔瓦（阿拉伯点心），多浇些蜂蜜，记得刷牙。不过，电视只能看半小时。困了的话，就先睡一会儿。”

“我要午睡的话，你会给我唱摇篮曲吗？”

“我不会唱你说的摇篮曲，查尼（查奥的昵称）。以后别再问这个问题啦。”

“是的，妈妈。”在跑下楼梯之前，查奥四处望了一圈，他们的二层小楼位于提米蒙新城的边缘地带，从这里能清楚看到五公里外的那座赭红色砂岩的小山丘，山上搭起一片蓝色的遮阳棚，应该就是妈妈所说的观察点；而西方荒凉沙漠的深处，那条两车道水泥路的尽头，就是整个提米蒙新城居民赖以为生的基地所在。距离六十公里，看不到基地闪亮的银色围墙，可查奥知道父亲正在去往那个地方，当所有人都撤离的时候，只有他骑着摩托车绕过城市进入沙漠，父亲想要做什么？小查奥想不出答案，这事一直困扰着他，以至于在哈尔瓦点心上浇了太多的蜂蜜，吃起来甜得吓人。

距离第一次发射：二十秒

地球静止轨道　特里尼蒂 α 空间站控制室

如果将特里尼蒂空间站视作一个巨大的花瓶，控制室就是花瓶底座侧面的一个小突起，在以上千公里为计量尺度的空间站的衬托下，直径十五米的圆柱形控制室渺小得微不足道。空间站分为两个主要部分：喇叭口的复合抛面集中器依靠一万两千个姿态调整喷射口转移角度，始终对准太阳方向，而光泵浦激光器与控制室的部分则同时进行反推，保持发射器与地面站的同步。

从控制室的角度来看，地球是嵌在脚底下那块舷窗中的蓝色圆球，虽然身处太空没必要遵循地球引力的方向，不过里克·威廉斯还是习惯性地将面向地球的窗户称作“下方”，抛面集中器的方向为“上方”。

“所以说，睡觉的时候得找到正确的方向才行，你们没有这样的习惯吗？比如说，头朝君士坦丁堡或者麦加的方向什么的。”他对另两位特里尼蒂宇航员说。

“没有。”戴着老式眼镜的俄罗斯人简短地回答。

莫甘娜·科蒂没有说话。她在空中盘膝打坐，轻轻触碰舱壁让自己原地旋转起来。她一直以这样的方式来消除自己的紧张感。

“哦。……还有十秒钟，坐标已经校准过了，我的摄像头开着，不过目标地点上空云层很厚，恐怕没法取得清晰的图像。”美国人用小手指勾着挂钩将自己拉到控制台前，触摸屏幕上的按钮，“集中器角度没问题，遮光板开启，介质棒状态很好，功率百分之三十五，照射时间一分钟。那么，我要按下启动键了，各位。”

“你已经迟了五秒钟了。”别列斯托夫·肖说。

里克露出灿烂微笑，对镜头竖起大拇指：“守时是重要的品德，可谁又能挡得住意外发生呢？延迟十秒钟，预备……发射。”

肖沉默着，莫甘娜停止旋转，闭上眼睛，说：“阿门。”

千万平方公里的阳光汇入直径四百米的谐振腔，在掺钕钇铝石榴石晶体棒的激励下，光子向高能级跃迁，点亮了万亿千瓦超级太阳能电站的能量之火。这并非人类历史上创造出的最强激光，但与实验室中以毫秒为单位发生的超高能激光脉冲不同，特里尼蒂创造的是地球与太空的激光通路，一条传输着庞大能量的、无比稳定的激光电缆。

——如果激光照射点是 α 地面站的话。

三个人通过特里尼蒂 α 空间站的摄像头注视着遥远的地球，注视着蔚蓝的海洋、宁静的大陆和舒卷的云团，注视着那一束激光照射的地方，一切似无改变，但每个人都知道，世界更新的时刻已经来临。

悄无声息，无法观测，激光在零点一二秒之后到达地球，在电离层边缘留下一圈五彩斑斓的浮光。波长为一千零五十纳米的近红外激光贯穿大气层，将空气、云层和尘埃电离，粉红色等离子光团在水蒸气形成的云柱中若隐若现，勾勒出无形巨柱的轮廓。

仿若神迹降临。

第一次发射

美国新墨西哥州奥特罗县　阿拉莫戈多市西南方九十六公里　沙漠

日头已经升得太高，沙漠角蜥还没能吃饱。即使在红柳的遮蔽下，这片沙地也正逐渐变得滚烫，它决定放弃狩猎回到自己的栖息地，在凉爽的石缝里度过漫长而灼热的白天，等待傍晚到来。

它吞吃了几片草叶以补充水分，接着飞快地爬上山坡，这时候某种不祥的征兆出现了，棘刺之间有静电火花噼啪作响，空气正急速变得湿润起来。这显然是反常的，不需要多高的智力，它能用本能判断出静电与湿度之间的对应关系。

角蜥停在一块岩石上，转头观察那片银白色的建筑，那里很安静，什么事情都没发生。危险来自遥远的地方，它转动眼球，注视着天空，天空变得漆黑，仿佛整片沙漠的乌云正向那里聚集，太阳的光芒暗淡了，异常的光和热从彼方缓缓膨胀。

沙漠角蜥跳下岩石，用疯狂的速度向隐蔽处狂奔。

阿拉莫戈多市是一座有三万人口的小镇，以旅游观光、疗养院和导弹基地而闻名。特里尼蒂项目启动后，阿拉莫戈多作为地面站工作人员的居住地而保持着活力。试验前夕，以地面站为中心一百公里半径内的人口被逐渐疏散，阿拉莫戈多被清空了，数十台传感器安装在城市的各个角落，用以记录激光输电对周边环境可能造成的不利影响。

所有的传感器在同一时间停止工作。直径一百五十米的激光光斑击中了小镇中心。仿佛一千个太阳坠落，光芒化为灼热的冲击波在整个小镇掀起火海，上千栋房屋在一瞬间同时爆燃，火龙缠绕着无形的激光柱盘旋而上，升入五百米的高空。照射中心的地面不断塌陷，沥青开始气化燃烧，光斑核心温度迅速提升至八百万摄氏度，激光蒸发掉了钢铁、土壤、地下水与岩石，随即将所有物质化为等离子体。燃烧的小镇开始向内坍缩,如同一颗在日晒下干瘪的葡萄。

夹杂着尘埃的热蒸气伴随火焰升高，在热圈的外围凝聚，紧接着下起了一场黑色的暴雨。冒火的建筑在雨中发出呻吟，房屋、街道、汽车、树木，残存的阿拉莫戈多扭曲着向中心流动，冲击波如推土机一样制造出岩浆的波浪，由内而外扩散。

突然间，光柱消失了。火龙在呼啸，黑云在雨中缓缓升起，赤红岩浆倒灌入一百米的巨坑，原本被称作阿拉莫戈多市的地方变成一个深邃的岩浆湖。短短六十秒钟的激光照射，释放了相当于七千二百吨 TNT 炸药的惊人能量，如一枚精准打击的战术核武器将阿拉莫戈多从地图上彻底抹去。

蘑菇云升入千米高空，炽热的岩浆湖需要几个月时间才能彻底冷却，漫长的时间过后这里会成为一个光滑的墨绿色玄武岩深坑，在雨季中蓄起水，变成一个漂亮的新生湖泊。然而现在，这里是下着黑雨的灼热地狱。

一切只花了六十秒钟。

第一次发射

德国巴登－符腾堡州　康斯坦茨大学办公室

布兰登·巴塞罗缪感觉到某些事情正在发生。屏幕上的倒计时已经归零，保密终端没有更新信息，老人等待了十分钟，忍不住点击鼠标接通匡提科的分析师，发出询问:“究竟发生了什么？告诉我。”

没有回应。

他抓起手机准备拨给 FBI 总部,这时计算机发出嘀嘀的蜂鸣声,红色的倒计时数字重置为十个小时，屏幕被锁死了，一行文字浮现:“准备接入白宫紧急会议,安全协议生效。”博士站起身来望向窗外，发现整栋楼的教师与学生正在被有序疏散，一架电子干扰无人机悄无声息地悬浮在树梢，为办公室窗户覆盖反激光窃听的不可见光屏障。手机失去信号，头顶灯光忽明忽暗，大楼某处响起低沉的柴油发电机的运转声，技术人员已经切断楼体与外界的强、弱电联系，制造出信息世界中的绝对孤岛。

随着军事卫星天线架设完毕，横跨大西洋的保密线路接通了，屏幕锁定解除，一个视频窗口弹了出来，出现在镜头前的是美国总统国家安全事务助理，一位自命不凡的爱尔兰后裔。“请落座，先生们。”他说，“现在切换至会议模式，总统先生将主持这次紧急反恐会议。”

巴塞罗缪博士整理一下衣领坐在桌前。虚拟圆桌在屏幕上展开，美国举足轻重的大人物们依次入座，博士看到FBI局长与NCAVC主任肩并肩坐在橡木桌前，背景看起来是白宫的战略情报室；国务卿、国防部长与国土安全部长坐在长桌的另一侧，总统背后的情报屏幕快速滚动着数据，在LED屏幕冷光的映衬下，这位四十九岁的美印混血总统脸色阴冷，如刚刚出土的石雕。

“十七分钟前，美国遭到了‘9·11’事件以来最严重的一起恐怖袭击，——不，是第二次世界大战以来美国本土遭遇的最大规模袭击。”总统嘴边的法令纹如刀锋般深刻，“看视频。”

一个静谧的小镇出现在屏幕上，几秒钟后，它如乐高玩具般崩坏了，火焰升起，大地沸腾，架在山上的望远镜头在热风中剧烈地震荡起来。冲击波吹起飞石，镜头倒下了，最后一个画面是指向天空的黑红色云柱，爆炸云逐渐舒卷，如一个漆黑的微笑。

“攻击来自特里尼蒂α空间站。没错，那个万亿美元的新能源项目，我们头顶上的太阳能发电站。”总统说，“没有人员伤亡，他们攻击的是被疏散的市镇，这是一次该死的示威，先生们。”

“……以及女士。”国防部副部长补充道。她在会议系统中发布了一则简报，“激光照射持续了一分钟，按照初步估算，其威力与五千吨级增程战术核炮弹相仿。一枚核弹毁灭了城市，就像曾经的广岛，不同的是，这次我们是被轰炸的一方。”

安全事务助理点亮话筒：“总统先生，特里尼蒂公司高层依然无法取得联络，他们的技术部门声称三个特里尼蒂空间站单方面切断的通信与远程控制功能是无法恢复的，只能等待对方主动联络。另外这次发射……并非全功率运行。”

总统揉着眉心：“给我数据。”

“数据还未上传。他们似乎有所隐瞒。”

“做些什么。”

“是的，总统先生，我们的行动组已经进驻特里尼蒂公司的波士顿总部……”

“闭嘴！联络时间到了。”总统低喝道，“FBI的心理专家在场吗？”

巴塞罗缪博士按下话筒回复：“我是BAU的行为分析学顾问，先生。”

“很好，我跟他们对话，你告诉我这些兔崽子究竟想要什么，必要的时候，我会拉你加入对谈。”

视频窗口展开，一片漆黑。沉默在蔓延，喘息声清晰可闻，博士能嗅到空气中迷惑、不安、愤怒和恐惧的味道，大人物们如同刚刚被郊狼袭击的羊群，丧失行动的能力，呆滞地立在血腥味的夜色中。美国已经和平太久了，博士做了个深呼吸，喝下冷掉的咖啡。

第一位宇航员出现在屏幕中，接着是第二位、第三位。俄罗斯人、美国人、法国人。男人、男人和女人。戴眼镜的人，不戴眼镜的人。强壮的人，中等身材的人。黑发的人，金发的人。布兰登·巴塞罗缪紧盯画面，捕捉对方每一个微小的动作细节，试图找出三个人之间的某种关键联系。这时，俄国人首先开口了。

“是总统先生吗？你好。”左手推一推玳瑁框眼镜，别列斯托夫·平·肖微微点头致意，“来自特里尼蒂 γ 空间站的问候，先生。”

“我就算了。没心情。”金发的法国宇航员挥了挥手，闭着双眼，继续在空中盘膝慢慢旋转。

美国人笑了起来，露出洁白整齐的牙齿，他敬了个似是而非的军礼："特里尼蒂 α 空间站的里克·威廉斯向您报道，这儿很高，空气不错，要是循环装置里没有尿臊味就更好了，先生。"

总统的表情显得非常平静："如果说错的话请打断我。二十分钟前发生在阿拉莫戈多的事情并非误射，你们在与美利坚合众国正面为敌。一位美国公民，NASA 宇航员，美国海军陆战队第一陆战旅上尉连长的儿子，你背叛了自己的国家、民族和父辈，小威廉斯先生，我对你感到非常失望。"

"啊，对不起，愿他老人家能够安息。"美国人轻快地回应道，"那么说说正事儿吧。刚才只是温和地说出'你好'而已，我本来想毁掉大一点的城市，比如罗斯维尔或者拉斯克鲁塞斯，但我的中俄混血兄弟是个仁慈的家伙，他告诉我《三国演义》里有句话叫作'先礼后兵'，打招呼的时候要带着微笑才行。瞧，没人死去，皆大欢喜。"

"你们代表谁？"总统双手交握撑起下巴，用阴沉的深灰色眼睛盯着这个三万六千公里外的男人。

莫甘娜背对镜头，线条柔和的肩膀起伏不停。里克·威廉斯摆摆手："看来你们还是没搞明白。我们不代表谁，我们是特里尼蒂，三位一体。我们代表我们自己，总统先生。"

"那让我换个说法。你们想要什么？"总统说。

"很好。"美国宇航员正色道，"九小时四十分之后我们会进行第二次发射，发射功率和照射时间都会增加，你能想象到那会产生什么结果。我们要求美国政府说服其他理事国申请召开联合国紧急特别会议，特里尼蒂将列席会议，十小时的时间用来筹备会议，我想足够了。如果紧急特别会议如期召开，我们将延缓第二次发射，否则，激光会命中一座小型城市，杀死城市中的所有人，所有鸟类、啮齿类和昆虫，对不起，还有猫和狗。我们不会提前告知将攻击哪座城市，也不接受其他任何形式的妥协。”

沉默降临。巴塞罗缪博士观察着三位宇航员的表情与动作，在笔记本上记录着什么。没有人说话，屏幕上的总统足足静默了一分钟，特里尼蒂的宇航员们也默契地保持安静，似乎想给地球上的人们一点反应时间。

“十个小时后，美国的大部分地区将进入夜晚，你们没法发动攻击！”这时副总统忍不住开口。

肖推了一推玳瑁框眼镜，做出回答：“第一点，特里尼蒂空间站位于三万六千公里处的地球静止轨道，若具有基本的中学物理知识，你就会发现我们受到地球阴影遮挡的机会微乎其微，白天和夜晚，对太阳能抛面集中器的性能没有影响；第二点，这次发射的目标选择不限于美国本土。我们的激光照射范围覆盖百分之八十五的陆地面积，百分之九十九的人类聚居区域。”

“所以，这不是针对美国的恐怖主义行动……你们想要更多。”总统的声音很低沉，“召开联合国大会是异想天开的想法，就算以大规模恐怖袭击作为威胁……”

里克·威廉斯打断了他：“根据联合国大会第 A/RES/377(V) 号决议，安全理事会遇似有威胁和平、破坏和平、侵略行为发生之时，如因常任理事国未能一致同意，而不能行使其维持国际和平及安全之主要责任时，大会则应立即考虑此事，俾得向会员国提出集体办法之妥当建议，倘系破坏和平或侵略行为，俾得建议于必要时使用武力，以维持或恢复国际和平与安全。当时如属闭幕期间，大会得于接获请求后二十四小时内举行紧急特别届会。紧急特别届会之召集应由安全理事会依任何七理事国之表决请求为之，或由联合国过半数会员国请求为之。——七个理事国，听起来没那么难。”

总统猛然推开椅子站了起来：“美国不接受任何恐怖分子的威胁！我要结束通话了，这场闹剧就到此为止！”

威廉斯微笑道：“火种已经点燃，你没法阻止火焰蔓延，总统先生。美国政府对新闻媒体的控制是徒劳的，无数人早已从社交网络上看到阿拉莫戈多毁灭的景象，我们安置的信息炸弹在发射的同时已经引爆，特里尼蒂项目的真实资料将逐步泄露至互联网，这个世界已经知晓我们的名字，现在，他们会意识到我们的力量。你们必须接受要求，因为那是全球性恐慌唯一的抑制剂，没错，这是一个新时代的起始，这是风暴的开端，先生们！”

“我讨厌你用百老汇腔说话。”旋转着的莫甘娜说。

“特别紧急大会召开时，请在有线电视网发布正式新闻，我们会看的。”肖说，“当然，如果你们进行无线电屏蔽的话，别忘了在联合国总部大楼楼顶摆一个二维码，我会让一支摄像头对准曼哈顿的。那么，再见。”

三位宇航员依序消失，画面重归黑暗。

视频会议立刻出现二十四个声音。所有人都在叫嚷，语音系统自动进入讨论模式，耳机里充满咒骂声和催促声，直到总统按下最高优先级的按钮，将其他人全部静音。“闭嘴！”他吼叫着，以盖过战略情报室里嘈杂的噪声，“闭嘴！……闭嘴。”重复三遍，他喘息着坐下来，用灰色眼睛扫视所有参会者，“我宣布重新启动‘太空怒火计划’。接入空军太空司令部，我要空军基地在十分钟内完成预备部署，给出详细作战方案。提高威胁预警等级，必要的时候，我会宣布美国本土进入战争状态，——这是一场战争！先生们，做你们该做的事情，十分钟后向我汇报，会议到此结束。”

“是的，总统先生。”

巴塞罗缪博士用鼠标点击结束视频对话的按钮，发觉掌心上全是汗水。这时，一个独立对话界面弹出，总统慢慢抬起头，问：“巴塞罗缪博士，FBI 对你的评价非常高。现在告诉我，这些人是疯子、妄想狂还是新纳粹？”

博士谨慎地回答道：“我正在看他们的心理测试答卷，仅从刚才的对话来看，他们不是反社会型人格障碍者，行动并非偶然动机和偶发情绪驱使的。——话说回来，具有严重人格缺陷的也不可能通过 NASA 的筛选，先生。”

“废话。”美国总统揉搓眉心，“我现在没空听废话，博士。”

“我的观点没有变，他们的意志非常坚决。你可以赌博，但要做好一败涂地的心理准备，总统先生。”

“我父亲在暴乱时被砍成肉酱，母亲吸毒过量死在布鲁克林的小巷里，我十二岁时因为洗涤工厂的劣质洗涤剂丢掉了视力，六年前，我在大选中失败，因急性酒精中毒被送入医院切除胰脏和半个肝，只有上帝知道我一滴酒都没喝。可我还坐在这里，博士。我是美国总统，我知道自己在干什么。”抚摸着自己灰色的眼球，高踞长桌顶端的男人说。

距离第二次发射：九小时二十九分

俄罗斯莫斯科市卢比扬卡广场二号楼　地下八层

肖平和他的俄罗斯老伴惴惴不安地坐在沙发上。红色皮沙发上盖着白色绣花沙发巾，茶几上放着瓷茶壶，红漆的柜子上有金色俗气的花边装饰。从走出电梯门的那刻起，他们就有种错乱的感觉，楼道挑高的房顶、红色油漆的地板和褪色的护墙板已经多少年没见过了？赫鲁晓夫时期的旧建筑就是这副模样，脚踩在水泥地板上还会发出空洞的回声，可这明明是现代的莫斯科啊。

他们被士兵们送到这里，一位戴口罩的女医生为他们检查了眼睛和耳鼓膜，为他们递了眼药水，然后端着药盘离开。肖平不知道自己身处何处，只能隐约猜到事情跟儿子有关。老妇人投来惊恐的目光，肖平把她的手紧紧攥住，“别怕，阿佳塔，这一定是一场误会。”

这时门锁忽然“咔”的一响，两位老人同时站了起来。一位身穿白衬衣、深蓝色西装外套和黑皮鞋的斯拉夫男人出现在门口，“肖先生，斯托罗尼克娃女士，请坐。”他的脸上有一道相当惊人的伤口，看起来一颗子弹穿过腮部从鼻翼位置穿出，在嘴角留下深深的伤痕，使他面无表情的时候，都像是在微笑。

“伊万。”没等肖平开口询问，来人指指自己的胸口，“FSB（俄罗斯联邦国家安全局）。”

肖平的耳朵仍在嗡嗡作响，不知不觉提高音量：“我是俄罗斯航天功勋科学家，即使 FSB 也不能非法逮捕我！”

伊万瞟了他一眼，眼神中不带任何感情。他自顾自开口：

“平·肖，原籍中国山东泰安，火箭专家，二十七岁时由中国国家航天局派遣来到俄罗斯参加质子 P2 火箭研发工作，后成为中俄空间发展联盟驻俄罗斯特派员，三十四岁时与俄罗斯人阿佳塔·斯托罗尼克娃结婚，四十二岁加入俄罗斯国籍。”

“……对。”肖平坐直身体，“我爱中国，也热爱俄罗斯的大地。我选择留在这儿。”

“你们只有一个儿子，别列斯托夫·平·肖，中文名叫作肖，出生于莫斯科国立谢东诺夫医院，今年三十九岁。”

“不对，他……”

“我是说，离三十九岁生日还有两天。”

“对。”

“新西伯利亚国立大学毕业，功勋宇航员，中俄空间发展联盟的首席太空人，远东特里尼蒂项目第一顺位操作者，未婚。”

“对。”

“韦氏智力测试得分一百四十五。心理评估等级优秀，评语是‘非常冷静，具判断力’。”

“对。”

“但并非你们的亲生儿子。”

肖平感到阿佳塔的手颤抖起来。他望着对面的男人，伊万露出毫无表情的笑容。“对。”肖平低下头，“这件事很少有人知道，有天去办事，看见路边的树上停着好多乌鸦，我过去一看，在树丫中间找到一个布包，孩子就在里面睡着。我和阿佳塔有生育困难没有孩子，就抱回家当亲儿子养。因为收养手续有问题，我找到谢东诺夫医学院的朋友办理了出生证明。他长得虽然不像我，但很巧也是蒙古人种，你们不太分辨得出来，这么多年来我们早都忘了这码事。对我来说，他就是我的亲儿子。”

“别列斯托夫知道吗？”

肖平犹豫了一下，“可能知道。这小子聪明，恐怕早就知道了，不过他没挑明，我们自然也就不提。”

伊万的灰蓝眼睛眨也不眨：“他背叛俄罗斯的事情，同中国有关吗？”

“……什么？”

两位老人同时愣住了。没给他们反应时间，伊万说：“特里尼蒂项目失控了，他和两名外国宇航员拒绝接受地面指令，发出恐怖威胁，现在FSB需要别里斯托夫个人电脑里的数据，他设下复杂的SHA-3密码，暴力破解要花去很多时间，所以，现在写下来给我。”

肖平嘴唇颤抖着：“我不知道什么密码。那孩子不可能做出背叛国家的事情！他出生在俄罗斯，身上没有一点儿我的中国血统，他是个爱国的俄罗斯联邦公民！虽然平常话不多，不出任务的时候喜欢一个人闷着，可是绝对不会做坏事！我以父亲的名义发誓！”

“不。”伊万淡淡地回应，“你在说谎。他的住宅在你们住宅的正下方，FSB的特工在你卧室地板上发现了钻孔和布线的痕迹，你最近一批试验材料里有定向拾音设备、微型摄像头、光缆和防探测装置。如果没猜错的话，你早已发现儿子叛国的事实，偷偷在屋里监视他！别列斯托夫的住宅有着完善的反侦测措施，比克里姆林宫的会议室还要严密，可他没想到父亲早就在日光灯灯罩里布下了探头。”

阿佳塔的脸色变得煞白，她抽出手来盯着肖平。一滴汗水沿着老人的鼻翼滑落，肖平慌乱道："不不，一次航天任务结束返回地面以后，我发现他的精神显得有点不正常，决定偷偷观察他一下，后来他没事，我就把数据全部销毁了。"

伊万掏出一包寿百年香烟，用一次性打火机点燃，木然地盯着他。

肖平提高声音："他是无辜的，你们搞错了！"

"密码只有二十四位，就算是旧密码也没关系，我们能根据密匙找出编码规律，缩减计算范围。你有一分钟时间。"伊万吐出一个烟圈，因为嘴角残缺，烟圈的形状并不好看。

"我不知道什么密码。"肖平倔强地梗着脖子。

忽然间伊万的电话响了。楼道里传来无数嘈杂的电子合成音，数十台手机同时响起，所有人的电话被同一个号码拨通。伊万接通电话听了几秒钟，摇了摇头，站起来："没有时间了。把他们带过来。"

距离第二次发射：八小时二十分二十秒

阿尔及利亚阿德拉尔省　提米蒙绿洲

八岁的查奥·阿克宁看完一集动画片，瞧瞧窗外，太阳还没落山。他在地毯上躺了一会儿，把最后一块哈尔瓦点心掰成两半，浇上蜂蜜，吃掉一块，端着另一半走上楼梯。

平坦的楼顶晾晒着彩色条纹床单和爸爸的白色长袍，查奥钻过散发清香气味的衣服，看到妈妈站在矮墙旁边，用他的玩具望远镜眺望着远方。"妈妈！"他跑过去抱住母亲的腰，"爸爸快回家了吗？我们晚餐吃什么？"

"番茄炖羊肉好吗？"妈妈微笑着回应，从他的小托盘里拈起点心，咬了一小口，剩下的塞进查奥嘴里，"如果爸爸不回来的话，我们就去找他，在基地那家摩洛哥餐厅吃番茄炖羊肉，再给你来一大杯你最爱吃的巧克力香草冰激凌。”

“好啊好啊！”孩子笑着，“可今天所有人都没去基地，我们偷偷过去可以的吗？”

妈妈点点头：“我在等爸爸的电话，他一打电话来，我们就开车去基地。”

“那爸爸什么时候打电话来呢？”

“你瞧。”

妈妈把望远镜递给他，指向西方那座赭红色砂岩的山，山顶那些蓝色遮雨棚空荡荡的。“那些观看发射的人已经下山了，他们会回到城里来，到公司总部大楼去开会。爸爸就快打电话来了，因为这个时候基地空无一人，也没人会注意我们离开提米蒙新城。”她说。

“为什么大家要回城来呢。”查奥看到许多车子正从山的方向驶向城市，临时道路上扬着金红色的烟尘。

“因为发射取消了呀。疏散命令还没有撤销，他们不能到基地去。”

“为什么发射取消了呢。”

“因为……你爸爸会告诉你的。”电话响了起来，妈妈接通电话，听了几分钟，冲小查奥点点头，“好了，出发！”

“耶！巧克力香草冰激凌！”孩子跳跃起来，一溜烟冲下楼梯，将亚麻外套披在身上，挎好帆布包，换上皮凉鞋。门外停着的雪铁龙电动汽车已经提前开启空调，发热装置吹出了轻柔的暖风，妈妈拉开车门让查奥坐在副驾驶位置，替他系好安全带：“先睡一会儿吧，到了我就叫你的。”

“我不困！我会替妈妈指路的，我认识去基地的路！……再说你也不给我唱摇篮曲。”尽管小查奥如此保证，车子刚一驶上平坦的公路，他就在暖风和玛莲·法莫的歌声中沉沉睡去，一觉醒来，窗外已经一片漆黑，白色LED车灯劈开夜色，前方能隐约看见基地信号塔的红色闪光。

“咣当！”汽车碾过什么东西高高地弹起来，又重重落地，彻底驱走了查奥的睡意。他打了个呵欠，扒着座位向后望：“妈妈，是不是撞到兔子或者沙鼠了？”

妈妈的声音显得有点严厉：“别乱看，好好坐着。”

查奥缩起身子，偷偷观察外面。车灯光柱的边缘出现了两截黑漆漆的东西，查奥以为那是有人丢弃在路上的木头或者沙袋，妈妈猛地转动方向盘，轮胎发出吱吱的呻吟声，车子画出S形的曲线躲过了障碍物，小查奥转头去看，发现险些被车轮轧住的黑东西长着手和脚，如玩坏的娃娃一样摊在路上。

“妈妈……”他小声说。母亲没有回答。

前方变得明亮起来，一辆厢型车斜停在路边熊熊燃烧，有个男人跪在车门处，上半身已烧成焦炭，下半身沾满暗褐色的沙子，冒着热腾腾的蒸汽。雪铁龙左侧车轮碾着路基下的粗沙，剧烈颠簸着，与厢型车擦身而过，查奥惊叫一声低下头，感到火舌从玻璃上舔舐而过。“……妈妈！”他带着哭腔喊。

“别怕，马上就到基地了，爸爸在那里等我们。”紧握着方向盘的女人挤出一个微笑。电动机的嗡嗡声变得尖锐起来，雪铁龙轿车提高速度，将几辆着火的车子和凌乱的尸体甩在后面。基地警戒区的铁丝网出现在前方，但电动大门已经倒下，探照灯也没有工作，“咚咚！”电动车轧过铁门，两只轮胎同时被锋利的断茬划破，母亲用力控制着方向盘，车内响起刺耳蜂鸣声，那是胎压警报与ESP启动警报在工作的缘故。“嘎吱吱吱……”小车在布满浮沙的路上左右扭动，如惊慌的蛇在沙漠中高速游移，查奥用力抓紧窗子上方的拉手，闭上眼睛尖叫。

“好了好了，查尼，没事了。”一只汗津津的、冰凉的手抚摸着他的脸颊，将查奥从歇斯底里的尖声中拯救出来。雪铁龙横在基地正门口，留下数十米长的蜿蜒的刹车痕。母亲将查奥拉下车，走向基地大门，那扇供员工日常通行的自动门只关了一半，警示系统嘀嘀作响，母亲让表情呆滞的小查奥躲在背后，自己从长风衣口袋里掏出一支手枪。

“……妈妈？”孩子喃喃地说。

母亲竖起手指做了个“嘘”的手势，左手拨通电话，右手平举手枪，慢慢走进大门。电话接通了，听筒里传出短促而有力的冲锋枪射击声，夹杂着男人濒死的呼喊，“佐薇！没想到护卫队这么早就回来了，搞得有点仓促，不过……”九毫米手枪射击的爆破音响了三声，“……不过已经压制住了，你们沿右侧通道进来，在中央控制室会合。……查奥还好吧？”

“他吓坏了，不过我想没事。”

母亲拽着孩子走进基地，穿过灯光幽暗的通道，不锈钢地板沾上血迹变得光滑无比，查奥好几次差点摔倒在尸体旁边。仍温热的尸体身穿黑色制服，肩章上画着高昂着头的单峰驼，查奥认得这个标识，甚至能认出几个男人的脸。他们是基地保卫队的成员，法国南部沙漠保安公司的雇佣兵，爸爸的同事，曾经亲切地摸着他的头叫他“Petit Chameau（注：法语‘小骆驼’）”的叔叔们。

现在他们死了。

被爸爸杀死了。

两个人进入中央控制室的时候，最后一个敌人刚刚被击毙，一颗九毫米帕拉布鲁姆子弹掀开了他的半边头盖骨，粉红色的血顺着鼻尖滴下，这男人以怪异的姿势趴在指令席上，仿佛正在保护某个隐形的科学家。屋子中间站着十几个男人，看见孩子进来，他们纷纷收起枪支，转过身擦拭脸上的污迹与血。

“查尼！”父亲从人群中间走出来，像老鹰一样张开臂膀，“没事了，我们马上就会开启基地的自动防御系统，这里安全了。你可以像回家一样安心，等我洗漱一下，咱们去摩洛哥餐厅吃沙拉、塔吉和手抓饭好不好？”

查奥瞧着眼前陌生的男人，并不觉得这个浑身散发硝烟和鲜血气味的人是自己的爸爸。“我答应他吃番茄炖羊肉的。”母亲用手揽住孩子的肩膀，说，“还有巧克力香草冰激凌。”

“好啊，巧克力和香草一样来一杯！”父亲笑了起来，抓起查奥的手走向大厅门口，“不怕肚子痛吗？”

查奥有点躲闪地放慢步子，但还是抬起头回答：“是巧克力香草，不是巧克力和香草。……爸爸，为什么要杀人？”

“有这种口味的吗？一个冰激凌球有两种口味？”

“不是！是巧克力香草本来就在一起的口味！”

父子俩在怪异的谈话中走出门，留在控制室的男人们与屋里唯一的女人拥抱问好，“埃里克森和本牺牲了。”男人们沉痛地汇报，“还有斯宾塞，他负责守卫警戒区大门，南部沙漠公司的车队一出现他就在对讲机里做出汇报，但马上就被对方的神射手爆了头。巴蒂斯塔的肚子中了两枪，估计撑不过今晚，盖诺的腿被枪榴弹炸断了，两条腿。对方死了三十个人，因为我们抢先控制了一小部分的自动机枪，在外围占了点便宜。”

“组织不会忘记他们的。”女人说，“天上的情况怎么样？为了安全起见，我一直没有上网。”

一个耳朵被流弹撕破的男人不顾满面流血，兴奋道：“他们如约进行发射了！网络已经快爆炸了，所有人都在疯传那次攻击的视频，还没有国家公开发表声明，但他们已经成功了，这太棒了，佐薇！”

女人缓缓地吐出一口气，手抚胸脯：“七年了，就为今天……我们去餐厅吧，今晚需要庆祝一下。”

“那么要不要按照规矩……”有人试探性开口，立刻被身边人捂住嘴巴，“你胡说什么，有孩子在啊！”

女人笑了：“从这一刻起，他不再是我们的孩子了。这栋建筑物已经被自然接管，我们无须再伪装文明了，同志们。”她一边向外走，一边褪去身上的风衣、绒衣、长裤和皮鞋，露出没有穿内衣的洁白胴体，最后解开束发的卡子，让红色长发垂了下来。“……餐厅见。”

裸体女人消失在冰冷的钢铁通道中。

距离第二次发射：五小时四十七分四秒

地球静止轨道　特里尼蒂 β 空间站控制室

莫甘娜·科蒂准备吃点东西，每当心慌意乱的时候她总想吃东西，食物能缓解紧张，尤其是在她的太空瑜伽失去作用的时候。

舱内放着一首柔和的歌，温柔的女声轻轻唱着“Dodo，l'enfant do，l'enfant dormira bien vite”。她一边听歌，一边把一袋脱水菠菜插在料理台上，泵入五十毫升的水，飘浮在旁边，耐着性子看袋子里的绿色蔬菜一点一点地膨胀起来。咀嚼着淡而无味的菠菜，她给自己准备了一份奶酪通心粉、一小盒布丁和一袋混合果汁，“想吃巧克力香草冰激凌。”她把那些食物丢向舱底，慢悠悠地飘过去，一边瞧着脚下的地球，一边用牙咬开布丁盒。湛蓝的地球镶嵌在观察窗中央，显得遥远而寒冷，窗子旁边贴着几张照片，最显眼是三名宇航员在中国太空中心受训时的合照，照片上美国人搂着法国女人开怀大笑，别列斯托夫·肖站在旁边，望着镜头外的什么地方。

“莫甘娜。”通信屏幕亮起来，肖那张缺乏表情的脸出现在上面，“打扰你吃饭了，不过我想确认一下 β 空间站的情况。”

“还好。”法国女人瞟了一眼综合信息屏，所有数值都在绿色范围之内，“我有点累。”

肖用左手扶正眼镜，由于缺乏重力，眼镜与鼻梁的相对位置总显得有点别扭。“几分钟以前信号被切断了，我没有在电视和网络中看到官方的回应，除了那些‘强烈谴责’。”他用指关节“嗒嗒”

地敲击着控制面板，看来在思考什么事情，“我猜美国人要赌一把了，注意安全，按计划来，莫甘娜。”

“我明白。”莫甘娜伸长手臂按下几个按钮，空间站某处传来轻微的振动，“只要你编写的自动化程序没问题，我们应该是安全的，对吧？……我只是对某些事情不太确定。”她将飞向舱壁的布丁捞了回来，舀了一勺放进口中，“说点什么让我好受点的话吧，肖。”

“我对程序有信心，但并不了解对方的底牌。冷战之后美国停滞了多年的太空军备计划究竟重新部署到什么程度，没人知道。撑过这一关，我们就成功了大半，如今能做的并不多，只有祈祷。”

“我不祈祷。我是自然主义者。”莫甘娜说。

“我也不。修辞手法而已。”

“你真无趣，肖。”

“接受批评，但很难改正。”

“很难？”

“如果我们能活下来，将会有大把时间用来消磨。到时候我会尽量变得有趣一点。定时联络的时候再见，莫甘娜。”

女人用湛蓝的眼珠盯着屏幕上的黑发男人：“等一下，我……”话音未落，肖就切断了通话。“……我可能没法做到那样的事情。”她喃喃地说道，用颤抖的右手举起布丁，她需要食物，更需要食物里加入的镇静药剂，她的神经已经紧张得太久，如同一根绷得太紧的弦，随时可能会裂断。

她吞下布丁，左手推动控制台上的手柄，屏幕上出现一片金黄的沙漠，沙漠中心的建筑闪闪发光。“你在吗？……有时候我会想这一切究竟是为了什么。如果有办法补救的话，你说，还来得及吗？杀人这种事情，毕竟是无法饶恕的罪啊。”莫甘娜对遥远的画面柔声说道。

当然，无人回应。

歌儿还在响着“Dodo，l'enfant do，l'enfant dormira bientôt”。

距离第二次发射：五小时九分一秒

大西洋上空　美国空军AMC-XII远程运输机　编号60-752A

布兰登·巴塞罗缪博士面前的咖啡洒了一半。这种最新型的运输机并非令人舒适的交通工具，亚音速巡航时的噪声震耳欲聋。博士坐在空荡荡的机舱里，这趟航班的乘客只有四名随行人员，加上他自己。“不要将我排除在外！”老人冲着麦克风吼着，“我说，不要将我排除在外！我明白总统决定发动攻击，但起码让我进入参谋组中，我能帮得上忙！”

耳机里传来总统安全事务助理自鸣得意的声音：“恐怕我做不到，‘太空怒火计划’的保密级别……”

“听着，我花了几个小时分析三个太空人的心理测试报告，看了肯尼迪航天中心提供的大量视频资料，现在没人比我更了解他们！”巴塞罗缪博士用黏糊糊的手指戳着被咖啡溅湿的电脑屏幕，“告诉总统，在关键时刻做出的判断很可能是盲目的，我需要成为美国联邦政府的决策参谋！”

对面的人安静了一会儿，“总统先生同意了，你很幸运，博士，绝大多数美国人并不知道我们的太空实力，你会目睹一场高烈度而短暂的战争。”安全事务助理得意扬扬地说，“一切结束之后，我们会对外发布‘太空怒火’的部分细节，宣告美利坚合众国拥有制天权，再没有比这更合适的机会了，不是吗？”

博士单方面中断通话。屏幕上跳出请求窗口，白宫战略情报室再次出现在眼前，屋里的人明显减少了，来自空军基地的远程画面占据了一半的信息窗口。一位身穿蓝色制服、头戴黑色贝雷帽的军官正在对作战计划进行最后确认，巴塞罗缪博士认出他的肩章：一位从未出现在大众视线中的四星上将。博士明白这就是美国空军太空司令部的最高指挥官，整个地球上最神秘军事力量的统帅。

“……轨道高度三万六千公里，超出大部分武器的打击范围。装备在F35E上的TLS空基反卫星导弹最大射高是二千一百公里，而地基的‘黑鼬鼠’则是一千公里，距离特里尼蒂α空间站还很遥远。至于地基激光反卫星系统，只能对三百公里以下的低轨道卫星产生威胁。”四星上将指点着轨道图讲解道，从图上看三座特里尼蒂空间站构成赤道面上的等边三角形，地球是三角形中心一个小小的圆，“……而我们大多数的攻击卫星都在四千公里以下的轨道运行，只有部分型号能够发动有效打击。最可靠的力量是运行在同步轨道的四颗‘殉道者’攻击卫星，以及三千二百公里高轨道的十四颗‘雷鹰’远程攻击卫星。两个小时前，所有的‘殉道者’与‘雷鹰’已完成系统激活及试点火，状态完好，随时可以发动攻击。如果将攻击时间延迟到二十四小时后，我还可以让五颗卫星变轨加入攻击行列。另外，一枚‘德尔塔九号’运载火箭正在运往卡纳维拉尔角的途中，它携带了十枚反卫星拦截器，能够进行三万公里以上的深空作战，不过发射准备需要两天时间，毕竟‘太空怒火’这个项目停滞已久……”

总统坐在桌前，双手交握遮住嘴巴：“不，我们没有二十四小时，更没有两天时间。”

“明白。作战准备已经完成，我们将动用距离最近的两颗‘殉道者’、六颗‘雷鹰’，使用SBL（天基激光器）与SBI（天基动能拦截弹）对美国上空的特里尼蒂α空间站发动攻击，其余力量分配给非洲上空的β空间站、亚洲上空的γ空间站。”指挥官说，“战争一瞬间就会结束，总统先生。”

总统点点头，“无线电干扰奏效了吗？”

“已经切断空间站到地面的所有通信，但三个空间站之间使用激光脉冲通信，不受地球遮挡，所以暂时无法干扰。”

“向中国和俄罗斯发出照会了吗？”

“七分钟前，已经传达给中国、俄罗斯和北约成员国。”

总统站了起来。“世界上最强大的国家对三个人的战争。不，仔细想想，以国家为对象才能称为战争，这只是一场审判。一次处刑。”他转过身，目光扫视着身旁的幕僚，“白宫、五角大楼、太空司令部、美利坚合众国。无须怀疑，我们将会胜利，我不相信存在第二种可能。……上帝保佑美利坚！”

巴塞罗缪博士想要发言，但他的头像在二百寸的综合信息屏幕的角落里徒劳闪动，有几个人跟他一样在大声叫嚷，试图告诉总统什么事情，但无人理会。总统将密码钥匙插入控制台，弹开保护盖，按下了代表战争开始的红色按钮。

距离第二次发射：五小时一分三十秒

地球静止轨道　特里尼蒂 γ 空间站两千公里外

一颗波音公司为 INTELSAT（国际通信卫星组织）制造的 709MP 通信卫星收起太阳能板，在太空中悄然转向，使圆柱形结构的底端指向两千公里外的庞然大物。从这个角度观察，特里尼蒂 γ 空间站巨大的复合抛面集中器就像一堵漆黑的墙壁，遥远的视界边缘镀着一线金色阳光。

这颗“殉道者”攻击卫星已经锁定目标，激光瞄准器的光斑在特里尼蒂空间站控制室外壳部位闪烁了十万次，随着武器系统保护盖的熔毁，二十四枚 SB-KKA 动能拦截弹显露出来。几秒钟后，“殉道者”激发了一级固体推进装药，蓝白相间的尾焰从卫星尾部喷薄而出，所有导弹悄无声息地离开母体，以一公里每秒的相对速度射向目标。紧接着，弹体上的二级推进器启动了，矢量喷射口向不同方向偏转，二十四枚导弹如花瓣般散开，化为三个攻击梯队，迅速加速到十四公里每秒的惊人速度。固体推进器很快烧蚀殆尽，余下的动能战斗部是一块一百七十公斤重的实心钨合金锥体，它击中目标时能够释放五点六吨 TNT 当量的能量，足够把一栋大楼从地面上抹去，当然更能轻易撕开空间站那薄薄的合金外壳。

为了尽量减少太空战产生的爆炸碎片，“殉道者”并未装备炸药武器，但除了二十四枚动能导弹之外，它还有更强大的攻击手段。攻击卫星开启所有推进器全力加速，助推焰照亮逐渐崩裂的圆柱形结构体，纤细而强韧的碳纳米管绳索将飞离母体的金属部件连接起来，当加速结束时，它将化为一张直径五公里的大网，将侥幸躲过第一波攻击的目标包裹起来，拽向不可逆转的失速坠落轨道。——当然在其悲壮的名称背后还有另一重意义：太空战爆发后，美国会在必要时使用“殉道者”作为碎片收集器，防止密布在静止轨道的通信卫星和军事卫星遭到太空垃圾的影响。

动能弹飞速穿越黑暗的空间，留给特里尼蒂空间站的时间只有两分钟。

空间站控制室内，肖点亮通信系统，对两名伙伴简短地说道：“这个时刻到来了，祝你们好运。”

“好运，伙计。”

“你也一样。”

γ 空间站的主控电脑上运行着一个第三方程序——由肖亲自编写并利用系统漏洞植入的自主防御程序。复合抛面集中器外缘亮起一串红色信号灯，隐藏在防辐射板背后的透镜系统显露出来，像数百个窥探着深空的眼睛。主电脑花去两秒钟的时间进行逐元计算，将目标锁定，发出拦截请求。肖扶正眼镜，点触了自动防御模式的按钮。

直径四十厘米的光斑凝聚在第一枚动能弹上，钨合金转瞬间气化，分子向太空四散逃去。紧接着是第二束、第三束、第四束激光，每个光斑都笼罩着一枚弹头，这是特里尼蒂空间站的陨石防御系统在高效工作。为保证抛面集中器不被小陨石和太空垃圾伤害，三个空间站都装备了激光防御系统，由主泵浦激光器提供的能量可以尽情挥霍，防御激光的能量很高，若集中射击，足够将数十吨重的物体瞬间消灭。肖所做的只是破解防御系统的目标甄别，提高响应速度和瞄准并发数，将功能单一的自我防御措施化为强大的自动化武器。

俄国人面无表情地盯着屏幕，看代表目标的红点一个一个地消失。另一个屏幕上，他锁定了在攻击卫星发射动能弹的同时进行变轨的中低轨道卫星。“还是露出马脚了吧，美国佬。”他低声自语，点触屏幕，发出攻击指令。

三万公里之下，一台伪装成海事通信卫星的“雷鹰”攻击卫星正从特里尼蒂 γ 空间站的投影点附近掠过，它刚刚瞄准目标，即将激活化学氧碘激光器发动攻击。这种化学激光短时间照射的强度不足以熔化空间站的防辐射外壳，但能够烧毁所有裸露在外的镜头、探测器乃至所有电子设备。若集合多台“雷鹰”集中照射，则完全有可能凿穿空间站的外层防护。

可这没来得及发生。来自特里尼蒂的激光束率先降临，脆弱的卫星立刻失去功能，接着化为青烟。同一时间，附近的其他几台“雷鹰”也被光斑笼罩，激光在太空传播的过程中几乎没有衰减，特里尼蒂的力量没有任何人造物体可以抗衡。

这时二十四枚动能弹已被全部清除，屏幕上却多出密密麻麻的红色标记，那是“殉道者”大网的上千个金属节点。肖陷入短暂的犹豫，从他的角度没办法判断这些目标究竟是什么东西，那既可能是集束炸弹，也可能是金属诱饵。目标飞行的速度较慢，他在三十秒钟后做出决定：攻击！

一百束激光同时射击，那些来自攻击卫星的金属板、曲轴、电机和导轨被高温气化，大网却没有破碎，碳纳米管绳索在应力拉扯下猛然收紧，网开始旋转，如某种海底生物般摇曳着扑来。肖按下按钮，开始第二次、第三次射击，每次射击都只让屏幕上的红点减少一部分，那些目标却纠缠交错得愈加紧密，密度不断提高，最终凝聚在一起化为一个红色斑点。

“……糟！”俄国人猛然醒悟那可能是什么东西，也明白以每次一百个目标的攻击频率已经来不及将对方消灭。他没时间重新输入指令进行大规模照射，所能做只有冲着通信频道里大吼一声：“是网！不要射击那张网！否则……”

“轰！”

收缩成一团的卫星残骸与空间站控制舱发生猛烈撞击，如同炮弹般击中舱壁的是相对速度为八公里每秒、总重量一万五千吨的沉重钢铁。

距离第二次发射：四小时三十分

美国新墨西哥州奥特罗县　特里尼蒂 α 地面站

一支由四辆黑色雪佛兰 SUV 组成的车队沿着五十四号公路南下，车门上有金色三角形的公司纹章，尽管不到下午四点，车队还是得打开大灯照亮道路。前方出现临时检查站，车队减速停止在横杆前，头车玻璃缓缓降下，一名美军士兵向穿着黑西装的中年驾驶员敬礼：“前面是临时军事管制区，禁止通行，先生。”

“我是国土安全部紧急事务总署副署长查尔斯·唐，这是我的证件。”驾驶员摘下墨镜，展开钱包出示工作证和徽章，“我旁边的人是特里尼蒂公司应急处置小组的负责人，我们接到命令前往特里尼蒂 α 地面站执行紧急任务，你可以向华盛顿核实，士兵。现在。”

那名美军上士检查证件后交还，开始用对讲机联系上级。查尔斯·唐活动一下脖颈，通过后视镜观察后方。天空是铅灰色的，一束巨大而缓慢膨胀着的烟柱占据了整个视野，从这个角度看不到燃烧的阿拉莫戈多小镇，却依然能从温热、干燥、带着焦煳味道的空气感觉到火焰的威力。

“真可怕。”身旁戴黑色鸭舌帽的男人说，他的帽子上也有金色的三角形标识。

“谁说不是呢。”查尔斯应道，他点触车辆中控屏，切换到电视模式，CNN新闻台正在播放罗马教宗的演说画面。站在梵蒂冈圣伯多禄大殿面向广场的阳台上，教宗语速缓慢地说道：“耶稣对他们说：‘光在你们中间还有不多的时候，应当趁着有光行走，免得黑暗临到你们；那在黑暗里行走的，不知道往何处去。你们应当趁着有光，信从这光，使你们成为光明之子。’……这是启示，你们应该看到启示。”

戴帽子的男人说：“你知道我不太相信宗教。”

“我也是。”国土安全部官员切换频道，CBS电视台在播放民间天文爱好者刚刚拍摄到的画面：繁星灿烂的背景中有一片深邃的黑暗，几条弧形亮线勾勒出特里尼蒂空间站的轮廓，微小的火花在黑暗中不断迸现。新闻主持人说：“我们看不清细节，但相信我，有些事情正在上面发生。五分钟前密歇根大学太空科研计划的带头人之一格林菲尔德教授答应接受记者采访，现在我们进行连线……”

这时美军士兵回到雪佛兰SUV旁边，立正敬礼：“没问题了，长官，前面可能很危险，请注意安全。”

“谢谢。可是从第四纪开始人类就时刻生存在危险当中，不是吗？危险让我们变得强大，士兵。”查尔斯冲他点头致谢，升起玻璃。

士兵挥舞手臂，横杆抬起，四辆SUV通过哨卡后加速向前行驶，很快消失在烟雾弥漫的荒原。士官望着南方，觉得这位在昏暗光线中戴着墨镜的联邦官员是个怪人，但身份核实没有问题，国土安全部给予这支车队最高的通行权限，——无论他们究竟要去特里尼蒂基地干什么。

距离第二次发射：四小时十九分十九秒

大西洋上空　美国空军AMC-XII远程运输机　编号60-752A

耳机中响起运输机驾驶员的声音："我们将于四个小时后降落在西汉普顿的弗朗西斯·S·嘉伯雷斯基机场。一号储藏柜中有作战口粮，以及足够的咖啡、香烟和口香糖，请您自便，长官。"

巴塞罗缪博士站起来摇摇晃晃地走到储藏柜前，取出一盒麦克纽杜手工卷制的雪茄，拆开、点燃，深深吸了一口，喷出浓浓的烟雾。在总统的怒火平息之前他什么都做不了，不得不找个有害健康的方式来打发时间，即使医生说他的身体除了有机蔬菜之外什么都接受不了。幸好那位暴怒的大人物已经停止砸东西，白宫战略情报室安静下来，只剩紧急信息提醒的单调蜂鸣声。

"说点什么。"总统坐在桌旁，胸膛起伏不定，左手抚摸着自己的右眼球。

他面前的众议院议长整张脸涨得通红，"我说过了！特里尼蒂空间'太阳能计划'当年确实是我带头推动的，议案能够通过，是我们的一场大胜……但谁能预料到这样的情况出现！我知道特里尼蒂美国公司总裁和副总裁在哪儿，那个南方暴发户带着长头发的怪胎逃回新墨西哥去了，他的私人飞机应该就在圣塔菲机场！"

总统用指甲轻轻刮着假眼球表面，发出令人心悸的刺耳噪声，"说点什么，除了推卸责任的话之外。"

议长抓起桌上唯一完好的玻璃杯，一口气喝下整杯矿泉水，"听着，我承认特里尼蒂计划的一些细节是你不知道的，但那对解决问题毫无帮助！要想让空间太阳能开发法案通过，必须跟少数党做出妥协，你知道那些能源巨鳄圈养的政客有多难对付！……是的，特里尼蒂计划的最大发电量是对外公开值的八倍，满负荷运行的话，

一座特里尼蒂 α 空间站就能承担起整个北美大陆的供电任务……”

“滚出去。”总统挥了挥手。议长将涌到嘴边的咒骂强行咽下，转身大踏步离开，开门时差点被一张摔坏的椅子绊倒。

信息屏幕里，太空司令部长官垂手肃立，他需要二十四小时才能组织起第二波有效攻击，而“太空怒火计划”中没有任何一种装备能完美突破太阳能电站强大的主动防御系统。“如果代号‘丁克’的天基电磁炮项目没有在三年前中止的话……”他谨慎地选择着用词，“……第四期计划中的 SNPC（天基中性粒子集束武器）也能够奏效！洛克希德·马丁公司正在对试验中的中性粒子炮做出作战效能评估，我想……”

“给我接通中国和俄罗斯。”总统打断了他，站起来走到信息屏幕前，挥手关闭太空了司令部的远程画面，整理了一下凌乱的领带结。

“是的，长官。”

专线电话拨往大洋彼岸，两国领导人很快同意了可视电话请求。无须客套，总统明白对方早已从无数个情报渠道了解到事情的真相，发生在太空中的战争只持续了五分钟，但足以震惊世界上每一个有空间观测能力的国家。

“不明智的行为，但这次我们不会谴责。”中国的领导人说，“共享情报，这很重要。”

美国总统说：“情报？我会尽我所能。美国会很快发动第二次攻击，现在到了展现太空战能力的时刻，明哲保身的政治哲学不适用了，他们在威胁整个地球，全人类！我要求中国和俄罗斯与美国太空军协同作战，共同发动攻击，彻底摧毁三个特里尼蒂空间站。”

俄罗斯总理板着脸：“失败是你们的愚蠢导致的，俄罗斯不会步美国的后尘，我们的太空力量会在合适的时候出击。”

“火箭军早已进入作战状态，中国太空军已经准备就绪。但直至此时还不知道他们究竟想要什么，我猜贵国有些线索。”中国领导人说。

“联合国大会！我会共享视频。他们没有对你们提出同样的要求吗？这些疯子想要召开联合国特别紧急大会。”

俄罗斯总理问：“以什么身份，联合国观察员？”

“我不知道。这个要求太过荒谬，我不会考虑它的可行性。”

中国领导人露出意味深长的微笑。“小的时候，我爷爷经常对我说一句话。他说，娃呀，你做啥都不能心急，心急吃不了热豆腐。你知道这句俗语是什么意思吗？意思是说，豆腐刚出锅，烫，你着急往嘴里一搁，就把嘴唇和舌头给烫坏了。你要等着，等豆腐外面变凉了，里面还热乎着，这时候吃，才好吃，又不烫。”

美国总统脸色阴沉着：“你的意思是？”

“中国不会主动出击，因为时机并未成熟。第二次发射是个未知数，中国会等到发射之后再做出决定。”

“什么？你们纵容恐怖分子……”

“如果美国发动你所说的第二次攻击，中国会全力加以配合。我保证。”中国领导人说，“如果你们剩余的攻击卫星还够用的话。”说完这席话之后，中国单方面终止了对话。

俄罗斯总理则不留情面地回绝了：“现在我们拥有世界上最强大的太空军备，不必跟在任何国家的屁股后面。再见。”

美国总统站在那儿，手止不住地轻轻颤抖，显然心中的愤怒已经到达极点。这时巴塞罗缪博士终于抢占了信息频道，大声说出他一直憋在心里的话：“我是布兰登·巴塞罗缪，总统先生，我们还有另一种可行的方法，那就是心理战！只要发布联合国紧急会议的消息，对方就会同我们联系，我会使用心理暗示的方法瓦解对方的战斗意志，使三个人之间的关系产生裂痕，乃至瓦解这个小小的三人联盟！我需要一个投影屏幕，用来播放插有暗示性颜色与形状的画面，另外在通话中插入充满系统暗示性混音的白噪声，我会根据三个人的行为分析学特征制定方案……”

"我正在想同样的事情，博士。"这次总统终于有所回应，但指令却下达给另一个部门，"杜克，让FBI开始对美国宇航员里克·威廉斯父母进行讯问，找出一切有价值的东西，不惜任何代价！"

"总统先生！"巴塞罗缪博士大声叫嚷着。

无人聆听。

距离第二次发射：一小时五十九分七秒

地球静止轨道　特里尼蒂β空间站控制室

"受损修复情况？"

"……百分之七十五点四。"

"复合抛面集中器的工作效能？"

"百分之九十九点八五。"

"很好，将指向K34-D03的雷达转移到L07-D03角度。"

"已断开连接，工程机器人正在向坐标移动。"

"另外，要保证通信。"

"指令不明确。"

"我是说别让通信中断！"

"指令不明确。"

"……保障与其他特里尼蒂空间站间的激光通信线路！把所有试图靠近通信路径的人造物体击毁，这样说明白点了吗？"

"已设置警戒区域。"

"蠢货！"

"指令不明确。"

莫甘娜一边烦躁地跟主控电脑斗嘴，一边敲打键盘，将备用摄像头连接至系统中，不久之前的战斗中，β空间站的火控系统漏算了一枚远程攻击卫星，那时两枚分处不同轨道的美国攻击卫星恰巧运动到同一坐标，空间站的激光打击消灭了高轨道的卫星，紧接着却遭到低轨道卫星的攻击。一束化学激光穿越三万四千公里的距离，聚焦在空间站底部，顷刻间烧坏了 β 空间站指向地球方向的摄像镜头、主无线电发射器和相控阵雷达。底部设备舱还发生了一次小规模爆炸，一些金属碎片被冲击波推动击中抛面集中器，在庞大曲面上开了数十个小小的破洞。

作为胜利的代价，这根本不算什么。战斗结束后肖与里克·威廉斯很快发来平安的信息，同时互相告诫：联合国紧急大会召开之前，危机状态都未解除，现在要尽快修理受损部件，提防可能到来的下一波攻势。美国人难得一脸严肃地说："中国还没出手，要小心！我猜中国才是拥有世界上最强太空军事力量的国家，当我们喝着啤酒、敲电脑、设计攻击卫星图纸的时候，中国人早就用扳手和螺丝刀造出宇宙战舰来了！"当时莫甘娜勉强地笑了笑，肖则没说什么，他的画面背景相当阴暗，看起来照明设备出了点问题。不过出于三个人之间的默契，莫甘娜与里克并未追问他 γ 空间站的损伤情况。

提示音"嘀嘀"作响，备用镜头连接成功，遥远的蓝色星球出现在显示屏上，莫甘娜推动控制拨杆，地球在眼前不断放大。坐标为原点的情况下，镜头指向空间站的地面投影点：北非阿尔及利亚阿德拉尔省的沙漠地带。沙漠上空没有云层覆盖，但民用级别设备拍摄的画面开始模糊不清，只能勉强看到特里尼蒂 β 地面站中央的十字基准线。

"能提高清晰度吗？"

"正在进行快速插值运算。"

画面变得稍稍清楚些，现在能分辨出圆形的激光接收矩阵、长方形的变电装置和月牙形的基地主建筑群。莫甘娜用指尖抚摸屏幕，"再提高一些！要到能看清人脸的程度，可以吗？"

"无法完成。"

“能跟基地建立联系吗？使用预设的保密线路。”

“无法完成。无线电信号受到阻塞干扰。”

“如果……我对 β 地面站发动攻击，可以精确到什么程度？”

“指令不明确。”

“……蠢货！”

莫甘娜·科蒂愤怒地关闭了语音识别系统。她做了十二组腹式呼吸法与相应的庞达收束法，不停地原地旋转，试着让自己的情绪逐渐稳定下来，瑜伽和冥想没起到什么作用，她冲到食品柜前吞下大把药片，把苦涩的药片咯嘣咯嘣地嚼碎。

“没什么的，没什么的。”她对自己说，目光投向舷窗旁边的几张照片，胸口不断起伏，“没什么的，莫甘娜。很快就能结束了。”

距离第二次发射：十分五秒

美国纽约西汉普顿　弗朗西斯·S·嘉伯雷斯基机场

夜幕已笼罩美国东海岸。AMC 运输机的涡喷发动机声音震耳欲聋，布兰登·巴塞罗缪博士戴上黑色便帽，裹紧大衣走出机舱，通过舷梯来到地面。前来迎接的 FBI 高级探员看起来已经等待多时，他伸手与老人相握，“我不知道你为何特别要求降落在纽约，而不是华盛顿，博士。”这名光头的大块头探员脸上挤出微笑，“总统在白宫等你，不过命令并不是强制性的。车辆已经准备完毕，如果你需要亲自驾驶的话，这是钥匙、通行证和手枪……”

“不，你来开车，我们去曼哈顿。”

“我会通知长岛和纽约警察局开辟特别通道。具体地址是？”

“第一大道与东四十二街路口。”

两人钻进未熄火的黑色 GMC 牌汽车，高级探员驾车驶向机场外，博士在后排皱了皱眉头，驾驶员没有系上安全带，这是外勤探员的习惯，他们认为逃离车辆和快速拔枪比交通安全更重要——糟糕的习惯。

“我见过你一面，博士，在兰利的紧急事态处理课上。”探员说，“对很多人来说，你是个很神奇的人。”

“你不这么认为吗？”老人随口应付着，打开笔记本，看着上面的红色倒计时数字。十分钟之后，恐怖分子宣称的第二次攻击将在地球某处降临，而现在美国政府什么都没做，电视新闻里随处可见有阴谋论分子、宗教狂和二流科幻作家在大放厥词，政府没有泄露恐怖威胁的详情，每个人都在猜测，这简直是一场虚假信息的狂欢。阿拉莫戈多毁灭视频的点击量已经超过三亿次，FOX宣称视频是假的，还找出棱镜项目的技术专家逐帧分析，收视率一时飙升至首位。一个名为“夸特尼蒂（Quaternity，四位一体）”的半宗教组织刚成立五个小时，就吸引了三百万信徒加入。

探员把窗户降下一条小缝，一边点燃嘴里的香烟，一边单手转动方向盘驶上快速路：“不，我是说，我不像其他人一样迷信。很多人会把你的书摆在床头当《圣经》一样崇拜，‘行为分析说旧约’，这挺滑稽不是吗，博士？”

“科学的极致是哲学，哲学的极致是宗教。这是一位物理学家说过的话。”巴塞罗缪博士打开三位宇航员的简历，再一次浏览起来。莫甘娜·科蒂，三十五岁，出生于法国罗讷河口省港口小镇拉西约塔，幼年时去电影院看了一场有关外太空的纪录片，从此立志成为太空人。其后她毕业于拉西约塔卢米埃尔纪念中学，获得法国国立高等航空太空学院地球信息科学专业硕士，也是欧洲图卢兹宇航中心特殊培训计划第二十期的优秀学员，执行“未来号”宇宙空间站任务三次，月球探索任务一次，评价优秀，素食主义者（不抗拒奶制品），业余马拉松选手，丧偶，前夫是英国人，从事国际贸易工作，不坚定的环保主义者。

街上警灯闪烁，警察为FBI的GMC牌汽车开辟出一条通道，任黑色 SUV 开着警示灯呼啸而过。“所以我们去联合国总部做什么，博士？如果我没记错的话，白宫还是在华盛顿，没搬家呢。”探员从后视镜里瞅着后座的客人。

老人摘下眼镜，揉揉眉心：“去等着事情发生，探员。事态已经不可避免，联合国紧急特别大会一定会召开，我没必要到白宫去，因为总统会亲自过来。”他望着窗外，深夜纽约街头依然人流不减，人们怀揣梦想从全世界各个角落跋涉至此，追寻着存在于美国电影里的美国梦。电视和网络里的新闻并不重要，社会像极了铁轨上笨重的货运火车，就算轨道被洪水淹没、刹车开始锁死车轮，还是能靠庞大的惯性继续前进。或许真到了世界毁灭的那一天，人们惦记的还是即将到账的年终奖金和街角烘焙店每天限量一百个的巧克力甜甜圈吧。

“所以，你不仅是圣人，还是预言家。”探员吹了声口哨。

“你对我是否有什么成见？”博士忍不住问。

探员报以含义模糊的微笑：“不不，无意冒犯。我老爹是宾州兰开斯特人，他经常跟我说，下巴留着大胡子的都不是什么好人，又守旧，又冷漠。”

“这话最好别让阿米绪人（注：恪守《圣经》教义著称的美国宗教派别，拒绝现代科技，已婚男子下颌蓄须）听见。”

“借你吉言，我老爹可不怕，他死得很光荣，博士。”

距离第二次发射：十秒

地球静止轨道　特里尼蒂 β 空间站控制室

“没有通信，没有信号。联合国总部大楼楼顶没有图形文字或二维码。他们果然没做到。……里克，我们真的要做吗？”

“没错，就是现在，莫甘娜。”

“……我知道了。”

第二次发射

阿尔及利亚阿德拉尔省　特里尼蒂 β 地面站

查奥·阿克宁小心翼翼地咀嚼着羊肉。基地里有两家餐厅，一家提供自助餐，另一家售卖摩洛哥风味的菜肴，厨师早在二十小时前就已离开基地，但冷藏在冰箱里的番茄炖羊肉稍一加热就散发出了诱人的香气　　这是小查奥最喜欢的菜，以前每次跟随爸爸来到基地，都能吃到手抓饭、炖羊肉和冰激凌。

可此时他感觉像在咀嚼一块被油脂浸泡过的软木，嘴里感觉不出滋味，滑腻的口感让他想要呕吐。现在并非吃晚饭的时间。他来到基地已经整整八个小时，此时餐厅钟表的时针指向凌晨四点。八小时前查奥已经吃过一顿晚饭，跟陌生的父亲、母亲与几十个陌生男人一起，所有人都裸着身体，男孩把视线投向桌面，不敢抬起头看那些红棕色的胸毛和黑乎乎的下体。

吃完饭，他在公共休息室打了个盹，然后被枪声惊醒。一支军队在进攻基地，很快被自动机枪和藏在围墙后面的狙击手打退，查奥迷迷糊糊地听到大人们在讨论：“下一波会有重武器吗？政府军应该还不会出动，但南部沙漠保安公司会动用阿尔及尔总部的坦克车。”

“那些老掉牙的 T-90S 吗？保安公司手头没有主动反应装甲，我用 RPG 就能打穿它！”

“不用担心，调动大型运载车把装甲部队运到这里，起码要花上十八个小时。到那时候增员就到了，再说天上的家伙们应该也搞定了一切。”

“那个孩子……”

“总之，先看这一次发射的结果吧，如果他们集结在提米蒙，那就一举两得了……”

查奥又睡了过去。今天发生的事情超出了他能承受的极限，以至于一切都变得模糊不清，如同午睡醒来之后即将忘却的梦。在一段浅而疲惫的睡眠之后，他再次被唤醒，裸体的父亲站在旁边轻轻拍打他的脑袋:“来吧，查尼，我们去吃点夜宵，然后看个好玩的东西。”

“……我想睡觉，爸爸。”孩子坐起来嘟哝着。

“你不想看烟花吗？比国庆节更漂亮的烟花啊。”裸体的男人笑笑，拽着他走向摩洛哥餐厅。查奥踉跄向前，看父亲身上结实的肌肉随步伐晃动，好几处狰狞的伤疤嵌在背上，如眼睛般盯着他。他忍不住问:“爸爸，你们为什么不穿衣服啊。”

“因为衣服是没必要的东西。”男人回答，“一九六二年美国出版了一本书，叫作《寂静的春天》，作者叫作蕾切尔·卡逊。在她之前，没有人想过如果人类继续破坏自然的话地球会变成什么样子，这本书告诉我们，假如人类自认为万物之灵，不知节制地攫取一切，很快留给我们的就是一个没有鸟、蜜蜂和蝴蝶的荒芜世界。我们的组织在一九六三年成立，最初只是个小小的非营利组织，经过百年的发展，现在成为这个地球上最有力量的环保团体之一。”

查奥想了想，说:“我还是不知道你们为什么不穿衣服。”

“啊哈，就要说到这里了。人最初是自然的一分子，但现在成了自然的敌人，我们需要解放自我、回归自然，衣服、汽车、楼房、抽水马桶、电动剃须刀，都是在破坏自然的基础上制造出来的，我们使用的每一度电，就有五分之四是靠燃烧千百万年前的树木遗骸而产生，地球正在崩溃，查尼，我们的母亲地球正在死亡。这一切必须得到纠正。”

“不穿衣服就能让地球活下去吗？”

“没有这么简单，但这是个好的出发点。”

“那么……我也要脱掉衣服吗，爸爸？”

“不，你不用。”男人停下脚步，回头看了他一眼，“因为你不是组织的成员。因为你的母亲……”

这句话只说了半截。他们走进餐厅，坐下来吃番茄炖羊肉和冰激凌，那些男人们在喝马斯卡拉产的白葡萄酒，地上丢满了空瓶子，他们的口音千奇百怪，很多人不说法语，查奥听不懂他们的对话。母亲坐在男人当中，毫不在意地展示自己的胸部和大腿，查奥对此感觉羞愧，可不知为什么，这八个小时内母亲没有跟自己说一句话。这让他感觉很害怕，怕自己做错了什么，惹妈妈生气了。

“时间快到了，同志们。”父亲忽然站起来，用叉子敲敲酒杯吸引大家的视线，他指着墙上的大显示屏，屏幕一片漆黑，看不出在播映什么，“还有十秒钟，准备好看烟花了吗，同志们？”

“是的，阿克宁同志。”男人们纷纷倒满酒杯，紧盯屏幕。

几秒钟后，屏幕忽然亮了。像一个小小的花骨朵在夜里缓缓绽放，一团橙色的光出现了，面积和亮度不断增长，光团外围缠绕着流动的粉红色线条，像是围绕花朵飞舞的流萤。“乌拉！”有人带头喊着，酒杯相碰发出清脆的响声，人们大口大口地灌下白葡萄酒，用古怪的语言叫嚷。

查奥不知道自己在看什么。他瞧着那团光越来越亮，变得几乎无法直视，一条旋转的红线向上生长，仿佛花蕊向天空喷出血液。忽然基地外响起猛烈的风声，房子晃动起来，酒瓶在地板上弹跳，大家却早有准备地抓紧各自的酒杯，发出热烈欢呼。“爸爸……”查奥惊恐地叫着，却猛然发现父亲满脸癫狂的神色，下体因兴奋而充血，看起来完全是个陌生的男人。

孩子忽然弯下腰呕吐起来，将羊肉与冰激凌喷向地板。他将夜宵和晚饭都吐了出去，然后痛苦地干呕着，没有人注意到他，人们在光芒绚烂的屏幕前跳起舞来，有人举起冲锋枪向天花板“砰砰”地射击。不知过了多久，查奥终于直起身子，用纸巾擦净嘴巴，他看到屏幕上的光圈已经缩小了，化为一团暗红色的、忽明忽暗的火，空气中多了一种焦煳的味道。

“查尼啊，你看到了吗。”父亲叫着，眼神望着墙壁外面的某个地方，“这就是人类必须付出的代价！我们比谁都希望重建秩序，保护自然，可若不经过惩戒，人类又怎能懂得其中的道理呢……”

孩子僵硬地转过身，看到母亲被一群裸体男人围在中央，发出快乐与痛苦并存的尖叫声。“……爸爸，妈妈……”他站在狂欢的餐厅中央喃喃自语，屏幕上如木炭般发红发亮的是被特里尼蒂β空间站一分钟激光照射所毁灭的提米蒙。

千年历史的绿洲，因特里尼蒂项目而重新繁荣的小镇，拥有美丽红色砂岩旧城墙和繁华新居住区的沙漠城市，三万六千人的家。一分钟三十秒的时间。提米蒙带着三万六千个沉睡的居民，安静地消失于世界地图。

第二次发射后十五分钟

美国纽约曼哈顿　联合国总部大楼

提米蒙被毁灭后的八分钟，第一段视频被发布在阿尔及利亚的社交网络上，随后星火燎原般传遍世界。拍摄视频的是特里尼蒂β地面站的一名高级工程师，当时他在提米蒙小镇七公里外砂岩山上的观察站执勤，激光击中提米蒙的时候，他掏出手机拍摄了将近八十秒钟的画面，又将视频传上网络，紧接着就被高热的冲击波吹下悬崖。

“真主啊！”视频的末尾他用阿拉伯语疯狂喊叫着，声音被呼啸的热浪所掩盖，电视台根据口型推断出工程师在生命弥留之际的遗言：

大难，大难是什么？你怎能知道大难是什么？在那日，众人将似分散的飞蛾，山岳将似疏松的采绒。至于善功的分量较重者，将在满意的生活中；至于善功的分量较轻者，他的归宿是深坑。你怎能知道深坑里有什么？
有烈火！

文字在滔天烈焰的画面上流动，这是布兰登·巴塞罗缪看过最震撼人心的视频片段。深夜的联合国总部大楼一层接待厅人头攒动，但却寂静无声，所有人都抬起头观看壁挂电视中反复播放的视频，电话铃声丁零作响，办事员摘下听筒，电话那边响起同样的背景音，那是激光毁灭城市的滚滚雷鸣。

“巴塞罗缪博士。我听过您的名字。”这时一位四十岁年纪的女士轻触了一下博士的手臂，让他从灾难的画面中暂时解脱，“我是美国常驻联合国代表黛米·怀特，有什么可以帮您的？”

“叫我布兰登。”老人摘下帽子，满怀感激地与对方握手，“这真是一场灾难。我是白宫紧急反恐小组的成员，我猜总统应该向你发出了提请召开联合国紧急特别会议的要求，关于会议的必要性，各常任理事国应该已有共识，会议召开只是时间问题。所以我以美国代表团成员的身份率先入场，做一些准备工作。”

美国代表面露疑色：“特别会议？目前我还没有接到白宫的通知。”

“很快，怀特小姐。总统先生会做出正确判断的。”

仿佛为了验证巴塞罗缪博士的预测，黛米·怀特的手机适时地响了起来，她接通电话，听对面说了几句，然后通过指纹验证签署了一份电子文件。“您说得没错，博士，跟我来吧。”点点头，她递给老人一张临时出入卡，带他通过安全检查走向电梯，“总统和智囊团正在赶来的路上，您可以到秘书处大楼十七层稍作休息，173B 房间的保密等级是最高的，请放心使用网络。”

“谢谢。”

“另外，等您的随从经过身份检查，会有人带领他与您会合。”

“随从？”

巴塞罗缪博士转过头，看送自己到达这里的那位光头 FBI 高级探员站在哨岗外，用那种略带嘲讽的古怪眼神盯着自己。“……当然，谢谢。”

屋门关闭，黛米·怀特急匆匆离去，老人坐在沙发上扫视房间，屋子有二十平方米左右，透过大落地窗可以俯瞰静静流淌的纽约东河。他打开笔记本电脑，连接信息终端，大量的新消息开始快速滚动，一则信息以红色字体标注：根据欧洲新能源共同体的观测，袭击阿尔及利亚提米蒙的激光束持续了九十四秒钟，释放了零点九至一万二千吨 TNT 当量的能量，大约相当于一九四五年降落在广岛的热核炸弹当量的一半。

另一条蓝色信息带有 FBI 最高保密级别的标签，老人轻轻点击，一个视频窗口弹出：在灯光明亮的审讯室里，一个老妇人斜靠在椅子上，看起来已经失去意识，数据显示她的心跳已非常微弱；隔壁另一间审讯室内，FBI 的刑讯人员将一名中年男子的头颅固定在牵引架上，开启瞳孔激光投影仪，这种眼底投影装置能在短时间内向刑讯对象灌输大量符号化信息，在自白剂的帮助下迅速瓦解犯人的理智与心理防线，如同往密闭的玻璃瓶里灌大量的水，靠冗余信息把想要获得的答案给挤出来。巴塞罗缪认出这个表情错乱、口吐白沫的男人，他是特里尼蒂美国公司总裁，一个依靠美国南部页岩油和天然气发家的能源巨头，也是在化石能源储量出现衰竭势头的时候，第一个跳出来支持空间“太阳能计划”的人。

“可悲！”博士关闭了视频窗口。忽然间画面静止了，一切操作被锁定，终端转入视频会议模式，总统的面孔出现在屏幕中央，从画面背景判断他应该在防弹车上，从华盛顿前往纽约的途中。

三位宇航员的图像依次浮现，肖的太空舱灯光暗淡，本人依旧严肃不语，里克·威廉斯还是挂着微笑，莫甘娜·科蒂依旧转着圈。

这次美国总统率先开口：“我下令中止无线电干扰，主动与你们联络。我对发生在阿尔及利亚的事件感到非常遗憾，你们不仅惹怒了地球上最强大的国家，甚至决意与全世界为敌。”

美国宇航员轻松地回应："我感同身受，长官。一方面，你因为浪费了纳税人的上千亿美元而压力沉重，这肯定是越战以来美国军事史上最大的挫败；一方面，我们毁掉的是非洲的某个三万人口的小镇，而不是迈阿密，不是波士顿，不是洛杉矶，不是休斯敦卢普区的印度人聚居地。如果有下次竞选的话……"

"里克！"莫甘娜忍不住出言提醒。

"啊，抱歉。说正题，我们在等着好消息呢，长官。"

总统沉默了二十秒钟，恰到好处的二十秒钟，然后说："美国作为常任理事国提出了召开会议的请求，等待其他国家和联合国秘书处的回应。"

里克·威廉斯笑了起来："谢谢，真是个好消息！接下来请别开启无线电干扰了，我们要在电视里看到这个消息。从现在开始，你们要通报紧急会议筹备的进度，我会开启两个小时的倒计时，每次进度更新，倒计时都会重置，若没有最新消息，两个小时一到，第三次打击就会降临在地球上某个繁华的地方——这次可不会是小城市了，长官。"

"你是手握枪支的婴儿，孩子。"美国总统的表情忽然松弛了下来，"你不知道在开一个多大的玩笑。后悔永远是来得及的，我可以签署总统令，保证你们三人的安全。一艘'海王星'飞船很快将进入同步转移轨道，你们可以乘坐飞船回到地球。欢迎会是不会有了，起码我能保证没人会向你们掷西红柿。"

"呵呵。"威廉斯咧嘴一笑，"真好笑，长官。那么就这样了，下次联络再见，别忘记倒计时。你们还有什么补充吗，伙计们？"

莫甘娜背对镜头摇了摇头，沉默的肖率先关闭了视频窗口。三名宇航员的图像依次消失。

总统坐在舒适的皮座位上，用指甲"嗒嗒"地敲打着手中的屏幕，灰色的眼球里看不出多少愤怒。"问问中国人在干什么。问问俄罗斯人在干什么，还有欧洲人。"他说，"搞清楚他们有没有收到特里尼蒂的联络，给我一份阿尔及利亚事件的简报，让FBI从那几名罪犯身上弄出点有用的东西来，通知太空司令部调集空间力量，命令第二、第三、第五、第六、第七舰队警戒，战略核潜艇进入战备巡航状态。……另外谁能告诉我特里尼蒂地面站是什么情况？做点有用的事情吧！”

距离可能的第三次发射：一小时三十一分五十九秒
俄罗斯莫斯科市卢比扬卡广场二号楼　地下八层

肖平坐在冰冷的不锈钢椅子上，束缚带将他的身体牢牢捆住。伊万捋起他的袖子，用压脉带勒紧他的手腕，从旁边的冷藏柜里端出一个托盘放在桌上，撕开一次性注射器的包装，折断一个安瓿瓶，吸满淡蓝色的注射液，弹一弹针头排出空气，把针管里的液体注入肖平的静脉。

“针管里装的是什么？”肖平抬起头。

伊万丢掉注射器，慢慢放下卷起的衣袖：“针管里的是DLS，一种尚在试验阶段的神经元激活药品，与治疗抑郁症的多巴胺、拉莫三嗪功效类似，只是功效更强。药物会在五分钟后生效，你可能会感觉恶心、头晕、眼花，那是正常的副作用，因为从神经末梢传来的电信号被放大了。接下来，我会给你戴上头盔。”说着话，他伸手从空中拉下来一个半球形的银色头盔，“这个设备内部有三万根光纤维探针，它们会穿透你的头盖骨，截取大脑的神经电信号。到时候，我会将问题转化为光电信号传进大脑，你的大脑会自动调动海马体的记忆，产生相应的答案——并不需要你的同意。”

老人低下头想了想，说：“即使我不愿意，还是会说出秘密，对吗？”

伊万回答：“这就是俄罗斯的技术实力，位于世界前列的神经接口技术。”

“这种技术没有用于临床医学，也就是说，它有很大的缺陷。”

“你很聪明。”伊万承认道，“即使在 FSB，这种手段也是禁止使用的。神经探针会造成不可修复的脑部损伤，特别是对海马体的深度探测。运气好的话，你会失去一些记忆，或者丢掉嗅觉、味觉、视觉；运气不好的话，会死。”他搬一把椅子坐在对面，从衣兜里取出一个绿色针筒，“还有四分钟时间，而写出密码只需要十秒钟。这是神经元抑制药物，能够抵消 DLS 的功效，在脑血管的 DLS 浓度达到峰值之前注射，随时有效。”

肖平感觉到冰凉的液体在血管里奔涌，眼前的一切开始放大，放大，自己的声音变得非常遥远：“我就想问问我的阿佳塔被带到哪儿去了。她是一个勤劳善良的好母亲，一位好妻子，虽然有语言障碍，身体也不太好……请别让她受到伤害。”

“她很好。等事情一结束，你们就可以回家，FSB 会为你们申请一枚为祖国服务勋章。”

“……好。”

肖平张口喘气，觉得自己吸气的声音大得像火箭发动机。“……我没有其他的问题想问，只好奇一件事情，那就是我儿子究竟做了些什么。”他活动一下身体，问道。

“半个小时前，他屠杀了非洲一座城市里的三万名无辜居民。”伊万木然地盯着他，“男女老少，一个不留。”

“为什么？”

“等到破解了他的电脑就能知道为什么了。我对恐怖分子的想法并不好奇。”

“我儿子没说什么？”

“什么都没说。”

“……我知道了。麻烦把我的手腕解开，我把密码写给你。”

伊万残缺的嘴角抽动一下。“很好。”他取出纸和笔放在桌上，“你知道在我面前耍花招是没有用的，在紧急事态之下，祖国赋予我们最高级的自我处置权限，你的任何动作都会被视作威胁。我能用一百种办法杀死你，在一瞬间。”他走过来解除椅子上的束缚带，将纸和笔往前推了推。

肖平苦笑着活动活动手腕，拿起钢笔写字，他已看不清眼前的世界，心跳犹如雷鸣在耳边奏响，白炽灯亮得如同一轮太阳，“就这样吧。还有最后一件事情必须告诉你，有关我儿子的叛国行为……”他的声音越来越小。为听清他的话，伊万保持着警觉地凑近一些，听老人喃喃自语：“……我是绝对不会承认的，我是俄罗斯联邦航天局运载火箭技术研究院的功勋科学家，我知道自己隐瞒了有害祖国的秘密。我有罪。可另一方面，作为我那个小兔崽子的爹，肖三十九年的父亲，从他拉青屎的时候瞅着他慢慢长大的人，我敢说这世上没有人比我更了解我儿子。我俩说话不多，有时候就着孩儿他娘包的俄国饺子喝几杯伏特加，喝多了才能敞开来聊，我给他递根烟，他给我斟个酒，说几句话，就什么都懂了。我老肖没什么出息，搞了一辈子火箭燃料研究，我儿子比我争气多了，我和阿佳塔最骄傲的就是有这么个孩子，亲儿子。就算见了阎王，我也不相信我儿子是恐怖分子，是杀人魔王，他要做啥，我不懂，也不想懂，我就知道他不是坏人，他干不出坏事儿来……死也不相信！”

伊万吃了一惊。这时肖平猛地挥出右拳，伊万立刻向后跃出躲避，手已握住怀中格拉齐手枪的枪柄，却发现老人是朝自己发动攻击。“噗”的一声闷响，肖平打中自己的上腹部，痛苦地弓起身体，腿上尚未解开的束缚带“吱吱”作响。

“你……”发问声尚未出口，伊万的视野被红光充满。他看到椅子上的老人化为一支剧烈燃烧的蜡烛，赤红烈焰从口鼻和耳朵中喷出，转瞬间席卷整个房间。痛苦只持续了几秒钟，人体来不及碳化就燃烧殆尽，火焰舔舐着钢铁的冷藏柜和水泥墙壁，让房间层层剥落。

藏在肖平工程师肝脏后面的是一个三百五十毫升的玻璃胶囊，

里面分两格存储着液态肼与过氧化氢，当脆弱的玻璃外壳破碎，强极性化合物肼与强氧化剂过氧化氢混合，产生出高热的火焰。油状、剧毒的肼是一种已经被淘汰的液体火箭发动机燃料，而火箭发动机，是他最熟悉的领域。

自从发现儿子的秘密，他就趁胆囊手术的机会，让莫斯科国立谢东诺夫医院那位生死之交的医生朋友将玻璃胶囊植入自己体内。稍大的冲击力就会让脆弱的玻璃胶囊破碎，这位在良心与爱子之情间左右挣扎的父亲带着体内剧毒的火箭燃料，度过了危险而痛苦的十年。每逢日落便会袭来的腹痛时刻提醒他，是秉承对祖国的信念回归秩序，还是凭借父子之情做出一厢情愿的判断，这是个无解的问题，他所能做的，只有如此。

他是俄罗斯人，也是个中国人，当有一天他发现自己捡到的弃婴成长为那样的怪物，肖平决定成为一个罪人。东正教的罪，儒家思想的罪，无论从哪个概念上，他都只能烧尽自己，作为对万千牺牲者的赔礼。

距离可能的第三次发射：五十七分二十三秒

美国新墨西哥州奥特罗县　特里尼蒂 α 地面站

夜色中四辆雪佛兰 SUV 组成的编队掠过一丛一米多高的牧豆树。刹车灯亮起，车队停止在特里尼蒂地面站银亮的围墙前，牧豆树下的沙漠角蜥观察到了这几个移动的物体，它简单的大脑将目标判断为食谱范围之外的东西，于是不再关心，它更忧心的是体温问题。夜已经深了，空气却依然炙热，它在白天积蓄的体温迟迟不能散去，这显然对健康有害。今天反常的气候令角蜥感觉烦躁，它挪动身体，尽量把自己埋进凉爽的沙土之中。

“我们计划了那么多方案，一个也没用上。”戴墨镜的男人开门下车，向同伴抱怨，“美国政府果然是悠闲太久了，居然没有人对特里尼蒂地面基地加以控制，县警、陆战队、FBI、国土安全部，没有人。”

副驾驶席戴鸭舌帽的人应道：“到现在为止，原试射计划所发布的疏散令仍然起效，很多救援阿拉莫戈多的消防车都被拦在警戒线外面。——话说回来，消防队去了也没什么可做，除非他们想在岩浆上烤棉花糖。”

“好主意。岩浆烤热狗听起来也不错。”查尔斯·唐摘下墨镜，在门禁系统上刷卡，并进行虹膜验证。门开了，他跳上车，将SUV一直开到基地主楼前，使用同样的方式打开建筑物的滑动门。后面的车子跳下十几名身穿蓝色工装的男人，“按计划来吧，把工蜂放出去，恢复自动武器系统，接管发电站，刘会告诉你们该怎么做。”他布置道。

戴鸭舌帽的男人丢掉帽子，打了个响指：“很简单，给每栋建筑断电，按顺序打开备用电源，剩下的我来搞定。”这位亚洲人扎着一头黑色的小脏辫，看起来有点嬉皮，但作为特里尼蒂美国公司副总裁、首席技术官、能源集团顾问，没人敢轻视乾坤·刘的意见。

雪佛兰SUV后备厢开启，四架侦察无人机嗡嗡起飞，人们四散进入基地，查尔斯与刘乾坤通过电梯到达主楼地下二层，在灯光明亮的主控制室里坐下来，分享一瓶哥顿牌杜松子酒。查尔斯喝下一口酒，敲一敲桌面，“特里尼蒂总裁被逮捕了，还有里克·威廉斯的母亲，FBI不会轻饶他们的。”

刘乾坤满不在乎：“不外乎自白剂那一套。这些人能够吐露的信息不值一提，而且他们——当然还有我们所有人——的意识深处埋设了心理炸弹，一旦超过某个刺激阈值，炸弹‘嘭’地爆炸，人会瞬间陷入深度睡眠，直到催眠他们埋设炸弹的那个人亲自将催眠解除。”

查尔斯摆弄着墨镜，“你说整个计划成功的可能性究竟有多少？做到这一步，已经出乎我的意料之外了。”

“百分之百，或者零。笨蛋才相信概率，哥们儿。”刘乾坤嘴里咬着一次性纸杯，噼啪地敲打着键盘，“对了，把电视机打开，时间差不多了。看完这一段我就带人到圣塔菲去，应该刚刚好。”

距离可能的第三次发射：五分四十八秒

美国纽约曼哈顿　联合国总部大楼

联合国大会厅的一千八百个席位已经坐满，更多的人还想挤进门来，秘书处工作人员在极力劝阻。以常驻联合国代表黛米·怀特为首的美国代表团占据了第一排的六个席位，布兰登·巴塞罗缪博士也在代表团中，美国总统和紧急应对小组成员则在秘书处大楼十七层通过视频直播观看会议。由于是仓促召开的紧急特别会议，各国元首并未列席，美国总统出于姿态问题放弃了亲自出席的想法。

联合国秘书长戴克斯·三浦宣布会议开始。这位日裔加拿大人一个小时前刚刚结束对古巴的访问回到纽约，他按照《联合国宪章》条款，宣布由过半数安理会理事国发起的联大紧急特别会议即刻召开。会议开始之前，秘书长要求美国分享相关情报，因为大多数与会国家对特里尼蒂事件并不了解。经过总统授权，黛米·怀特在大会厅的投影屏幕上播放了特里尼蒂空间站同美国政府通信的影像资料，——当然，有关美国总统发言的部分做了些技术处理。

会议厅乱成一锅粥，所有人都在拨打电话，二层平台的各媒体驻联合国记者冲向美国代表驻地想搞到原始视频资料。混乱持续了很久，直到美国人关闭无线电干扰，向特里尼蒂空间站发出通信请求。空间站很快做出回应，三位宇航员的面孔出现在高悬金色地球橄榄枝徽标的联合国会议厅中，特里尼蒂履行了诺言，倒计时被重置为两个小时。

由于本届联合国大会的主席、副主席暂时未能到场，主席台上只坐着秘书长三浦一个人，他面对镜头发言：“我是戴克斯·三浦，这里是联合国总部联大会议厅。联合国紧急特别大会应约召开，但你们要了解到，并非联合国屈从于恐怖主义威胁，而是安理会理事国认为有必要与你们正式对话，寻找解决问题的途径。”

身穿轻便宇航服的美国宇航员微笑道：“很高兴能够与全世界交流。我是里克·威廉斯，现在代表特里尼蒂发言，首先我们需要一个平等对话的身份，如果身上挂着恐怖分子的标签，就没法进行一场友好的谈话吧？麻烦看看你的右手边，先生。”

三浦望向自己的右边。主席台侧面是几排座席，那是联合国特别观察员席位，“……联合国观察员有权在大会发言，这点没有错，但以你们的立场，即使是以组织身份加入……”

“不，不是组织，而是实体。特里尼蒂正式申请以主权身份成为联合国观察员。”

三浦愣住了，会议厅响起嗡嗡议论声。联合国的观察员席位有六十多个，其中大部分是国家联盟、经济共同体等国际组织，而实体主权只有五个：马耳他骑士团、红十字会、红十字会与红新月会联合会、各国议会联盟和国际奥委会。至于以国家主权担任观察员的，只有梵蒂冈和巴勒斯坦。

美国代表黛米·怀特大声道：“这是对《联合国宪章》的亵渎！美国无法容忍恐怖分子在联合国大会上的无礼行为！”

会场里响起肖那平静低沉的声音：“这是沟通的基本条件，我们不想威胁任何人，先前所做的一切只是为了换取平等的对话条件。对于那些必要的牺牲，我们感觉非常抱歉。”

“将这些刽子手从太空逮捕送上断头台！”阿尔及利亚代表站起来挥舞拳头，“他们谋杀了三万名阿尔及利亚人与三千名法国人，其中包括两千多个孩子！”

“请肃静。”秘书长三浦开始维持秩序，“请肃静。宇航员先生们……根据章程，现在无法草率授予你们观察员身份，我建议先就特里尼蒂空间站对地球的威胁一事进行讨论。”

里克·威廉斯说道：“《联合国宪章》可没有对常驻观察员身份进行认定的规定，只有赋予观察员在联合国大会发言与发起投票的权利而已。一直以来观察员身份审核是依照惯例进行的，这并不是拖延的借口吧，秘书长阁下。”

“但你们只是三名太空太阳能电站的宇航员，并不具有主体性。”

“很好，这正是我们要在全世界面前声明的事情。”

美国宇航员举起一个塑料盒子，盒子上用马克笔潦草地写着“票箱”二字，他向镜头展示盒子是空的，盖上盒盖，然后将一张小纸片沿缝隙塞了进去。特里尼蒂 β 空间站的莫甘娜·科蒂也做了同样的事情，不过她使用的是一个装曲奇饼的小铁盒。肖安静地面对镜头，没做什么。

“现在开始计票，麻烦大家监督。”美国宇航员笑嘻嘻地打开盒子，展开那张对折的纸，纸上写着一行字：特里尼蒂应该成为独立国家吗？请标记“是”或“否”。下面写着“是”的地方打了个对钩。同样，莫甘娜在盒中的纸也勾选了“是”。

里克·威廉斯清清嗓子，对联合国大会厅里的两千人和厅外的七十亿人说：“公投已经结束，投票率百分之六十六点六六，得票率百分之百，我们在此正式宣布以特里尼蒂 α 空间站、β 空间站、γ 空间站构成的太空领土为独立主权国家，命名为特里尼蒂共和国。我们愿意在平等、和平、友好的基础上与其他国家建立关系，进行经济领域的深层次合作，要知道，我们国家的太阳能资源……”

联合国秘书长戴克斯·三浦忍不住打断了里克的话，尽管明知这是不礼貌的行为，“抱歉，威廉斯先生。这是一个玩笑吗？”

里克笑道：“不，你刚刚目睹了一个新国家的诞生，秘书长阁下。——肖，该你了。”

肖用右手推一推玳瑁框眼镜，举起一张纸，开始沉静地诵读《特里尼蒂独立宣言》：“今日我们在此宣布独立，特里尼蒂全体国民发出一致的声音。我们来自美洲、亚洲和欧洲，继承了东西方文明有关民主、和平、宽恕和奋进的美德，也因世界的狭窄、自闭、短视与懒惰而苦恼。站在更高的角度观察世界，我们发现在三万六千公里的轨道上不存在世俗纷争，每个人都能保持尊严。

我们是特里尼蒂，一个民主的、多民族的、平等的国家，我们秉承地球之子的权利与义务，珍爱人类的永恒家园，保持与所有友善国家的商业、文化、教育、医疗等方面进行交流合作，为地球的安全、稳定、繁荣做出贡献。

我们遵从国际法原则，对所有平等主权国家报以善意，并期待各国家的支持与友谊。我们保证为地球提供清洁而高效的太阳能电力，帮助联合国安理会维护地区性与全球性的和平。

我们是特里尼蒂，地球之外的三人国家。今日我们在此宣布独立，此事项明确具体且不可撤销，应受法律约束，且受法律保护。——特里尼蒂共和国，国民肖、里克·威廉斯、莫甘娜·科蒂，共同签署。

你好，世界。”（注：Hello，World。在屏幕上输出Hello，world是每一种计算机编程语言中最基本、最简单的程序，亦通常是初学者所编写的第一个程序。它还可以用来确定该语言的编译器、程序开发环境，以及运行环境是否已经安装妥当。）

同步翻译器将每一句话都送进人们耳中，肖结束诵读后，大厅内出现长达一分钟的沉默，每个国家的代表都在思考这则宣言背后的意义，许多人下意识低头看腕上手表，因为这个时刻注定被写入每一本历史书中。

打破沉默的是中国代表，“你们不具有建国的条件。”这位精神矍铄的老者站了起来，“你们在玩弄国家这个概念！国家是拥有共享领土和政府及拥有共同语言、文化和历史的人民群体，你们拥有基本的政治学概念吗？”

做出回答的依然是美国宇航员，“国家的三个要素是领土、人民和政治权力，特里尼蒂拥有全部要素，我们拥有自己的领土——

虽然实际上跟土地没什么关系——和领空，有三个热爱祖国的国民，有全世界最完善的民主制度，而且我可以保证我们会尽快搞一部宪法出来。”

“抗议！”英国代表站起来，“根据一九六七年生效的《外太空公约》第三条‘不得据为己有原则’，任何国家或个人不得通过提出主权要求，使用、占领或以其他任何方式把外太空据为己有。你们在太空中所宣称的领土是无效的！”

里克咧嘴一笑：“抗议驳回，律师先生！特里尼蒂的领土可不在太空，而是三个空间站所覆盖的物理范围。根据国际空间法，人造空间物体的控制权和管辖权归属于注册国，也就是说三个特里尼蒂空间站分别属于美国、俄罗斯和法国领土，我们只是通过和平政变的方式改变了领土归属权而已。还有问题吗？下一个。”

秘书长三浦说：“你们是希望联合国大会就特里尼蒂建国问题进行投票吗？”

“你真是令人意外地缺乏常识呢，阁下。”里克用手指了指脚下的蔚蓝地球，“联合国大会怎么能干扰主权建立呢？就算特里尼蒂建国不符合国际法，也要海牙国际法庭审判才能认定。现在，我们只想以主权观察员的身份在联合国紧急特别大会发言而已。”

在一片骚动声中，秘书长与副秘书长、几位常任理事国代表短暂沟通了几句，接着做出决定：“好，特里尼蒂作为主权团体获得了本次紧急特别会议的观察员身份，会议结束时身份即随之撤销。我需要提醒的是，你们有发言权和提议权，但没有投票权。”

“谢谢！”里克敬了个不太严肃的礼，笑嘻嘻地说，“我们不会发起投票的，因为街上的小鬼都知道联合国大会的决议是没有强制执行力的，只有安理会决议具有强制力。现在让我们开始对话吧。莫甘娜，你要接棒吗？”

特里尼蒂 β 空间站的女宇航员犹豫地点了点头。“按下发射按钮毁灭提米蒙绿洲的是我。杀死三万人的是我。”她垂下睫毛，轻轻地咬着牙，“我有罪。但若有必要的话，我可以杀死更多人。如果你们和我一样从三万六千公里之外看地球，就会发现地球其实小得可怜，如果谋杀蚂蚁算有罪的话，你们人人都是魔鬼！特里尼蒂想要的，其实非常简单……”

她的话引起一片哗然，许多人站起来大声咒骂并向投影屏幕投掷鞋子，秘书长徒劳地敲着小槌。这个时候，布兰登·巴塞罗缪博士收到了一条保密信息，他开启了笔记本的视网膜投影模式，只有本人看得到的信息浮现在眼前：“观测到三十二个人造星体异动，根据已确定的卫星资料，是中国与俄罗斯的攻击卫星发动攻击！另探测到十二枚导弹突破大气层的红外信号，据分析是中国华北、东北、西南三个导弹基地发射的‘东风 49 改’反卫星弹道导弹，NMD 系统分析东风导弹的弹道不会重入大气层，已解除锁定。”

博士吃了一惊，转身看旁边，中国与俄罗斯代表也在责骂特里尼蒂的激愤人群当中，看不出表情有什么异样。他点击“东风 49 改”的链接，阅读详细说明：“‘东风 49 改’由‘东风 49’战略弹道导弹增加三级助推器改装而成，是目前已知地基反卫星装备中唯一能威胁到两万公里以上轨道的武器，试射记录两万四千公里，预测最高攻击范围四万公里，战斗部载荷八百公斤，常规弹头装备有六十颗高爆子母弹，核弹头总当量四十五万吨，受《公约》限制未列装。”

老人抬起头，仿佛透过联合国会议厅的穹顶看到了三万六千公里之外的深空即将盛开的金色焰火。

距离可能的第三次发射：一小时四十九分一秒（重置后）

俄罗斯莫斯科市卢比扬卡广场二号楼　地下八层

屋门开启，浓烟滚滚中冲入几个头戴防毒面具的士兵，他们将防毒面具扣在阿佳塔头上，架起老妇人向外冲去。楼宇里烟雾弥漫，干粉灭火器的白灰撒满地面，阿佳塔的挣扎毫无用处。士兵们拥着她登上一辆汽车，车子在宽阔的地下通道中行驶了十几分钟，经过几重戒备森严的大门，一个截然不同的世界出现在眼前，这里的地面铺设着灰色耐磨树脂，LED 自发光墙壁散发着柔和的白光，军人和穿白大褂的技术人员匆忙来去，等阿佳塔醒过神来，发现自己坐在一间四壁纯白的屋子里面，对面站着一位威仪的俄罗斯中将。

“我只有一个问题。”大胡子的中将端正地站着，“就目前掌握的资料无法解释别列斯托夫行动的动机，我们找到的诸多线索都是假消息，他与境外恐怖势力、宗教极端组织并没有什么关联，也找不到与中国方面的联系。阿佳塔，告诉我，如果别列斯托夫是出于自身原因才犯下反人类的罪行，那么，那个原因是什么？”

老妇人坐在那里，一言不发。

中将没有说什么。他做了个手势，房间的三面墙壁变得透明，阿佳塔惊愕地环顾四周，发觉相邻房间的墙壁、天花板、地板也在逐渐消失，她正坐在一个庞大空间中央的玻璃盒子里面，数以百计的信息终端上面，无数显示屏上流动着令人眼花缭乱的数字信息。她望向其中一个屏幕，伺服系统捕捉到她的视线，将显示屏上的画面投射到小屋墙壁上，一座高耸入云的山峰出现在眼前，风雪迎面扑来，让阿佳塔情不自禁地打了个寒颤。屏幕上的坐标老妇人看不懂，不过下面有文字滚动：中西伯利亚高原萨彦岭蒙库萨尔德克山，海拔三千四百五十米，气温零下十九摄氏度，特里尼蒂 γ 地面站。

中将做个手势，画面旋转起来，山顶正八角形的银色建筑物在风雪中矗立，一条蜿蜒的道路沿着山脊深入谷底，但中间的大片山脊崩塌了，如同折断的巨龙脊梁。“几个小时前侵入特里尼蒂地面站的恐怖分子炸断了唯一的道路，他们拒绝通话，但没有损坏输电设施。”中将说。

阿佳塔惊慌地站起来，望向另一个方向。墙壁忽然变得漆黑，璀璨星空在眼前铺展开来，强烈的光照得人眼睛发花。中将说："俄罗斯的太空力量正与中国太空军联合发动攻击，这是全世界太空战的主要战斗力了，从目前来看战况并不乐观。"

老妇人跌坐在椅子上，眼睛一眨，一个布满仪器的庞大实验室浮现在天花板，"以罗蒙诺索夫超级计算机为首，十二台超级计算机组成的并联计算系统正在破解别列斯托夫个人电脑的密码，我们已经破解出一部分文件，但关键文件使用了更复杂的加密算法，即使以国内最强的演算能力，运气好的话起码还要两个小时才能得到结果，运气不好的话……可能要花上几天时间。"中将说，"您看到了。整个国家为了一个人而陷入紧急状态，祖国正在面临严峻的考验。而那个人，就是别列斯托夫，您的儿子。我不奢求什么情报，只想得到一个合理的答案。……为什么？"

眼泪从阿佳塔脸上滴落，她用衣袖揩着眼泪，嘴巴一开一合，尽管发不出声音，口型识别系统还是自动翻译出她想说的话："我真的都不知道，我不知道我的儿子是这样可怕的人。他从小就很自闭，不可能跟人说出交心的话，记得他高中毕业时第一回喝酒喝多了，回家就吐了，不肯睡，哭着说世界不公平，无论何时也是富人欺负穷人，强者欺负弱者，人和人就要分等级。我知道他有两位从小到大的好朋友，其中一个是巴基斯坦技术专家的孩子，一直受到新纳粹集团的欺凌，后来自杀了。另一位好友的性格也很奇怪，长大后当了医生，但一直说世界毁灭什么的话题……我儿子并非坏人，他只是极度地希望世界的公平……"

"平等？"中将倾听着老人的哭诉，若有所思地低下头，"……仅仅是为了这个幼稚的理由？"

几十朵小小的花儿同时绽放在星空，屋里的光线亮了又暗了，中将知道那是中国方面的五颗"东风 49 改"释放的分导弹头遭到了激光拦截。这次攻击的导弹和自杀卫星全部被特里尼蒂空间站的防御激光击毁，与此前美国人尝试的结果完全相同，这是一次史无前例的饱和攻击，同一时刻有超过二百枚制导弹头、动能武器和自杀卫星集中在同一片空域。但画面上那片黑色阴影岿然不动，只有武器自爆的光芒不断闪烁，特里尼蒂空间站像雄踞于人类头顶的奥林匹斯宫殿，用雷电轻描淡写地击溃美国、俄罗斯和中国暗自经营数十年、各自引以为豪的太空力量。

与此同时，爆炸产生的碎片已经击毁了六十颗静止轨道通信卫星和更多的低轨道卫星，灾难性的连锁反应正在发生，全球卫星通信能力已经锐减了百分之五十，频段还在一个接一个地减少中。

站在俄罗斯联邦战略通信情报指挥中心里，中将明白现在并不是审讯相关人士的时候，旁边房间里的总统、总理和总参谋长正急切地寻找着第二套方案，能够在危机中拯救祖国的最后方案。可他依然没有动，站在那里听着阿佳塔的絮絮自语，与断断续续的啜泣声。

距离可能的第三次发射：四十分十一秒（重置后）

美国新墨西哥州圣塔菲市　州政府大楼

两辆黑色雪佛兰 SUV 停在西班牙风格的四层建筑物门口，灯光熄灭，发动机却还在嗡嗡作响。夜色中平凡无奇的砖红色建筑物就是新墨西哥州州政府大楼，此时已接近午夜零点，大厅里只有一名睡眼惺忪的保安。戴鸭舌帽的男人向他打了个招呼，带着六名特里尼蒂员工乘电梯到达四层，推开州长办公室的门。新墨西哥州州长正坐在办公桌后看电视，一双大脚高高地翘在桌上，“……是你？”看见来客的样貌，州长收回腿站了起来，伸手表示迎接。

刘乾坤摘掉鸭舌帽，甩一甩小辫子，大大咧咧地坐在桌子对面：“瞧，终于到了履行承诺的时候了。”

“我没想到这种事情真的会发生。”州长走到小酒吧桌前，给自己和来客各倒了一杯威士忌，“Jim Beam，不加冰。我们都需要冷静一下。”

刘乾坤跷起二郎腿，摆了个舒服的姿势，接过酒喝了一口：“好，我很冷静了。你做好准备了吗？”

州长整理一下领带结，显得有点犹豫：“我不确定……现在联合国会议还没开完，他们也还没宣布那件事情。”

“很快，很快。”刘乾坤说，“我让人在四层会议室架好直播设备和卫星天线，随时可以开始直播。另外你在旁边屋子埋伏了几名保安，这样很不好哦，信任是合作的第一前提，你要与特里尼蒂彼此信任才对。”

“砰！砰！”几声轻响后，秘书室传来沉重的倒地声。州长面色还是很镇定，端起酒杯摇晃着金黄色的酒液：“抱歉，那是程序配备而已。从几年前竞选时起，我就对特里尼蒂非常信赖，相信未来我们还可以良好地合作下去。”

刘乾坤笑道：“当然，你要付出的非常少，只是在电视前露个面而已，我用 CG 可以做到同样的事情，但你明天的公开演讲也很重要。毕竟是个新的开始呢，干杯。”

“干杯。”

两人喝下杯中酒，一齐转头看电视，NBC 电视台正在直播联合国紧急特别大会，当然，这个星球上的所有电视台都在播放同样的画面，从一个多小时前开始。

距离可能的第三次发射：二十五分一秒（重置后）
美国纽约曼哈顿　联合国总部大楼

中国与俄罗斯毫无征兆的突袭使得通信中断了近一个小时。特里尼蒂的影像突然消失，这让联合国大会厅陷入一阵混乱，技术人员找不出原因，直到二十多分钟后中国代表团公开发表这次太空军事行动的情报，当然，中国人先抛出来的是美国太空军进攻失败的画面。与会的一百九十四个会员国震惊地发现美国、中国、俄罗斯拥有着强大的太空军事力量，但无法谴责这三个国家违反《外太空条约》,因为这些太空军事力量在很短的时间内就被特里尼蒂所毁灭。

特里尼蒂空间站的激光防御系统无懈可击，只有几束俄罗斯卫星发射的化学激光击中空间站，暂时损坏了特里尼蒂的通信系统。里克·威廉斯传来一段嬉皮笑脸的视频，说三个人都毫发无伤，很快就可以修复损伤恢复全面通信,“全地球无耻的人们，待会儿见。”

在愤怒、屈辱而无计可施的半个小时之后，大会厅再次安静下来,投影屏幕上出现三位宇航员的脸。秘书长三浦开门见山地问：“特里尼蒂，你们究竟想要什么？刚才联大已经达成协议，在进行对话期间不会再有国家对你们发动攻击，贵方可以放心。”

“我们想要的很多，也很少。”美国宇航员说，“莫，你先来。”

莫甘娜做了个深呼吸，拿出一份讲稿念道：“你们正在毁掉地球，化石能源马上就要枯竭，可没人承认这一点，能源巨头装出一副满不在乎的样子，一边宣称石油储量还够用一百年，一边用物理和化学方法把地壳更深处的原油挤出来，尽管明知这会造成地壳塌陷、地震和海啸。美国花十五年的时间就开采完了境内的页岩油和页岩气，采用的高压分段压裂技术对地质结构造成了不可逆转的伤害，可所有的报告书都对此避而不谈。

“你们四处兴建损害生态环境的水电站，把风力发电机修满高原，任凭风电攫取季风的能量，一点一点地改变着大气环流的形态，你们一面盖起核电站，一面把核废料沉向海底。空间太阳能发电，特里尼蒂项目毫无疑问是整个人类的希望，但看看你们手上的资料，里面写了什么？特里尼蒂空间太阳能电站的装机容量可满足全球用电量的百分之十五……谎话连篇！特里尼蒂项目是新能源与传统能源巨头之间的一场博弈，是妥协的畸形产物，设计空间站图纸的几位科学家知道真相，但他们一个接一个死于‘意外’，复合抛面集中器的光效率被人为修改了，在所有资料中，特里尼蒂的发电量都被降低到标准的八分之一。若不是在空间站主控电脑中发现并破解了原始设计文件，我们也不会得知这个秘密……没错，他们想让特里尼蒂在低负荷状态下长期运行，适度地替代传统能源的发电量，直到他们把地壳中仅剩的石油换成美元。

“是的，特里尼蒂能够为全球提供电力！地球可以获得绝对清洁而高效的太阳能，不必付出环境与资源的代价！我要求地球停止其他各种发电方式，由特里尼蒂供给太阳能电力。”

混乱的风暴再度升起，里克·威廉斯没有等待骚动平息，继续说道：“你们的好牌用完了，所以不得不听我们的话，对吧？中国人的导弹很可怕，一定把美国人吓了一跳。那么我接着说下去：莫甘娜是一位可敬的环保主义者，我可不是。我不太在乎环境什么的，毕竟人类才是地球的主宰，改造自然是我们的生活方式。——我是个非常胆小的人，你瞧，就算在空间站里，我也要以地球为方向找到合适的姿势才能睡得着，毕竟我们从猴子开始在地球上住了几百万年，绝对离不开这个蓝色的大水球呢。

“我是个太空人，这可不是什么美国梦的体现，我其实最怕太空了。应该说，我最怕的是外星人，我相信外星人，所以害怕它们，怕它们像乔治·威尔斯的《世界大战》一样来到地球消灭我们；怕它们像《独立日》一样征服我们；像《第九区》一样污染我们；像《三体》一样控制我们。我知道这听起来很蠢，但仔细想想，这比新纳粹主义者发动第三次世界大战还要现实！

“在电池没电之前，‘旅行者一号’已经飞了两百多亿公里，它还会一直飞下去，直到变成一堆废铁，或者被该死的外星人找到！你们是否想到，从能够使用无线电的时代开始，地球就一直在向外发射‘来找我吧，来找我吧’的无线电信号，这些信号已经形成了一个直径一百光年的大泡泡，不停地扩大，不停地扩大！疯狂的科学家们开始用强大的射电望远镜向其他恒星发射信号，无数人每天使用个人电脑分析数据，搜寻外星人可能存在的证据。地外文明，该死的地外文明！

“你们大可以叫我‘人类沙文主义者’，我热爱人类，热爱这美好的且唯一的地球，不愿任何遥远的太空虫子来打扰人类在美好且唯一的地球上的生活。我要求地球立刻停止所有太空探测活动，不再发射探测器和射电电波，专注于科技进步与经济发展，要知道，对于这么区区几十亿人来说，地球就足够了！”

喧哗声浪几乎冲破了大会议厅的屋顶，秘书长三浦“咚咚”地敲着小槌，画面中央的肖右手推推玳瑁框眼镜，缓缓开口：“我对‘国家’这个概念厌恶透顶，我是俄罗斯人，但从基因序列上来说，我应当是中国人，我不知道自己到底是什么地方人，因为从没见过我的生身父母。

“没错，国家是强加于身上的枷锁，生活在国家中的大多数人既不与你发生联系，也不需要被你爱、憎恨、给予和掠夺。对我来说，平等是最重要的事情，我希望拥有家庭之间的平等，关系群体之间的平等，创造力意义上的平等，也就是说，我要创造出一种新的社会结构，重新分配地球上的重要资源。

“在第一个阶段，我要求消除国家结构，以技术集团为核心，按照地域特征分化出独立城邦。城市文明应该是独立的、自由的，而在最重要的能源——电力——由特里尼蒂独家供给的前提下，技术应当成为城邦文明之间的等价交换物。城邦之间的地位是平等的，经济行为依托于技术发展；城邦内臣民的地位是平等的，不再有集权者和被专制者，人人都是城邦技术集合体的组成部分。国家解散之后，军队将成为独立的城邦，一个基地、一支舰队、一群坦克，军队城邦将以军事实力为交换物，向全世界城邦出售安全保证。

“联合国将以崭新的形式运行，负责统筹全世界城邦，维持全球经济平稳，而世界范围内的和平将由特里尼蒂来保证，特里尼蒂的激光炮将降落在所有发动侵略战争、反对特里尼蒂及城邦制度的区域，我想这二十多小时内发生的事情已经证明了特里尼蒂的军事实力。

以上，就是特里尼蒂对地球上所有国家发出的宣言。如果能够摒弃老旧的观念，放开怀抱迎接新生事物，我们相信在特里尼蒂保护下的地球一定会变成一个更好的地方，获得一个更文明、更安全、更先进、更幸福的未来。

这是最后一次倒计时，我们将进行第三次发射、第四次发射、第五次发射……直到你们交出令人满意的答卷为止。再见，世界。”

挤满两千人的会议厅陷入歇斯底里的疯狂。

这时，布兰登·巴塞罗缪博士正在奋力挤出人群，为了穿过人墙离开会议厅，他不得不抡起手提电脑打晕了两个大喊大叫的印度人，跌跌撞撞地冲出大厅。两分钟后，他出现在秘书处大楼十七层，总统正在等他。

“请坐，博士。”总统在圆桌那头抬起头来，用空洞的神情望着他。博士悚然一惊，尽量不去看总统手中灰色的玻璃眼球，他坐下来打开电脑，转过屏幕向圆桌旁的小组成员展示：“这是我的分析结果，总统先生。事到如今，进行心理战的最佳时机已经错过，但还有尝试的价值。如果允许的话，我现在就着手准备，只要在通信中加入必要的……”

“不，另一件事。”美国总统将眼球用力塞回眼眶，转动着一对灰色眼睛扫视副总统、国防部长等一众大人物，最后视线落在博士身上，“告诉我，在只能杀死一个人的前提下，杀掉三个人当中的哪个才能让特里尼蒂整体崩溃？”

巴塞罗缪博士愣住了，“为什么是一个人？”

“答案，博士，答案。”总统重复道。

国防部长出言解释：“我们刚刚得知还有最后的手段，能够确保毁灭三个特里尼蒂空间站中的一个，虽然消灭美国本土上空的α空间站是看似最合理的选择，但NASA专家说剩余的两个空间站可以使用光压作为推动力完成变轨，在变轨后继续威胁美国本土，因为两个空间站就能覆盖地球百分之九十以上的可居住范围。因此，我们迫切需要你的建议。”

老人思忖片刻，“三个人组成的小团体要形成稳固结构，其中一定有一位主要人格担任领袖角色，就是我们常说的头狼。如果将领袖杀死，会对整个团体造成毁灭性打击，从属人格的判断力、行动力将严重下降，甚至走向心理崩溃……经过这段时间的研究和观察，我心中已经有了一些判断，总统先生。”

他望着屏幕上的三张相片。黑发的别列斯托夫·平·肖戴着玳瑁框眼镜，表情冷漠。金发的莫甘娜·科蒂有着小麦般的肤色，总是面带微笑。亚麻色头发的里克·威廉斯咧嘴大笑，牙齿闪亮。俄国人，法国人，美国人。男人，女人，男人。

“是他。”巴塞罗缪的手指落在其中一张脸孔上，“如果只能杀死一个人的话，这是唯一正确的选择。”

距离第三次发射：一小时五十分十四秒

地球——月球拉格朗日点 L1，距离地球三十二点三万公里

ILSS（国际探月空间站）是一个外环直径三公里、内环直径一百五十米的同心圆环状人造星体，它静静地悬浮在地月拉格朗日点上，数十台姿态调整发动机不断喷出气体以维持位置稳定。ILSS是多年前由美国国家航空航天局、中国国家航天局、俄罗斯联邦航天局、欧洲航天局和日本宇宙航空研究开发机构共同开发建设的，作为月球探测项目的中继基地存在。十几个小时前刚刚有一艘运行在 L1 晕轨道（围绕拉格朗日点的平动轨道）的货运飞船与空间站成功完成对接，但随着特里尼蒂事件升级，地面站的指令中断了，ILSS 上的二十五名宇航员聚集在主舱室焦急地等待着来自地球的消息。

联系中断九小时后，地面控制中心终于发来通信请求，绿灯刚刚闪烁起来，探月空间站站长立刻点亮麦克风，“休斯敦？休斯敦？”这位英国宇航员在 ILSS 连续工作了两年零四个月，预定乘坐这艘货运飞船回到地球，此时情绪忍不住激动起来。

“ILSS，这里是莫斯科星城航天指挥控制中心。”

“莫斯科，莫斯科，这里是 ILSS，地球到底出了什么问题？我们想尽办法取得联系，可休斯敦一直没有回应……”

“ILSS，启动紧急代码 ANEEL5591ED，重复，启动紧急代码 ANEEL5591ED。完毕。”留下简短的信息，地面控制中心结束了通信。

“莫斯科！这不是有效的国际通用指令，我不明白……”英国人攥着麦克风大声呼喊，这时后脑勺忽然传来冰凉的触感，他转过头，发现一支泰瑟枪正瞄准自己的眼睛。

几名宇航员脱离固定位置集中在一起，从便服下面掏出泰瑟枪来，他们衣服上都有白蓝红三色的泛斯拉夫联邦国旗。“ILSS 空间站的宇航员们，我代表祖国发出声明：从现在起俄罗斯将对 ILSS 空间站进行全面接管，你们会被禁锢于 D2 居住舱，直到莫斯科发布解除紧急状态的代码。任何不配合的行为……”一名俄罗斯宇航员大声宣布。他话还没有说完，一个大块头的美国人用力一蹬墙壁，挥舞着维修扳手从人群中冲了出来。

俄罗斯宇航员左手攥住固定横杆，右手扣动扳机，“啪！啪！”轻微的击发声响起，银色电击弹嵌入皮肤，美国人浑身剧烈地抽搐起来，双眼翻白。俄国人没有对擦肩而过的人体伸出援手，“咚！”失去意识的美国宇航员重重撞上舱壁，手脚扭曲成不可思议的形状，鼻子喷出鲜血，化为一串血珠飘起。

“……任何不配合的行为都会落得如此下场。”俄国人完成了演讲，扫视舱室，其余的太空人脸上充满不解、愤怒和恐惧，但没有人再做反抗。两名俄罗斯宇航员押送他们前往 D2 舱室，主舱室很快变得空旷起来。发表讲话的俄国人来到控制台前，熟练地输入一百二十八位的复合密码，接着掏出一把卡片钥匙插进读卡器，

“莫斯科，莫斯科，紧急处置已经完成，申请进入发射模式。”

三十二万公里之外的声音在延迟一秒钟后响起：“收到，正在确认。休斯敦密匙确认，北京密匙确认，莫斯科密匙确认。射击参数已输入，请进行射击诸元演算与校准。祖国和人民感谢你们。祝你们好运。”

“收到，莫斯科。完毕。”

舱内的俄罗斯宇航员一齐肃立，向遥远的祖国大地敬了军礼。随着四个密匙输入完毕，ILSS 的主控电脑开始对一个空间坐标进行射击演算，整个空间站的核电池开始全负荷工作，备用燃料电池也进入运行状态，嗡嗡声隐隐地振动着从四壁传来。从位于内环中央的主控制舱看不到外环的情况，但每个人都知道接下来将会发生什么。

多年前建造的 ILSS 是个单纯的探月中继基地，一个由轮辐状结构支撑的十四间舱室组成的直径一百五十米的圆环，但不久之后，由俄罗斯牵头、美国与中国参与的 SHC 项目启动，几年之后，一个轻而坚固的庞大外环在 ILSS 外侧成型，在特里尼蒂空间站出现之前，这个周长接近十公里的庞然大物是人类在宇宙空间建造的最大物体。SHC 被设计用来研究空间高能带电粒子加速所产生的激波、磁重联等现象，也会进行强子对撞研究，在人类对月球的探索热情下降的年代里，SHC 逐渐成为 ILSS 空间站存在的主要价值。

但没人知道，SHC 不仅是一台昂贵的高能粒子加速器，也能成为一台强大的武器。加速腔末端的机械结构开始变化，SHC 正在悄然改变形态。充能过程持续了二十五分钟，核电池超负荷运行的警示灯闪烁不停，为了达到武器级的发射能量，SHC 的运行功率已经远远超过设计指标，接近光速的负离子在加速腔中奔流，“三，二，一，发射。”俄罗斯宇航员神情肃穆地按下按钮，同一时刻，控制台爆出短路的电火花。

高能离子在电磁透镜的约束下聚焦，通过那个图纸上并不存在的舱室被剥夺电子，成为中性粒子，以亚光速射出SHC的加速轨道。拉格朗日点上的巨大圆环开始发生结构性扭曲，姿态发动机徒劳地喷射着，只是在加速空间站辐条的应力折断。在危急关头只能使用一次的武器，这是俄罗斯与美国、中国达成的秘密协议，SHC中性粒子炮是地球太空安全的最后一道防线，必须由三个国家联合授予密匙才能启动，没人能预测到它会在何种情况下启动。

这个时刻，就是现在。

中性粒子束在一秒钟之后降临二十九万公里之外的特里尼蒂空间站，它轻易地撕开空间站脆弱的复合抛面集中器，在巨大的花瓶状结构中扯开一个缺口，然后准确地刺入空间站底部那微小的主控制舱室。这庞大到令人难以置信的家伙，同时脆弱得令人难以置信，灾难性的连锁反应已经开始，太阳能电站会沿着抛面集中器和底部控制舱的缺口将自己撕成两半，接着坠入不可逆转的螺旋深渊。

距离第三次发射：一小时五十分十四秒

美国纽约曼哈顿　联合国总部大楼

布兰登·巴塞罗缪博士指着左边那张照片。黑头发，玳瑁框眼镜，沉默的男人。

“别列斯托夫·平·肖，他是三个人当中的领袖。如果只能杀一人的话……杀死他！”

距离第三次发射：二十一分三秒

阿尔及利亚阿德拉尔省 特里尼蒂 β 地面站

摩洛哥餐厅里横七竖八地躺满裸体男人，酒精、烟草和尿液的味道令人窒息，查奥·阿克宁刚刚醒来，他奋力抬起一条长满毛的大腿，手脚并用地向大厅外爬去。窗外已经天光大亮，阳光照耀着每一座沙丘，远方依然有一条高而弯曲的烟柱连接天空，仿佛神话中通往天界的高塔。

爬行中酒瓶的碎片割破了查奥的手掌，他舔了舔伤口，并没有感到特别疼。爬出餐厅后，他在走廊里再次呕吐，然后沿着墙边尽量小心地前进。他要逃到没有人发现的地方躲起来，因为这里所有的人都疯了，包括爸爸和妈妈。

前方有脚步声传来，查奥急忙推开一扇门躲进去，在门缝里看见两个裸体的男人背着枪走了过去，“终于到了换班时间，南部沙漠公司没派人来，阿尔及利亚政府军也没出现，真是好运气。”一个人说。“你看电视了吗？特里尼蒂在联合国发表宣言呢，那些大人物都气疯了！动乱到处发生，没人顾得上我们，放心喝酒吧，同志！”另一个人说。

听脚步声走远，查奥冲出门外向前奔跑。一台挂在走廊的电视机播报着新闻：“混乱还在加剧，通信线路接连中断，我们将及时跟踪最新情况，请关注我们的网络……”画面突然化为蓝幕，信号消失了。

查奥停下来大口喘着气，他感觉头晕、心脏狂跳，抬起手来一看，血已经浸透了半条衣袖。孩子掏出手绢，咬牙将手掌的伤口扎紧，直至此时还是没有什么痛感，只感到手心一跳一跳的，手指温热。他推开一扇屋门走进去，靠着墙角坐下来休息，这个房间是位于基地外缘的公共活动室之一，大大的窗户投进炙热的阳光。

“爸爸，妈妈……”查奥咬紧嘴唇，尽量忍住泪水。

忽然地上的阳光暗淡了。孩子抬起头，发现右边天空出现一大块阴影，正巧遮住了太阳的位置。那不像是云朵，也不像飞机，更像一朵有着大大花瓣的鸢尾花。“……那是什么？”他伸手一摸，自己的玩具望远镜还塞在衣兜里，于是掏出望远镜观察天空。在放大的视野里，阴影表面有着复杂而规律的线条，而那些纵横的线条正在快速地移动并放大。

突然一道闪光出现，刺痛了查奥的眼睛，孩子大叫一声丢掉望远镜。黑影已经移动到天空中央，无数闪光点出现在阴影中，以令人眼花的频率闪烁。随着光替代影子，天上的轮廓逐渐变为一面巨大无比的镜子，散发着比太阳强烈千百倍的耀眼光芒。皮肤被光线灼痛，查奥缩进两个柜子之间的夹缝，勉强睁开红肿的眼睛，看白热的光斑快速扫过地板。

天上有一万个太阳正在坠落。

他捂住眼睛尖叫着，试图把超自然的场景驱逐到现实之外，这动作似乎很熟悉，孩子隐约想起在自己很小的时候，也曾这样捂住眼睛、耳朵，尖声大叫，希望尖叫结束之后，可怕的画面就会消失不见。

他的尖叫声逐渐嘶哑，直到弱不可闻。查奥慢慢松开手指，从指缝中望着外面，发现阳光已经暗淡了，地上的光斑呈现一种异样的红色。他慢慢爬出角落，抬起头看天空，天空正在燃烧。血红色的火焰布满整个天穹，如同天地颠倒，自己正在热气球上俯视沸腾的红色海洋。孩子坐在地上，身体不住颤抖，红色天光将他沾血的脸映得忽明忽暗。"……妈妈。"他嘴唇翕动，发出无意义的呼唤，浮现在脑海中的并不是餐厅中那个癫狂的裸体女人，而是一个更模糊、更温暖的形象。

他用力撑起身体，慢慢向外走去。走廊里没有人，玻璃穹顶翻滚着红色光影，整个世界被染成怪异的粉红。他隐约地听到摇篮曲的声音，那是他乞求母亲多次却从来未曾听母亲吟唱的曲子，查奥不知道自己在何时何处听过这歌，但觉得无比熟悉。

Dodo，l'enfant do，l'enfant dormira bien vite.
Dodo，l'enfant do，l'enfant dormira bientôt.
睡吧，宝宝睡吧，宝宝马上睡着了。

睡吧，宝宝睡吧，宝宝一会儿就睡着了。

他停下脚步侧耳倾听。那不是幻觉，摇篮曲从墙上的音箱里传来。某些久远的记忆被唤醒了，查奥看到一个小小的自己躺在床上笑着，或许两岁，或许三岁？一个面目模糊的女人坐在床边，轻轻唱着这首温柔的曲子。“查查。”她说，“查查，你知道吗？我不是个尽职的母亲，为了获得那个宝贵的机会，我向所有人隐瞒了你的存在，可他们知道了，那个我曾经加入，又因为理念不合而退出的组织……听着，查查，你可能会忘记我，因为你还太小了。可是答应我，有一天你再听到这首曲子的时候，你要开始奔跑，向门外跑，向房子外面跑，向远离人群的地方跑。我不知道那是什么时候什么地点，你又会是什么模样，可是查查，我求你答应我，就开始跑吧，不要停下……”

“……妈妈？”两行泪水流下，查奥呆呆地望着音箱。摇篮曲很短，播放完一遍之后又开始重复。

查奥·阿克宁开始奔跑。他冲过红色的走廊，推开红色的门，跳下红色的台阶。他经过一间摆满机器的房间，里面的人在嚷着：“通信系统故障了！可能通信中断之前被人入侵了，现在内部广播在重复播放一首该死的儿童歌曲！”他绕过一群聚在一起的男人，男人们惊恐地望着天空，仿佛化作石像。他冲过红色的小花园，面前就是红色的基地大门，门关闭着，查奥扑倒在门前，尽力伸出那只没受伤的手，按在控制面板上。

门开了，红色的沙漠出现在眼前。查奥跌跌撞撞地跑向红色的世界。

基地岗楼上的男人发现了他，举枪瞄准，可孩子笨拙奔跑着的身影让他犹豫了。这时背后响起女人的声音：“你在干什么！”裸体的女人将他狠狠推到一边，抓起那支口径十二点七毫米的狙击步枪，用十字瞄准线捕捉着红色沙丘上那小小的身影。“查尼！”

她大喊一声，“你给我回来！”

孩子似乎听到了她的声音，但没有回头。

距离第三次发射：十六分二十二秒

地球静止轨道　特里尼蒂 α 空间站控制室

里克 · 威廉斯安静地浮在舱室中央，紧闭双眼。刚才的一个多小时里，他亲眼看见了为好友肖举行的那场壮烈火葬。

特里尼蒂 γ 空间站被 SHC 的中性粒子束击中坠落，绕地球飞行了一圈半之后进入大气层，尽管复合抛面集中器的展开面积比美国国土面积还要大，但单位面积重量非常轻，上亿块轻薄的反光板在剧烈摩擦中化为火焰，天火掠过地中海、大西洋，照亮了整个美洲大陆，将八亿人从凌晨时分的深眠中唤醒。特里尼蒂 γ 空间站残骸的绝大部分在大气层中燃烧殆尽，只剩下控制舱的部分碎片拖着长长的焰尾坠入太平洋。南太平洋所罗门群岛迎来亿万年间最明亮的一个黄昏，千百道炙热的火线贯穿天地，坠落在小岛上的碎片点燃椰林，空气中充满硫黄和焦炭的味道，海水滚滚沸腾，瓜达尔卡纳尔岛上的居民惊恐地下跪祈祷，因为眼前的画面仿若一九四二年那个硝烟弥漫的深秋。

地球与空间站之间的通信中断了。里克与莫甘娜 · 科蒂进行了简短的对话，无须太多言语，在决定启动计划的时刻他们就预见到了所有可能的结局。“莫甘娜，第三次发射由我来完成。发射前我会试着联系休斯敦，肖的空间站坠落造成的干扰应该快消失了。”

“我知道了。碎片越来越多了，我会增加激光防御系统的发射功率。”

“好的。如果当初肖猜测得没错，这就是地球的最后一张牌吧。希望地球上的伙计们也能按时完成工作，计划顺利的话，很快一切就会结束了。”

“希望如此……”

“莫甘娜，你还好吗？”

“我不好，里克。”

“休息几分钟吧，别忘吃饭。”

“我知道，只是还有一些事情要处理。”

“什么事？”

“没什么。”

里克睁开眼睛。倒计时还剩下十五分钟，他移动到控制台前，选择第三次发射的目标城市。列表里有一长串熟悉的名字，旧金山、洛杉矶、休斯敦、西雅图、芝加哥、波士顿、华盛顿、纽约。纽约，他出生并长大的地方。优等生，常春藤优秀毕业生，运动明星，全民偶像，航天英雄，他身上挂满一个纽约客所能拥有的最好标签。大苹果之城的孩子，他就是美国梦本身。

“确认？”代表锁定目标的红色对话框跳出。

里克·威廉斯毫不犹豫地点击了“确定”。

距离第三次发射：七分五十一秒

美国纽约曼哈顿　联合国总部大楼

布兰登·巴塞罗缪博士拖着疲惫的身体离开联合国大楼，沿四十二街慢慢向中央车站方向走去。天空已经恢复纽约原本那种雾蒙蒙的黑色，但街头还是挤满了人，警笛声四处鸣响，所有的电视都在播放同一个直播画面，总统的演讲已到了最高潮。即使已接近三十个小时没有休息，电视上的男人还是显得精力充沛、勇敢而强大，总统挥舞着拳头：“我要求国会宣布美国和特里尼蒂之间进入战争状态，我们将尽全部力量保卫自己，保卫美利坚合众国的土地乃至整个地球的安全，这是美国的意志，是人类的意志！我们必将取得胜利，愿上帝帮助我们，天佑美利坚！”

掌声和欢呼声震天响起，人们被慷慨激昂的演说所振奋，呼喊着“天佑美利坚”的口号，在曼哈顿街头展开游行。巴塞罗缪博士尽量躲开狂热的人流，从燃烧的汽车和碎裂的橱窗间穿过，他在美国总统身边的任务已经完成，是时候找间舒适而安全的旅馆好好睡上一觉了。

这时电视直播画面忽然切换了背景，游行的队伍在街角的大型LED屏幕前放慢步伐。博士抬起头，看到电视上出现一间新联邦装修风格的办公室，一位身着正装的中年人端坐在镜头前。滚动字幕显示“有线电视网紧急报道，来自新墨西哥州圣塔菲市州长办公室的直播画面，新墨西哥州州长霍华德·斯托克菲尔德要求对全美直播”。

“美国的民众，新墨西哥的民众。”州长用浑厚低沉的声音演讲道，“在多年前，准确地说是一七八九年，独立战争胜利后六年，法定建国日的第十三年，美国宪法开始生效。‘我们合众国人民，为建立更完善的联盟，树立正义，保障国内安宁，提供共同防务，促进公共福利，并使我们自己和后代得享自由的幸福，特为美利坚合众国制定本宪法。’几百年来宪法保护了我们的自由与进步，使美国成为有史以来最民主与最强大的国家，然而今天，这一切应当改变了。特里尼蒂为我们提供了一种更加先进的社会形态，那是热爱自由的美国人民从拓荒时代起就在寻觅的一种可能性。

“根据一七九一年十二月十五日通过的宪法第十修正案，‘宪法未赋予联邦政府的权利都属于各州和人民。’现在，新墨西哥州将行使宪法，做出对本州人民最有利的选择。

“是的，我在此宣布新墨西哥州正式脱离美联邦，以特里尼蒂新墨西哥公司、特里尼蒂 α 地面站为中心成立新墨西哥－特里尼蒂城邦，城邦边界与新墨西哥州界相同，城邦的政权组织形式将在随后发表，新墨西哥国民警卫队将成为城邦的自卫武装力量，美国陆军部队会遭到友好驱逐。由于形势的特殊性，本决定未经州议会审议，但我已经取得两院超过百分之九十议员的同意及签名。

“在此号召美利坚各州以技术企业为核心，脱离联邦政府取得独立，新墨西哥－特里尼蒂城邦将联合特里尼蒂共和国为各城邦提供安全服务，及绝对充足的太阳能电力保障。感谢联邦政府多年来所做的努力，从今天起，新墨西哥人将为自己的幸福继续奋战！”

游行的队伍停滞了，大屏幕的光芒照亮无数张呆滞的脸孔。巴塞罗缪博士嘴角泛起苦笑，在街边剧院的一根罗马柱旁边坐了下来，慢慢掏出香烟点燃。

新墨西哥独立的消息所造成的震撼尚未平息，有线电视网再次转换频道，强作镇定的主持人说道：“这是来自前方的直播画面，特里尼蒂要求与美国总统直接对话，并向全美直播，——新墨西哥独立的合法性还未证实，所以目前直播还是面向五十个州进行……啊，几秒钟前阿拉斯加州政府也发出了直播请求，他们有宣言要发表……”

画面切换为左右两栏，里克·威廉斯与美国总统出现在同一个屏幕中。美国宇航员说：“美国，总统先生。我们失去了三分之一的国土面积，三个特里尼蒂空间站中的一个，失去了一个珍贵的伙伴。肖是我见过最睿智、敏锐而仁慈的人，我爱他。如果地球上的所有人——我是说任何人——能够了解他一点点的话，都会像我一样爱上他。这是个错误，总统先生，这是个错误。”

“他是个该死的刽子手！你们也是！”总统的眼皮跳动着。

里克张开双臂：“现在我只有一个要求：解散军队，给美国陆军、海军、海军陆战队、太空军、国民警卫队与预备役部队以自由；让每个舰队自由；让战略核潜艇部队自由；让中东的陆战队自由；让士兵自由。让军队做出自己的选择，成立城邦、就地解散，还是被特里尼蒂毁灭。”

“……我会将你所在的空间站击落，将你烧得一根头发都不剩，就像你亲爱的伙伴那样。”总统阴冷的灰色眼睛眯了起来，脖子上青筋绷起。

“一分钟，美国人民，总统先生。”里克根本不理会他，竖起一根手指，“一分钟后，特里尼蒂的激光束将降落在长岛纳苏郡的亨普斯特德，以五十米每秒的速度向西移动，依次毁灭皇后、布鲁克林和曼哈顿。你所在的联合国总部大楼将在七分钟之后化为乌有，七分钟，足够你本人和智囊团远走高飞，但八百万纽约居民无处可逃。倒计时五十五秒，五十四秒……”

总统掀翻了桌子，为上镜精心准备的妆容被汗水弄花了，“你说什么？我不允许你这样做！我不允许！这是反人类的罪行，你这魔鬼，你是魔鬼！美国会尽一切力量……”他喊叫着。

“五十秒！……我的家就在曼哈顿。”

信号中断了，只剩总统一个人在镜头前狂吼，他涨红了脖子，假眼珠挤出眼眶，显得恐怖异常。恐惧降临，每个人都开始奔跑，凌晨两点的纽约街头开始了一场疯狂的大逃亡，大楼吐出汹涌的人流，人们从堵塞的车中跳出，从同伴身上踩过，哭喊着涌上街头，向西冲往乔治·华盛顿大桥。桥梁入口很快被塞满，人流冲击着挤满黑压压人头的西街，许多人哀号着跌入冰冷的哈德孙河。

布兰登·巴塞罗缪博士没有跑，他太老了，也太疲惫了，以至于求生意志显得十分软弱无力。他抽完一根三五牌香烟，用烟头点燃第二根，深深吸了一口，转头看东方。不知什么时候，遥远的地方火光升起，迅速化为一根通天彻地的火柱，火鞭抽打着高耸入云的大厦，楼宇倾倒，道路消失，夜空再次变成火红。热风吹起老人乱糟糟的花白胡子，他吸了一口香烟，鼻腔灌满火焰的味道。

“肖……”他自言自语着。一位母亲抱着孩子从身边跑过，博士捡起孩子掉落的一只鞋，喊了一声，可声音被火焰风暴的呼啸声所掩盖。无数鸟儿乘着热气流划过天空，“噗！噗！”几个井盖突然飞了起来，被煮沸的水从下水道井口喷出，变成笼罩着蒸汽的喷泉。博士感觉到自己的头发、胡子和手背上的汗毛在热浪中蜷曲，即使落点还在十公里开外，激光束也造成强大的热辐射效应，一株从罗马柱底部裂缝里顽强生长出来的羊茅草迅速枯萎了。

“肖，如果不是你该多好。”巴塞罗缪博士叹道，“你应该留下来领导特里尼蒂才对啊，没有你之后，计划变得如此极端……我们身上的罪孽都太深重了。”

第三次发射

俄罗斯莫斯科市　克里姆林宫地下

“报告！根据联邦航天局的建议，最新的作战计划已经完成！”

“调阅！”

“是！”

一份作战方案呈现在俄罗斯联邦最高领导人面前。肃立在他们身后的中将扫视完方案内容，点了点头。联邦航天局的专家指出特里尼蒂空间站的自动激光防御系统有着非常强的识别——锁定——击毁能力，但根据空间站的位置和现在的节气，空间站在每天某个特定时刻将会被地球阴影遮挡四十五秒钟的时间，特里尼蒂空间站虽然有着容量相当大的蓄电池和备用燃料电池系统，但无法满足防御激光多次发射的消耗。在这个狭窄的攻击窗口到来时，投入全部太空力量进行饱和攻击，就可以对空间站控制部分造成重创。

这份方案同时共享给中国方面，“……做得对，绝对不可以稍微松懈自己的战斗意志，任何松懈战斗意志的思想和轻敌的思想，都是错误的！”中国领导人用拳头狠狠砸着桌面，“如果能够对敌人加以详细分析，制订战术规划，怎能造成前两次攻击的失败？幸好现在远东地区上空的空间站已经坠毁，我们有时间再次组织太空部队发动攻势，趁恐怖分子的注意力集中在美国。我们会全方位配合俄罗斯方面完成最后的突袭计划！”

听到这里，中将默默地敬了个军礼，退出了这间战略情报室。他很清楚现在祖国面临的现状：太空军事力量消耗极大，短时间很难组织起有效的攻击梯队，而把握四十五秒钟的狭窄时间缝隙又太难，战术是有效的，执行却无比艰难。俄罗斯最杰出的军事参谋集中在屋内，负责情报方面工作的他帮不上什么忙，与此同时，他刚刚收到另一个非常有用的消息。

“说。”站在走廊里，他开启了骨传导耳机。

“报告，别列斯托夫·平·肖的加密资料已经破解，发现了十五个G的资料，我们整理出一份与恐怖行动相关的人员名单，共有近两百人，按照联络的频率排列。”

“好。”

中将点亮墙壁上的屏幕，打开那份长长的名单。在名单前列他看见了里克·威廉斯和莫甘娜·科蒂的名字。下面一些名字他不认识，“刘乾坤……查尔斯·唐……涅米尔·科洛莫涅夫……佐薇·阿特金森……”中将喃喃念着，目光停在一个名字上面，“……布兰登·巴塞罗缪。巴塞罗缪博士。他好像在美国紧急事态小组里面，心理学专家吗……”

这时耳机“嘀嘀”一响，阿尔法特种部队与刚刚征调回国的信号旗特种部队对萨彦岭蒙库萨尔德克山特里尼蒂地面站的攻坚战打响了，中将立刻转身走向战略情报室。无论天上的敌人多么强大，祖国终究会赢得最后的胜利，他如此坚信着，坚信不疑。

最后的时刻

阿尔及利亚阿德拉尔省　特里尼蒂 β 地面站

查奥·阿克宁不知道自己跌倒了多少次，更不知道自己在第二次跌倒时幸运地躲过了一颗基地方向射来的子弹。他向苍茫的沙漠深处跑着，跑着，直到精疲力竭地跪倒在地，再也爬不起来了。

他喘息得如此剧烈，仿佛有一只大手从喉管伸进去紧紧攥住了他的肺，又向嘴里撒一把粗粝的沙。

不知过了多久他才逐渐能够呼吸，查奥用尽力气翻了个身，望着自己来的方向，基地已经变成沙漠中一个银亮的方块。这时候天空已经不再发红，阳光依旧灿烂，可对亲眼见过一万个太阳坠落的孩子来说，现在的太阳光已经不算什么。

他用玩具望远镜看了看远方的基地，基地静悄悄的，那些可怕的大人没有追出来，或许是认为他不再重要。这时伤口的疼痛、身体的疲惫、嘴巴的干渴一齐袭来，查奥浑身抽搐着缩成一团。朦胧中听见熟悉的曲调响起，“睡吧，宝宝睡吧，宝宝马上睡着了……”他的意识逐渐下沉，下沉，沉向漆黑一片的谷底。

忽然有什么事情发生。查奥从危险的半昏迷状态猛然惊醒，摇篮曲消失了，他左右看看，沙漠与基地都没有什么变化，可他的头发都立了起来，浑身汗毛直竖。“……妈妈？”他哀叫着，强撑着身体站起来，向提米蒙的方向慢慢挪动，走向沙漠的尽头，那高高烟尘之柱所在的地方。

他并不知道在几秒钟以前，特里尼蒂 β 空间站进行了一次极其短暂的激光发射。莫甘娜·科蒂向地面站进行了零点零二秒的激光照射，激光准确地命中靶心，没有造成基地的任何物理损伤。但强大激光束的轰击却带来了电离效应，一条等离子体的通道被制造出来，尽管只存在了极短的时间，但足够这些高温的等离子体四散剥落，把周围的一切生物体烧成灰烬。特里尼蒂太阳能电站使用激光输电时，周围数十公里的人员都要疏散，但此时基地里还有一群等待接收胜利果实的人们，那些喜爱暴力、崇尚裸体的男人和女人。

查奥再次摔倒，终于陷入了昏迷。天上响起隆隆巨响，阿尔及利亚政府军的武装直升机编队飞了过来，但这时特里尼蒂地面站早已架设好的“毒刺”地对空导弹已经无人操作。那些极端环保主义者在地球上留下的最后痕迹，只有基地走廊里飞扬着的一抹灰。

最后的时刻

美国纽约曼哈顿　四十二街

“肖啊……”

布兰登·巴塞罗缪博士决定毁灭肖的空间站，因为他知道肖已经死去了，在美国发动第一次袭击的时候。“殉道者”攻击卫星的巨网在经受数十次激光拦截之后，化为一团金属炮弹击中了特里尼蒂 γ 空间站的控制舱，舱体被撕裂了，氧气在短短半分钟内泄露一空，肖身上的轻便宇航服也没能起到保护作用，因为碎片在舱内四处溅射，敲碎了他的头盔。

两分钟之后，自动修复系统将裂口黏合，恢复了舱内供氧，肖安静地浮在空中，破碎的面罩内有一团晶莹剔透的血珠在飘动。探测到他的心跳停止，一个预先设定好的程序接管了通信系统，它先向其他两个空间站发出平安的信号，然后开始监视特里尼蒂同地球的联络，在恰当的时刻播放早已录制好的画面。

四十个小时前，肖调暗舱内灯光制造出舱室破损的画面错觉，录制好那几段讲话，为了让巴塞罗缪博士察觉，他做出几个微小的动作暗示，比如更换推玳瑁框眼镜的那只手。其他两名宇航员也做了类似的准备，因为死亡几乎是不可避免的。

其实无须特别暗示，博士也早发现录像与真人的差别，因为在倾听其他人讲话时人类会不自觉地加以反应，体现为面部肌肉的微小动作。除了行为分析学专家，其他人看不出总是板着脸的肖与视频的差别，这就是巴塞罗缪博士在总统身边的任务：在关键时刻，诱导美国做出伤害最低的选择。

天边的火龙卷越来越近，街边店铺的招牌都开始燃烧，巴塞罗缪博士抽完最后一支烟，用鞋底细心地将烟头踱灭。就在这时，火焰的呼啸声忽然变了，天空中的火柱不再向西前进，而是停止在布鲁克林区与长岛的边缘。

“啊，成功了吗？”博士惊喜地站起来，因为速度太快而有些头晕目眩，“难道美国政府真的答应……”

一颗子弹从后面贯穿他的心脏，嵌在肋骨上面，冲击力如一把铁锤将老人狠狠地击倒在地。那名光头的FBI高级探员斜靠在小巷墙上，一边将矿泉水浇在自己头上，一边嘲弄地盯着博士的尸体：“终于还是露出马脚了吗？——就像我老爹的理论，下巴留胡子的，没有一个好人。”

最后的时刻

地球静止轨道　特里尼蒂 β 空间站控制室

莫甘娜·科蒂掩面哭泣，泪珠从指缝中涌出，随着女人身体的颤抖在空中飘散。肖死后计划有所更改，她要负责对欧亚大陆大部分国家的激光威慑，保卫特里尼蒂地面站的安全，直至攻占地面站核心成员召集整个欧洲和北非的相关军事力量，围绕地面站建成特里尼蒂地面城邦。

但她没等到那个时刻到来。她彻底崩溃了，药物和瑜伽无法安抚她的神经，一直以来的紧张忧虑猛然爆发，将女宇航员击垮了。她砸坏了好几座控制台，撕扯着自己的头发，疯狂喊叫，在神志最不清醒的刹那，她做出了一个反复思考了几万次但不敢施行的举动。

一张被泪痕洇湿的照片在空中缓缓旋转，那是七年前在法国马赛一间私人医院所拍摄的，满脸悲容的她躺在病床上，望着窗外的灿烂阳光。“两个小时后，新生儿因为呼吸窘迫综合征死去。”这是医疗记录上对她产下婴儿的描述。简历中提到了这一点，特里尼蒂选拔项目进行心理测试时考官只简单问了几句，谁愿意伤害一个美梦只做了两个小时的单亲妈妈呢？

但莫甘娜知道那个孩子还活着。她是半自愿加入特里尼蒂计划的，为了确保她不中途背叛，组织绑架了她的儿子，一个从未存在于任何官方记录中的孩子。七年之中她只与孩子共处了两个月，六十天里莫甘娜每天抱着两岁大的男孩，唱歌哄他入睡，分别时她流尽了眼泪，几乎当场崩溃。

她不知道如今男孩长成什么模样，查奥，这是莫甘娜起的名字，如今能够将母亲和孩子联系在一起的也只有这个空洞的名字而已。在不久前的一次通信中，β 地面站的佐薇·阿特金森再次提到了孩子的事情，那个一直以男孩母亲身份生活在提米蒙的高级成员裸着身体在屏幕上大笑着，说男孩很好，很习惯基地的生活，并且将一直幸福快乐地在基地生活下去。

佐薇那对摇晃着的、沾满血和其他液体的胸脯让莫甘娜彻底崩溃了。她知道再也回不到那颗蓝色的星球，自己只能孤独飘浮在星空与太阳之间，等待死亡在某个时刻来临，——她的生命或许还剩一小时，或许还有十年。她清楚自己再也见不到她的查奥，再也无法忍受那个丑陋的女人继续扮演本应由她来担当的角色。

如果肖还在，或许会用那种永远低沉而理性的声音来安抚她吧，可现在孤独的母亲失去了指引之光。

她短暂地夺取了地面站的控制权，向地面站发送了一段摇篮曲，那首她一直在听的曲子，在与孩子相处的短暂六十天里她日日夜夜唱着的歌曲。那是她要在男孩心里烙下的刻痕，她唯一能够提供的保护，“跑吧，查查……”哭泣着，她狠狠地按下发射按钮，将强大的激光脉冲射向地面。

那孩子死了。他一定来不及跑出去，即使听到那首摇篮曲。莫甘娜想。她不惜为孩子谋杀了提米蒙的三万人，现在，她又谋杀了非洲城邦计划，谋杀了她的孩子，谋杀了整个特里尼蒂项目，谋杀了里克·威廉斯与肖的努力，谋杀了人类的未来。

可是万一他还活着呢？说不定他正在沙漠的某个地方，等待自己从天而降呢。一个将拥有完全不同未来的男孩，她的儿子，她的骨血，她的DNA与永恒希望，只要能够与他在一起，就算地球的未来怎样都不再重要了吧……

那么她该怎么办？继续特里尼蒂计划，即使要杀死更多的人，让自己的灵魂坠入更深的地狱？还是同美国人分道扬镳，回归地球的怀抱，以罪人的身份活在监狱里，直到生命结束？

她不知道。此时她多么希望肖能出现在屏幕彼端，告诉她该怎么做，即使只是一个是或非的提示也好。可肖已不在了，他以某种辉煌的方式回到了地球，将自己洒布在五亿一千万平方公里的地球表面。就这样一时清醒，一时糊涂，莫甘娜在舱中放声哭泣着，直到里克·威廉斯的声音响起。

“……莫甘娜？”

“对不起……”

舷窗旁边，蓝色的地球依然平静，三人合影的照片微微泛黄。

最后的时刻

美国新墨西哥州奥特罗县　特里尼蒂 α 地面站

查尔斯·唐喝完了一整瓶杜松子酒，感觉有点昏昏沉沉。他坐在屏幕前面，等待那个关键时刻的到来。如果计划没有出岔子，特里尼蒂 α 空间站就快与他联络了，到时候他会带队撤离地面站，到四十公里外的安全屋去遥控电站运行。一条激光输电线路将搭建起来，太阳能电力通过变电站送入电网，向数百公里外的其他州——或者说其他城邦——输送，以显示特里尼蒂计划的发电能力。

但 α 空间站迟迟没有联络他，他不知道天上发生了什么事情，特里尼蒂从头到尾都是一个松散的组织，来自不同国家的人出于不同的目的聚在一起，怀揣着各自不同的梦想，使用激光作为长矛，向各自不同的风车发起挑战。查尔斯知道他们每个人都是彻头彻尾的疯子，可是话说回来，他不讨厌疯子。

基地外面的沙丘旁边，沙漠角蜥在牧豆树下陷入安眠，凉爽的沙土冷却了它的体温，这小小的爬行动物终于可以舒适地睡个觉了。它还在憧憬着明天的狩猎，那窝美味的墨西哥蜜蚁就在红柳丛中等着它，角蜥已经迫不及待地想看到明天早上的太阳了，阳光会给它温暖，给它生存与繁殖的终极力量。

尾　声

他们在太空中俯视地球。这不是最适合观察的距离，肉眼看不清三万五千八百公里之外地球的细节，可那嵌在观察窗中央的蔚蓝星球仍旧牢牢地吸引着他们的视线。无论从怎样的角度观察，它都美得令人忘记呼吸，仿若一颗闪烁光芒的、具有魔力的蓝水晶。

“莫甘娜，你还好吗？”一个人忍不住开口。

“对不起，里克。我搞砸了一切。肖的死，让我……”另一个人说。

“希望还在的，不要自责，火种已经点燃，会一直烧下去的。我猜……是为了那个孩子。”

“我害死了他。”

“你从来不说那孩子的事，比如孩子的爸爸是谁。”

“……”

“放心，莫甘娜，孩子一定还活着，就像这地球会永远存在下去一样。”

“嗯。”

“你有没有发现，我们虽然在太空里，可是从来不看背后的星空，只盯着地球看呢。”

“……因为背后被复合抛面集中器挡住了？”

“不，因为我们爱地球啊。”

“也许，你说得对。”

“想唱唱那首歌吗？”

“当然……好想吃巧克力香草冰激凌。”

“巧克力，还是香草？”

“巧克力香草。你们男人总是搞不懂。”

“It never gets old huh？”

“Nope.”

“It kinda make you wanna...break into song？”

“YEP！”

清亮的女声唱起了歌儿：

“I love the mountains,
I love the clear blue skies,
I love big bridges,
I love when great whites fly,
I love the whole world,
And all its sights and sounds.”

两个声音合唱：“Boom De Yada！ Boom De Yada！
Boom De Yada！ Boom De Yada！”

这段副歌重复了许多遍，直到他们笑得喘不过气来。

巴　鳞 / 陈楸帆

我用我的视觉来判断你的视觉，用我的听觉来判断你的听觉，用我的理智来判断你的理智，用我的愤恨来判断你的愤恨，用我的爱来判断你的爱。我没有、也不可能有任何其他的方法来判断它们。

——亚当·斯密《道德情操论》

巴鳞身上涂着一层厚厚的凝胶，再裹上只有几个纳米薄的贴身半透膜，来自热带的黝黑皮肤经过几次折射后如星空般深不可测。我看见闪着蓝白光的微型传感器漂浮在凝胶气泡间，如同一颗颗行将熄灭的恒星，如同他眼中小小的我。

“别怕，放松点，很快就好。”我安慰他，巴鳞就像听懂了一样，表情有所放松，眼角处堆叠起皱纹，那道伤疤也没那么明显了。

他老了，已不像当年，尽管他这一族的真实年龄我从来没搞清楚过。

助手将巴鳞扶上万向感应云台，在他腰部系上弹性束缚带，无论他往哪个方向、以何种速度跑动，云台都会自动调节履带的方向与速度，保证用户不发生位移和摔倒。

我接过助手的头盔，亲手为巴鳞戴上，他那灯泡般鼓起的双眼隐没在黑暗里。

“你会没事的。”我用低得没人听见的声音重复着，就像在安慰我自己。

头盔上的红灯开始闪烁，加速，过了那么三五秒，突然变成绿色。

巴鳞像是中了什么咒语般全身一僵，活像是听见了磨刀石霍霍作响的羔羊。

那是我十三岁那年的一个夏夜，空气湿热黏稠，鼻孔里充斥着台风前夜的霉味。

我趴在祖屋客厅的地上，尽量舒展整个身体，像壁虎般紧贴着凉爽的绿纹石砖，直到这块区域被我的体温焐得热乎，再就势一滚，寻找下一块阵地。

背后传来熟悉的皮鞋声，脚步雷厉风行，一板一眼，在空旷的大厅里回荡，我知道是谁，可依然趴在地上，用屁股对着来人。

“就知道你在这里，怎么不进新厝吹空调啊？”

父亲的口气柔和得不像他。他说的新厝是在祖屋背后新盖的三层楼房，全套进口的家具电器，装修也是镇上最时髦的，还特地为我辟出来一间大书房。

“不喜欢新厝。”

“你个不识好歹的傻子！”他猛地拔高了嗓门，又赶紧咕哝几句。

我知道他在跟祖宗们道歉，便从地板上抬起脑袋，望着香案上供奉的祖宗灵位和墙上的黑白画像，看他们是否有所反应。

祖宗们看起来无动于衷。

父亲长叹了口气：“阿鹏，我没忘记你的生日，刚从岭北运货回来，高速路上遇到事故，所以才迟了两天。”

我挪动了下身子，像条泥鳅般打了个滚，换到另一块冰凉的地砖上。

父亲那充满烟味儿的呼吸靠近我，近乎耳语般哀求：“礼物我早就准备好了，这可是有钱都买不到的哟！”

他拍了两下手，另一种脚步声出现了，是肉掌直接拍打在石砖上的声音，细密、湿润，像是某种刚从海里上岸的两栖类动物。

我一下坐了起来，眼睛寻着声音的方向。是在父亲的身后，藻绿色花纹地砖上，立着一个黑色影子，门外昏黄色的灯光勾勒出那生灵的轮廓，如此瘦小，却有着不合比例的硕大头颅，就像是镇上肉铺挂在店门口木棍上的羊头。

影子又往前迈了两步。我这才发现，原来那不是逆光造成的剪影效果，那个人，如果可以称其为人的话，他浑身上下都像涂上了一层不反光的黑漆，像是在一个平滑正常的世界里裂开一道缝，所有的光都被这道人形的缝给吞噬掉了，除了两个反光点，那是他那对略微凸起的双眼。

现在我看得更清楚了，这的的确确是一个男孩，他浑身赤裸，只用类似棕榈与树皮的编织物遮挡下身，他的头颅也并没有那么大，只因为盘起两个羊角般怪异的发髻，才显得尺寸惊人。他一直不安地研究着脚底下的砖块接缝，脚趾不停地蠕动，发出昆虫般的抓挠声。

“狗鸦族，从南海几个边缘小岛上捉到的，估计他们这辈子都没踩过地板。”父亲说道。我失神地望着他，这个或许与我年纪相仿的男孩，他身上的某种东西让我感觉怪异，尤其是父亲将他作为礼物这件事。

“我看不出来他有什么好玩的，还不如给我养条狗。”

“傻子，这可比狗贵多了。如果不是亲眼看到，你老子可不会当这冤大头。真的是太怪了……”他的嗓音变得缥缈起来。

一阵沙沙声由远而近，我打了个冷战，起风了。

风吹过来男孩身上浓烈的腥气，让我立刻想起了某种熟悉的鱼类，一种瘦长的廉价海鱼。

我想这倒是很适合当作一个名字。

父亲早已把我的人生规划到了四十五岁。

十八岁上一个省内商科大学，离家不能超过三个小时的火车车程。

大学期间不得谈恋爱，他早已为我物色好了对象，他的生意伙伴老罗的女儿，生辰八字都已经算好了。

毕业之后结婚，二十五岁前要小孩，二十八岁要第二个，酌情要第三个（取决于前两个婴儿的性别）。

要第一个小孩的同时开始接触父亲公司的业务，他会带着我拜访所有的合作伙伴和上下游关系（多数是他的老战友）。

孩子怎么办？有他妈（瞧，他已经默认是个男孩了），有老人，还可以请几个保姆。

三十岁全面接手林氏茶叶公司，在这之前的五年内，我必须掌握关于茶叶的辨别、烘制和交易方面的知识，同时熟悉所有合作伙伴和竞争对手的喜好与弱点。

接下来的十五年，我将在退休父亲的辅佐下，带领家族企业开枝散叶，走出本省，走向全国，运气好的话，甚至可以进军海外市场。这是他一直想追求却又瞻前顾后的人生终极目标。

在我四十五岁的时候，我的第一个孩子也差不多要大学毕业了，我将像父亲一样，提前为他物色好一任妻子。

在父亲的宇宙里，万物就像是咬合精确、运转良好的齿轮，生生不息。

每当我与他就这个话题展开争论时，他总是搬出我的爷爷，他的爷爷，我爷爷的爷爷，总之，指着祖屋一墙的先人们骂我忘本。

他说，我们林家人都是这么过来的，除非你不姓林。有时候，我怀疑自己是否真的生活在二十一世纪。

我叫他“巴鳞”，“巴”在土语里是鱼的意思，巴鳞就是有鳞的鱼。

可他看起来还是更像一头羊，尤其是当他扬起两个大发髻，望向远方海平线的时候。父亲说，狗鸦族人的方位感特别强，即便被蒙上眼，捆上手脚，扔进船舱，漂过汪洋大海，再日夜颠簸经过多少道转卖，他们依然能够准确地找到故乡的方位。尽管他们的故土在最近的边境争端中仍然归属不明。

“那我们是不是得把他拴住，就像用链子拴住土狗一样。”我问父亲。

父亲怪异地笑了，他说：“狗鸦族比咱们还认命，他们相信这一切都是神灵的安排，所以他们不会逃跑。”

巴鳞渐渐熟悉了周围的环境，父亲把原来养鸡的屋子重新布置了一下，当作他的住处。巴鳞花了很长时间才搞懂床垫是用来睡觉的，但他还是更愿意直接睡在粗粝的沙石地上。他几乎什么都吃，甚至把我们吃剩的鸡骨头都嚼得只剩渣子。我们几个小孩经常蹲在屋外看他怎么吃东西，也只有这时候，我才得以看清巴鳞的牙齿——如鲨鱼般尖利细密的倒三角形，毫不费力地就能把嘴里的一切撕得稀烂。

我总是控制不住去想象，那口利齿咬在身上的感觉，然后心里一哆嗦，有种疼却又上瘾的复杂感受。

巴鳞从来没有开口说过话，即便是面对我们各种挑逗，他也是紧闭着双唇，一言不发，用那双灯泡般凸起的眼盯着我们，直到我们放弃尝试。

终于有一天，巴鳞吃饱了饭之后，慢悠悠地钻出屋子，瘦小的身体挺着鼓鼓的肚子，像一根长了虫瘿的黑色树枝。我们几个小孩正在玩捉水鬼的游戏，巴鳞晃晃悠悠地在离我们不远处停下，颇为好奇地看着我们的举动。

“捞虾洗衫，玻璃刺脚丫。”我们边喊着，边假装是在河边捕捞的渔夫，从砖块垒成的河岸上，往并不存在的河里，试探性地伸出一条腿，踩一踩河水，再收回去。

而扮演水鬼的孩子则来回奔忙，徒劳地想要抓住渔夫伸进河水里的脚丫，只有这样，水鬼才能上岸变成人类，而被抓住的孩子则成为新的水鬼。

没人注意到巴鳞是什么时候开始加入游戏的，直到隔壁家的小娜突然停下，用手指了指。我看到巴鳞正在模仿水鬼的动作，左扑右抱，只不过，他面对的不是渔夫，而是空气。小孩子经常会模仿其他人说话或肢体语言，来取乐或激怒对方，可巴鳞所做的和我以往见过的都不一样。

我开始觉察出哪里不对劲了。

巴鳞的动作和扮演水鬼的阿辉几乎是同步的。我说几乎，是因为单凭肉眼已无法判断两者之间是否存在细微的延迟。巴鳞就像是阿辉在五米开外凭空多出来的影子，每一个转身，每一次伸手，甚至每一回因为扑空而沮丧的停顿，都复制得完美无缺，毫不费力。

我不知道他是如何做到的，就像完全不用经过大脑。阿辉终于停了下来，因为所有人都在看着巴鳞。

阿辉走向巴鳞，巴鳞也走向阿辉，就连脚后跟拖地的小细节都一模一样。阿辉说道："你为什么要学我！"

巴鳞同时张着嘴，蹦出来的却是一堆乱七八糟的音节，像是坏掉的收音机。阿辉推了巴鳞一把，但同时也被巴鳞推开。

其他人都看着这出荒唐的闹剧，这可比捉水鬼好玩多了。

"打啊！"不知道谁喊了一句，阿辉扑上去和巴鳞扭成一团，这种打法也颇为有趣，因为两个人的动作都是同步的，所以很快谁都动弹不了，只是大眼瞪小眼。

"好啦好啦，闹够了就该回家了！"一只大手把俩人从地上拎起来，又强行把他们分开，像是拆散了一对连体婴儿，是父亲。

阿辉愤愤不平地朝地上唾了一口，和其他家小孩一起作鸟兽散。这回巴鳞没有跟着做，似乎某个开关被关上了。

父亲带着笑意看了我一眼，那眼神似乎在说，现在你知道哪儿好玩了吧。

"我们可以把人脑看作一个机器，笼统地说来，它只干三件事：感知、思考还有运动控制。如果用计算机打比方，感知就是输入，思考就是中间的各种运算，而运动控制就是输出，它是人脑能和外界进行交互的唯一方式。想想看为什么？"

在老吕接手我们班之前，打死我也没法相信，这是一个体育老师说出来的话。老吕是个传奇，他个头不高，大概一米七二的样子，小平头，夏天时可以看到他身上鼓鼓的肌肉。据说他是从国外留学回来的。

当时我们都很奇怪，为什么留过洋的人要到这座小破乡镇中学来当老师。后来听说，他是家中独子，父亲重病在床，母亲走得早，没有其他亲戚能够照顾老人，老人又不愿意离开家乡，说狐死首丘。无奈之下，他只能先过来谋一份教职，他的专业方向是运动控制学，校长想当然地让他当了体育老师。

老吕和其他老师不一样，他会和我们一起厮混打闹，就像是好哥们儿。我问过他："为什么要回来？"

他说："有句老话叫'父母在，不远游'。我都远游十几年了，父母都快不在了，也该为他们想想了。"

我又问他："等父母都不在了，你会走吗？"

老吕皱了皱眉头，像是刻意不去想这个问题，他绕了个大圈子，说："在我研究的领域有一个老前辈叫Donald Broadbent，他曾经说过，控制人的行为比控制刺激他们的因素要难得多，因此在运动控制领域很难产生类似于'A导致B'的科学规律。"

所以？我知道他压根儿没想回答我。

"没人知道会怎么样。"他点点头，长吸了一口烟。"放屁。"我接过他手里的烟头。

所有人都觉得他待不了太久。结果，老吕从我初二教到了高三，还娶了个本地媳妇生了娃，正应了他自己的那句话。

我们开始用的是大头针，后来改成用从打火机上拆下来的电子点火器，"咔嚓"一按，就能迸出一道蓝白色的电弧。

父亲觉得这样做比较文明。

人贩子教他一招，如果希望巴鳞模仿谁，就让两人四目相对，然后给巴鳞"刺激一下"，等到他身体一僵，眼神一出溜，连接就算完成了。他们说这是狗鸦族特有的习俗。

巴鳞给我们带来了无数的欢乐。

我从小就喜欢看街头艺人表演，无论是皮影戏、布袋戏还是扯线木偶。我总会好奇地钻进后台，看他们如何操纵手中无生命的玩偶，演出牵动人心的爱恨情仇，对年幼的我来说，这就像法术一样。而在巴鳞身上，我终于有机会实践自己的法术。

我跳舞，他也跳舞。我打拳，他也打拳。原本我羞于在亲戚朋友面前展示的一切，如今却似乎借助巴鳞的身体，成为可以广而告之的演出项目。

我让巴鳞模仿喝醉了酒的父亲。我让他模仿镇上那些不健全的人，疯子、聋子、傻子、被砍断四肢只能靠肚皮在地面摩擦前进的乞丐、羊痫风病人……然后，我们躲在一旁笑得满地打滚，直到被人家拿着晾衣竿在后面追着打。

巴鳞也能模仿动物，猫、狗、牛、羊、猪都没问题，鸡鸭不太行，鱼完全不行。

他有时会蹲在祖屋外偷看电视里播放的节目，尤其喜欢关于动物的纪录片。

当看见动物被猎杀时，巴鳞的身体会无法遏制地抽搐起来，就好像被撕开腹腔的是他一样。

巴鳞也有累的时候，模仿的动作越来越慢，误差越来越大，像是松了发条的铁皮人，或者是电池快用光的玩具汽车，最后就是一屁股坐在地上，怎么踢他也不动弹。解决方法只有一个，让他吃，死命吃。

除此之外，他从来没有流露出一丝抗拒或者不快，在当时的我看来，巴鳞和那些用牛皮、玻璃纸、布料或木头做成的偶人并没有太大的区别，只是忠实地执行操纵者的旨意，本身并不拥有任何情绪，甚至是一种下意识的条件反射。

直到我们厌烦了单人游戏，开始创造出更加复杂且残酷的多人玩法。

我们先猜拳排好顺序，赢的人可以首先操纵巴鳞，去和猜输的小孩对打，再根据输赢进行轮换。我猜赢了。

这种感觉真是太酷了！我就像一个坐镇后方的司令，指挥着士兵在战场上厮杀，挥拳、躲避、飞腿、回旋踢……因为拉开了距离，我可以更清楚地看清对方的意图和举动，从而做出更合理的攻击动作。更因为所有的疼痛都由巴鳞承受了，我毫无心理负担，能够放开手脚大举反扑。

我感觉自己胜券在握。

但不知为何，所有的动作传递到巴鳞身上时似乎都丧失了力道，丝毫无法震慑对方，更谈不上伤害。很快巴鳞便被压倒在地上，饱受折磨。

“咬他，咬他！”我做出撕咬的动作，我知道他那口尖牙的威力。

可巴鳞似乎断了线般无动于衷，拳头不停地落下，他的脸颊肿起。

“噗！”我朝地上吐了一口，表示认输。

换我上场，成为那个和巴鳞对打的人。我恶狠狠地盯着他，他的脸上流着血，眼眶肿胀，但双眼仍然一如既往地无神、平静。我被激怒了。

我观察着操控者阿辉的动作，我熟悉他打架的习惯，先迈左脚，再出右拳。

我可以出其不意地扫他下盘，把他放倒在地，只要一倒地，基本上战斗就可以宣告结束了。

阿辉左脚迅速前移，来了！我正想蹲下，怎料巴鳞用脚扬起一阵沙土，眯住了我的眼睛。接着，便是一个扫堂腿将我放倒，我眯缝着双眼，双手护头，准备迎接暴风骤雨般的拳头。

事情并不像我想象的那样。拳头落下来了，却软绵绵的，一点力气都没有。

我以为巴鳞累了，但很快发现不是这么回事，阿辉本身出拳是又准又狠的，但巴鳞刻意收住了拳势，让力道在我身上软着陆。

拳头毫无预兆地停下了，一个暖乎乎、臭烘烘的东西贴到我的脸上。

周围响起一阵哄笑声，我突然明白过来，一股热浪涌上头顶。那是巴鳞的屁股。

阿辉肯定知道巴鳞无法输出有效打击，才使出这么卑鄙的招数。

我狠力地推开巴鳞，一个鲤鱼打挺，将他制住，压在身下。我眼睛刺痛，泪水直流，屈辱夹杂着愤怒。巴鳞看着我，肿胀的眼睛里也溢满了泪水，似乎懂得我此时此刻的感受。

我突然回过神来，高高地举起拳头。

“你为什么不使劲！”

拳头砸在巴鳞那瘦削的身体上，像是击中了一块易碎的空心木板，咚咚作响。

“为什么不打我！”

我的指节感受到了他紧闭双唇下松动的牙齿。

“为什么！”

我听见“刺啦”一声脆响，巴鳞右侧眉骨裂开了一道长长的口子，一直延伸到眼睑上方，深黑色的皮肤下露出粉白色的脂肪，鲜红的血液汩汩地往外涌着，很快在沙地上凝成小小的一摊。

他身上又多了一种腥气。

我吓坏了，退开几步，其他小孩也呆住了。

尘土散去，巴鳞像被割了喉的羊崽蜷曲在地上，用仅存的左眼斜视着我，依然没有丝毫表情的流露。就在这一刻，我第一次感觉到，他和我一样，是个有血有肉、甚至有灵魂的人类。

这一刻只维持了短短数秒，我近乎本能地意识到，如果之前的我无法像对待一个人一样去对待巴鳞，那么今后也不能。

我掸掸裤子上的灰土，头也不回地挤入人群。

我进入Ghost模式，体验被囚禁在VR套装中的巴鳞所体验到的一切。

我或者说是巴鳞置身于一座风光旖旎的热带岛屿，环境设计师根据我的建议糅合了诸多岛屿上的景观及植被特点，光照角度和色温也都尽量贴合当地的经纬度。

我想让巴鳞感觉像是回了家，但这丝毫没有减轻他的恐慌。

视界猛烈地旋转，天空、沙地、不远处的海洋、错落的藤萝植物，还有不时出现的虚拟躯体，像素粗粝的灰色多边形尚待优化。

我感到眩晕，这是视觉与身体运动不同步所导致的晕动症，眼睛告诉大脑你在动，但前庭系统却告诉大脑你没动，两种信号的冲突让人不适。但对于巴鳞，我们采用最好的技术将信号的延迟缩短到五毫秒以内，并用动作捕捉技术同步他的肉身与虚拟身体运动，在万向感应云台上，他可以自由跑动，位置却不会移动半分。

我们就像对待一位头等舱客人，呵护备至。

巴鳞一动不动地站在那里，他无法理解眼前的这个世界，与几分钟前那个空旷明亮的房间之间的关系。

“这不行，我们必须让他动起来！”我对耳麦那端的操控人员吼道。

巴鳞突然回过头，全景环绕的立体声让他觉察到身后的动静。郁郁葱葱的森林开始震动，一群鸟儿飞离树梢，似乎有什么巨大的物体在树木间穿行摩擦，由远而近。巴鳞一动不动地凝视着那片灌木。

一群巨大的史前生物蜂拥而出，即便是常识十分缺乏的我也能看出，它们不属于同一个地质时代。操控人员调用了数据库里现成的模型，试图让巴鳞奔跑起来。

他像棵木桩般站在那里，任由霸王龙、剑齿虎、古蜻蜓和各种古怪的节肢动物迎面扑来，又呼啸着穿过他的身体。这是物理模拟引擎的一个漏洞，但如果完全拟真，又恐怕实验者承受不了如此强烈的感官冲击。

这还没有完。

巴鳞脚下的地面开始震动开裂，树木开始七歪八倒地折断，火山喷发，滚烫猩红的岩浆从地表迸射而出，汇聚成暗血色的河流，海上则掀起数十米高的巨浪，翻滚着朝我们站立的位置袭来。

“我说，这有点儿过了吧。”我对着耳麦说，似乎能听见那端传来的窃笑。

想象一下，一个原始人被抛在这样一个世界末日的舞台中央，他会是一种什么样的感受。他会认为自己是为整个人类承担罪错的救世主，还是已然陷入一种感官崩塌的疯狂境地？

又或者，像巴鳞一样，无动于衷？

突然我明白了事情的真相。我退出 Ghost 模式，摘下巴鳞的头盔，传感器如密密麻麻的珍珠布满了他黑色的头颅，而他双目紧闭，四周的皱纹深得像是昆虫的触须。

“今天就到这里吧。”我无力地叹息，想起多年前痛揍他的那个下午。

我与父亲间的战事随着分班临近而日渐升温。

按照他的大计划，我应该报考文科，政治或者历史，可我对这两个科目毫无兴趣。我想报物理，至少也是生物，用老吕的话说是能够解决“根本性问题”的学科。

父亲对此嗤之以鼻，他指了指几栋楼房，还有铺满晒谷场的茶叶，它们在阳光下闪光。

“还有比养家糊口更根本的问题吗？”这就叫对牛弹琴。

我放弃了说服父亲的尝试，我有我的计划。通过老吕的关系，我获得了老师的默许，平时跟着文科班上语、数、英的大课，再溜到理科班上专业小课，中间难免有些课程冲突，我也只能有所取舍，再用课余时间补上。老师也不傻，与其要一个不情不愿的中等偏下的文科考生，不如放手赌一把，兴许还能放颗卫星，出个状元。

我本以为可以瞒过忙碌在外的父亲，把导火索留到填报志愿的最后一刻。

当时的我实在太天真了。

填报志愿的那天，所有人都拿到了志愿表，除了我。我以为老师搞错了。

“你爸已经帮你填好了！”老师故作轻描淡写，他不敢直视我的双眼。

我不知道自己怎么回的家，像失魂的野狗逛遍了镇里的大街小巷，最后鬼使神差地回到祖屋前。

父亲正在逗巴鳞取乐，他不知道从哪儿翻出一套破旧的军服，套在巴鳞身上，显得宽大臃肿，活像一只偷穿人类衣服的猴子。他又开始显摆当年在军队服役时学会的那一套把戏，立正、稍息、向左向右看齐、原地踏步走……在我刚上小学那会儿，他特别喜欢像个指挥官一样喊着口号操练我，而这却是我最深恶痛绝的事情。

已经很多年没有重温这一幕了，看起来父亲找到了一个新的下属，一个绝对服从的士兵。

“一二一、一二一、向前踏步——走！”巴鳞随着他的口令和示范有模有样地踏着步子，过长的裤子在地上沾满了泥土。

“你根本不希望我上大学，对吗？”我站在他们俩中间，责问父亲。

“向右看齐！”父亲头一侧，迈开小碎步向右边挪动，我听见身后传来同样节奏的脚步声。

“所以你早就知道了，只是为了让我没有反悔的机会！”

“原地踏步——走！”

我愤怒地转身按住巴鳞，不让他再愚蠢地踏步，但他似乎无法控制住自己，军装裤腿在地上啪啦啪啦地扬起尘土。

我按住他的脑袋，和我四目相对，另一只手掏出电子点火器，蓝白色的光在巴鳞的太阳穴边炸开，他发出类似婴儿般的惊叫。

我从他的眼神中确信，他现在已经属于我。

“你没有权力控制我！你眼里只有你的生意，你有考虑过我的前途吗？”巴鳞随着气急败坏的我转着圈，指着父亲吼叫着，渐行渐近。

“这大学我是上定了，而且要考我自己填报的志愿！”我咬了咬牙，巴鳞的手指几乎已经要戳到父亲的身上，“你知道吗，这辈子我最不想成为的人就是你！”

父亲之前意气风发的军姿完全不见了，他像遭了霜打的庄稼，拉着脸，表情中夹杂着一丝悲哀。我以为他会反击，像以前的他一样，可他并没有。

“我知道，我一直都知道，你不想一世都走着别人给你铺好的路……”父亲的声音越来越低，几乎要听不见了，“像极了我年轻时的样子，可我没有别的选择……”

“所以你想让我照着你的人生再活一遍吗？”

父亲突然双膝一软，我以为他要摔倒，可他却抱住了巴鳞。

“你不能走！你以为我不知道吗，出去的人，哪有再回来的？”

我操纵着巴鳞奋力挣脱父亲的怀抱，就好像他紧紧抱住的人是我。而这样的待遇，自我有记忆之日起，就未曾享受过。

“幼稚！你应该睁大眼睛，好好看看外面的世界了。”

巴鳞像是个发了失心疯的发条玩具，四肢乱动，军服被扯得乱七八糟，露出那黝黑无光的皮肤。

“你说这话时简直和你妈一模一样。”又一朵蓝白色的火花在巴鳞的头上炸开，他突然停止了挣扎，像是久别重逢的爱人般紧紧抱住父亲，“你是想像她一样丢下我不管吗？”

我愣住了。

我从来没有从这个角度想过父亲的感受。我一直以为他是因为自私和狭隘才不愿意我走得太远，却没有想过是因为害怕失去。母亲离开时我还太小，并没有给我造成太大的冲击，但对于父亲，恐怕却是一生的阴影。

我沉默着走近拥抱着巴鳞的父亲，弯下腰，轻抚着他已不再笔挺的背脊。这或许是我们之间所能达到的亲密的极限。

这时，我看到了巴鳞紧闭着的眼角沁出的泪花。那一瞬间，我动摇了。也许在这一动作的背后，除了控制之外，还有爱。

有一些知识我宁愿自己能在十七岁之前懂得。

比方说，人类脑部的主要结构都和运动有关，包括小脑、基底核、脑干，皮层上的运动区以及感知区对运动区的直接投射，等等。

比方说，小脑的脑部神经元最多。在人类进化中，小脑皮层随着前额叶的快速增大而同步增大。

比方说，任何需要和外界进行的信息或物理上的交流，无论是肢体动作、操作工具、打手势、说话、使眼色、做表情，最终都需要通过激活一系列的肌肉来实现。

比方说，一条手臂上有二十六条肌肉，每条肌肉平均有一百个运动单元，由一条运动神经和它所连接的肌纤维组成。因此，光控制一条胳膊的运动，就有太多的可能性，这已经远远超出了宇宙中原子的数量。

人类的运动如此复杂而微妙，每一个看似漫不经意的动作中都包含了海量的数据运算分析与决策执行，以至于目前最先进的机器人尚无法达到三岁小孩的运动水平，更不要说动作中所隐藏的信息、情感与文化符号。

在前往高铁车站的路上，父亲一直保持沉默，只是牢牢地抓住我的行李箱。

北上的列车终于出现在我们眼前，崭新、光亮、线条流畅，好像一松闸就会滑进深不可测的未知。

我和父亲没能达成共识。如果我一意孤行，他将不会承担我上学期间的生活费用。

“除非你答应回来。”他说。

我的目光穿过他，就像是看见了未来，那是属于我自己的未来。为此，我将成为白色羊群中那一头被永远放逐的黑羊。

“爸，多保重。”

我迫不及待地拉起行李箱要上车，可父亲并没有松手，行李箱尴尬地在半空中悬停着，终于还是重重地落了地。

我正要发火，父亲“啪”的一声在我面前打了个立正，行了个标准的军礼，然后一言不发地转身走人。他说过，上战场之前不要告别，兆头不好，要给彼此留个念想。

望着他渐渐远去的背影，我举起手，回了个软绵绵的礼。当时的我并没有真正领会这个姿势的意义。

“真没想到我们竟然会折在一个野人手里。”课题组组长、也是我的导师欧阳笑里藏刀，他拍拍我的肩膀，“没事儿啊，再琢磨琢磨，还有时间。”

我太了解欧阳了，他这话的潜台词就是“我们没时间了”。

如果再深挖一层则是“你的想法、你的项目，那么，能不能按时毕业，你自己看着办”。

至于他自己前期占用我们多少时间和精力，去应付他在外面接下的乱七八糟的私活儿，欧阳是绝不会提的。

我痛苦地挠头，目光落在被关进粉红色宠物屋里的巴鳞身上，他面目呆滞地望着地板，似乎还没有从刺激中恢复过来。这颜色搭配很滑稽，可我笑不出来。

如果是老吕会怎么办？这个想法很自然地跳了出来。

一切的源头都来自于他当年闲聊扯出的“A 导致 B”的问题。

传统理论认为，运动控制是通过存储好的运动程序完成的，当人要完成某一个运动任务时，运动皮层选取储存的某一个运动程序开始执行，程序就像自动钢琴琴谱一样，告诉皮层和脊髓的运动区该如何激活，皮层和脊髓再控制肌肉的激活，最后完成任务。

那么问题来了：同一个运动有无数种执行方式，大脑难道需要储存无数种运动程序？

还记得那条运动的可能性超过了全宇宙原子数量的胳膊吗？

曾经有一个数学家提出一套理论，试图解决这个问题。

他的基本思想是：人的运动控制其实是大脑求一个最优解的问题。所谓最优是针对某些运动指标，比如精度最大化，能量损耗最小化，控制努力度最小化，等等。

而在这一过程中，大脑会借助于小脑，在运动指令还没有到达肌肉之前，对运动结果进行预测，然后与真实感知系统发回来的反馈相结合，帮助大脑进行评估及调整动作指令。

最简单的例子就是，上下楼梯时我们经常会因为算错台阶数而踩空，如果反馈调整及时，人就不会摔跤。然而反馈往往带有噪声和延时。

这位数学家的模型较为符合前人在行为学和神经学上的已知证据，可以用来解释各种各样的运动现象，甚至只要提供某一些物理限制条件，便可以预测生物的运动模式。比如说，八条腿的生物在冥王星上的重力环境中如何跳跃。

好莱坞用他的模型来驱动虚拟形象的运动引擎，便能“自主”地产生出许多像人一样流畅自然的动作。

当我进入大学时，该模型已经成为教科书上的经典，那时我们常常通过各种实验不断地验证其正确性。

直到有一天，我和老吕在邮件里谈到了巴鳞。

我和老吕自从上大学之后就开始了电邮来往，他像一个有求必应的人工智能，我总能从他那里得到答案，无论是关乎学业、人际关系还是情感。我们总会不厌其烦地讨论一些在旁人看来不可思议的问题，例如，“用技术制造出来的灵魂出窍，体验是否侵犯了宗教的属灵性”。

当然，我们都心照不宣地避开关于我父亲的事情。

老吕说巴鳞被卖给了镇上的另一家人，我知道那家暴发户，风评不是很好，经常会干出一些炫耀财力却又令人匪夷所思的荒唐事。

我隐约知道父亲的生意做得不好，可没想到差到这个地步。

我刻意转移话题聊到 Todorov 模型，突然一个想法从我脑中蹦出。巴鳞能够进行如此精确的运动模仿，如果让他重复两组完全相同的动作，一组是下意识的模仿，而一组是自主行为，那么这两者是否经历了完全相同的神经控制过程呢？

从数学上来说，最优解只有一个，可中间求解的过程呢？

老吕足足过了三天才给我回信，一改之前汪洋恣肆的风格，他只写了短短几行字：

> 我想你提出了一个非常重要的问题，也许连你自己都没意识到这有多重要。如果我们无法在神经活动层面上将机械模仿与自主行为区分开，那么就有了这样一个问题：自由意志真的存在吗?

收到信后，我激动得彻夜难眠。我花了两个星期设计实验原型，又花了更多的时间研究技术上的可行性及收集各方师长的意见，再申报课题，等待批复。直到一切就绪时，我才想起，这个探讨“根本性问题”的重要实验，却缺少了一个根本性的组成要素。

我将不得不违背承诺，回到家乡。

只是为了巴鳞，我不断告诉自己。只是巴鳞。就像“A 导致 B”，简单如是。

我读过一篇名为《孤儿》的科幻小说，讲的是外星人来到地球，能够从外貌上完全复制某一个地球人的模样，由此渗入人类社会，但是他们无法模仿被复制者身体的动作姿态，哪怕是一些细微的表情变化。于是，许多暴露身份的外星伪装者遭到了地球人的追捕猎杀。

为了生存下去，他们不得不学习人类是如何通过身体语言来进行交流的。他们伪装成被遗弃的孤儿，被好心人收养，通过长时间的共同生活来模仿他们养父母们的举止神态。

养父母们惊讶地发现这些孩子们长得越来越像自己，而当外星孤儿们认为时机成熟之时，便会杀掉自己的养父或养母，变成他们的样子并取而代之。杀父娶母的细节描写十分可怕。

辨别伪装者的难度变得越来越大，但人类最终还是发现了这些外星人与地球人之间最根本的区别。

尽管外星人几乎能够惟妙惟肖地模仿人类的所有举动，但他们并不具备人脑中的镜像神经系统，因此无法感知对方深层的情绪变化，并激发出类似的神经冲动模式，也就是所谓的“同理心”。

人类发明了一套行之有效的辨别方法，去伤害伪装者的至亲之人，看是否能够监测到伪装者脑中的痛苦、恐惧或愤怒。他们称之为“针刺实验”。

当然，这个冷酷的故事也告诉我们，在这个宇宙间，人类并不是唯一一个和自己父母处不好关系的物种。

老吕知道关于巴鳞的所有事情，他认为狗鸦族是镜像神经系统超常进化的一个样本，并为此深深着迷，只是不赞成我们对待巴鳞的方式。

“但他并没有反抗，也没有逃跑啊！”我总是这样反驳老吕。

“镜像神经元过于发达会导致同理心病态过剩，也许他只是没办法忍受你眼中的失落。”

“有道理，那我一定是镜像神经元先天发育不良的那款。”

“……冷血。”

当老吕带着我找到巴鳞时，我终于知道自己并不是最冷血的那一个。

巴鳞浑身赤裸、伤痕累累，被粗大生锈的锁链环绕着脖颈和四肢，窝在一个五尺见方的砖土洞里，光线昏暗，排泄物和食物腐烂的气味混杂着，令人作呕。他更瘦了，虹蝇吮吸着他的伤口，骨头的轮廓清晰可见，像一头即将被送往屠宰场的牲畜。

他看见了我，目光中没有丝毫波澜，就像是我十三岁的那个夏夜与他初次相见时的模样。

他们让他模仿……动物交配。老吕有点说不下去。刹那间，所有的往事一下涌上心头。

接下来发生的事情，我一点印象都没有，仿佛是被什么鬼神附了体，所有的举动都并非出自我的本意。

老吕说，我冲进买下巴鳞那暴发户的家里，抓起他家少奶奶心爱的博美一口就咬在脖子上，如果不放了巴鳞，我就不松口，直到把那狗的脖子咬断为止。

我朝地上吐了口唾沫，这听起来还挺像是我干得出来的事儿。

我们把巴鳞送进了医院，刚要离开，老吕一把拉住我，说："你不看看你爸？"我这才知道父亲也在这所医院里住院。上了大学后，我和他的联系越来越少，

他慢慢也断了念想。

他看起来足足老了十岁，鼻孔里、手臂上都插着管，头发稀疏，目光涣散。

前几年普洱被疯炒时他跟风赌了一把，运气不好，成了接过最后一棒的傻子，货砸在了手里，钱也赔了不少。

他看见我时的表情竟然跟巴鳞有几分相似，像是在说，我早知道会有这么一天。

"我……我是来找巴鳞的……"我竟然不知所措。

父亲似乎看穿了我的窘迫，咧开嘴笑了，露出被香烟经年熏染的一口黄牙。

“那小黑鬼，精得很呢，都以为是我们在操纵他，其实有时候想想，说不定是他在操纵我们哩。”

“就像你一样，我老以为我是那个说了算的人，可等到你真的走了，我才发现，原来我心上系着的那根线，都在你手里拽着呢，不管你走多远，只要指头动一动，我这里就会一抽一抽地疼……”父亲闭上眼，按住胸口。

我一个字都说不出来，有什么东西堵住了喉咙。

我走到他病床前，想要俯身抱抱他，可身体不听使唤地在中途僵住了，我尴尬地拍拍他的肩膀，转身离开。

“回来就好。”父亲在我背后嘶哑地说，我没有回头。

老吕在门口等着我，我假装挠挠眼睛，掩饰着情绪的波动。

“你说巧不巧？”

“什么？”

“你想要逃离你爸铺好的路，却兜兜转转，跟我殊途同归。”

“我有点同意你的看法了。”

“哪一点？”

“没人知道会怎么样。”

我们又失败了。

最初的想法很简单，选择巴鳞是因为他的超强镜像神经系统让模仿成为一种本能，相对于一般人类来说，这就摒除了运动过程中许多主观意识的噪声干扰。

我们用非侵入式感应电极捕捉巴鳞运动皮层的神经活动，让他模仿一组动作，再通过轨迹追踪，让他自发重复这组动作，直到前后的运动轨迹完全重合，那么从理论上讲，我们可以认为他做了两组完全一样的动作。

然后，我们再对比两组神经信号是否以相同的次序、强度及传递方式激活了皮层中相同的区域。

如果存在不同，那么被奉为经典的 Todorov 模型或许存在巨大的缺陷。

如果相同，那么问题更严重，或许人类仅仅是在单纯地模仿其他个体的行为，却误以为是出于自由意志。

无论哪一种结果，都将是颠覆性的发现。

但我们从一开始就失败了。巴鳞拒绝与任何人对视，拒绝模仿任何动作，包括我。

我大概能猜到原因，却不知道该如何解决。我们这群人信誓旦旦地要解开人类意识世界的秘密，却连一个原始人的心理创伤都治愈不了。

我想到了虚拟现实，将巴鳞放置在一个抽离于现实的环境中，或许能够帮助他恢复正常的运动。

我们尝试了各种虚拟环境，海岛冰川、沙漠太空。我们制造了耸人听闻的极端灾难，甚至还花了大力气构建出狗鸦族的虚拟形象，寄望于那个瘦小丑陋的黑色小人能够唤醒巴鳞脑中的镜像神经元。

但是毫无例外地全部失败了。

深夜的实验室里，只剩下我和僵尸般呆滞的巴鳞。其他人都走了，我知道他们在想什么，这个实验就是个笑话，而我就是那个讲完笑话自己一脸严肃的人。

巴鳞静静地躲在粉红色泡沫板搭起来的宠物屋里，缩成小小的一团。我想起老吕当年的评价，他说得没错，我一直没把巴鳞当作一个人来看待，即便是现在。

曾经有同行将无线电击器植入老鼠的脑子里，通过对体觉皮层和内侧前脑束的放电刺激，产生欣喜或痛感，来控制老鼠的运动路线。

这和我对巴鳞所做的一切没有实质区别。我就是那个镜像神经元发育不良的浑蛋。

我鬼使神差地想起了那个游戏，那个最初让我们见识到巴鳞神奇之处的幼稚游戏。

“捞虾洗衫，玻璃刺脚丫……”

我低低地喊了一句，某种成年后的羞耻感油然而生。我假装成渔夫，从河岸上往河里伸出一条腿，踩一踩只存在于想象中的河水，再收回去。

巴鳞朝我看了过来。

“捞虾洗衫，玻璃刺脚丫。”我喊得更大声了。

巴鳞注视着我蠢笨的动作，缓慢而温柔地爬出宠物屋，在离我几步之遥的地方停住了。

“捞虾洗衫，玻璃刺脚丫！”我感觉自己像个嗑了药的酒桌舞娘，疯狂地甩动着大腿，来回踏着慌乱的节奏。

巴鳞突然以难以言喻的速度朝我扑来，那是阿辉的动作。他记得，他什么都记得。

巴鳞左扑右抱，喉咙里发出婴儿般“咯咯”的声音，他在笑。这是这么多年来我第一次听见他笑。

后来，他又变成了镇上的残疾人。所有的动作像是被刻录在巴鳞的大脑中，无比生动而精确，以至于我一眼就能认出他模仿的是谁。他变成了疯子、傻子、没有四肢的乞丐和羊痫风病人。他变成了猫、狗、牛、羊、猪和不成形的家禽。他变成了喝醉酒的父亲和手舞足蹈的我自己。

我像是瞬间穿越了几千公里的距离，回到了童年的故里。

毫无预兆地，巴鳞开始一人分饰两角，表演起我和父亲决裂那一天的对手戏。这种感觉无比古怪。作为一名旁观者，看着自己与父亲的争吵，眼前的动作如此熟悉，而回忆中的情形却变得模糊而不真切。当时的我是如此暴躁顽劣，像一匹未经驯化的野马，而父亲的姿态卑微可怜，他一直在退让，一直在忍耐。这与我印象中的大不一样。

巴鳞忙碌地变换着角色和姿态，像是技艺高超的默剧演员。

尽管我早已知道接下来会发生什么，但当它发生时我还是没有做好准备。

巴鳞抱住了我，就像当年父亲抱住他那样，双臂紧紧地包裹着我，头深埋在我的肩窝里。我闻见了那阵熟悉的腥味，如同大海，还有温热的液体顺着我的衣领流入脖颈，像一条被日光晒得滚烫的河流。

我呆了片刻，思考该如何反应。

随后，我放弃了思考，任由自己的身体展开，回以热烈拥抱，就像对待一个老朋友，就像对待父亲。

我知道，这个拥抱我亏欠了太久，无论是对谁。我猜我找到了解决问题的正确方法。

在《孤儿》的结尾，执行“针刺实验”的组织领导人悲哀地发现，假使他们伤害的是外星伪装者，那么他们的至亲，也就是真正的人类，其镜像神经系统也无法被正常激活。

因为人类从一开始就被设计成一个无法对异族产生同理心的物种，就像那些伪装者。

幸好，这只是一篇二流科幻小说。

“我们应该试着替他着想。”我对欧阳说。

“他？”我的导师反应了三秒钟，突然回过神来，“谁？那个野人？”

“他的名字叫巴鳞。我们应该以他为中心，创造他觉得舒服的环境，而不是我们自以为他喜欢的廉价景区。”

“别可笑了吧！现在你要担心的是你的毕业设计怎么完成，而不是去关心一个原始人的尊严，你可别拖我后腿啊。”

老吕说过，衡量文明进步与否的标准应该是同理心，是能否站在他人的价值观和立场去思考问题，而不是其他被物化的尺度。

我默默地看着欧阳的脸，试图从中寻找一丝文明的痕迹，然而这张精心呵护的老脸上一片荒芜。

我决定自己动手，有几个学弟学妹也加入了。这让我找回对人类的一丝信念。

当然，他们多半是出于对欧阳的痛恨以及顺手混几个学分。

有一款名为“IDealism”的虚拟现实程序，号称能够根据脑波信号来实时生成环境，但实际上只是针对数据库中比对好的波形来调用模型，最多就只是增加了高帧率的渐变效果。我们破解了它，毕竟实验室用的感应电极比消费者级别的精度要高出几个数量级，我们增加了不少特征维度，又连接到教育网内最大的开源数据库，那里存放着世界各地虚拟认知实验室的演示版本。

巴鳞将成为这个世界的第一推动力。

他将有充分的时间，去探索这个世界与他心中每一个念想之间的关系。我将记录下巴鳞在这个世界中的一举一动，待他回到现实世界，我再与他连接，那时，我将尽力模仿他的每一个动作，我俩就像平行对立的两面镜子，照出无穷无尽的彼此。

我为巴鳞戴上头盔，他目光平静，温柔如水。红灯闪烁，加速，变绿。

我进入Ghost模式，同时在右上角开启第三人称窗口，可以看到一个小小的巴鳞的虚拟形象在轻轻摇摆。

巴鳞的世界里一片混沌，没有天地，也不分四面八方。我努力克制眩晕。他终于停止了摇摆。一道闪电缓慢劈开混沌，确定了天空的方向。

闪电蔓延着，在云层中勾勒出一只巨大的眼，向四方绽放着细密的发光触须。

光暗下了，巴鳞抬起头，举起双手，雨水落下。他开始舞蹈。

每一颗雨滴带着笑意坠落，填满了风的轮廓，风扶起巴鳞，他四足离地，开始旋转。

无法用语言来描绘他的舞姿，仿佛他成了万物的一部分，天地随着他的姿态而变换色彩。

我的心跳加速，喉咙干涩，手脚冰凉，像是见证着一场不期而遇的神迹。他举手，花儿便盛开；他抬足，鸟儿便翩然而来。

巴鳞穿行于不知名的峰峦湖泊之间，所到之处，都会绽放欢喜的曼陀罗，他会向着那旋转的纹样坠去。

他时而变得极大，时而变得极小，所有的尺度在他面前失去了意义。

每一个不知名的生灵都在向他放声歌唱，他张了张嘴巴，所有狗鸦族的神灵都被吐了出来。

神灵列队融入他黑色的皮肤，像是一层层黑色的波浪，喷涌着，席卷着，他向上飞升、飞升，在身后拉出一张漫无边际的黑色大网，世间万物悉数凝固其上，弹奏着各自的频率，那是亿万种友情在寻找一个共有的原点。

我突然领悟了眼前的一切。在巴鳞的眼中，万物有灵，并不存在差别，但神经层面的特殊构造使得他能够与万物共情，难以想象，他需要付出多大的努力才能够平复心中时刻翻涌起的波澜。

即便愚钝如我，在这一幕天地万物的大戏面前，也无法不动容。事实上，我已热泪盈眶，内心的狂喜与强烈的眩晕相互交织，这是一种难以言表却又近乎神启的巅峰体验。

至于我希望得到的答案，我想，已经没那么重要了。

巴鳞将所有这一切全吸入体内，他的身形迅速膨胀，又瘪了下去，然后开始往下坠落。

世界黯淡、虚无，生机不再。

巴鳞像是一层薄薄的贴图，平平地贴在高速旋转的时空中，物理引擎用算法在他的身体边缘掀起风动效果，细小的碎片如鸟群飞起。

他的形象开始分裂。

我切断了巴鳞与系统的连接，摘下他的头盔。

他趴在深灰色柔软的地面上，四肢展开，一动不动。

“巴鳞？”我不敢轻易挪动他。

“巴鳞？”周围的人都等着，看一个笑话会否变成一场悲剧。

他缓慢地挪动了下身子，像条泥鳅般打了个滚儿，又趴着不动了，像壁虎一样紧贴在地。

我笑了。像当年的父亲那样，我拍了两下手掌。巴鳞翻过身，坐起来，看着我。

正如那个湿热黏稠的夏夜里，十三岁的我第一次见到他时的模样。

海洋之歌 / 陈梓钧

我相信对于人类文明而言，这场灾难也会成为文明史的转折点。就像我感受到的启迪一般，人类也将重新审视自我、文明与生命的意义，不是在地球的尺度上，而是在宇宙的庞大舞台上审视，从而点亮新纪元的崭新黎明。

太阳坠落之时

这是陆哲教授在“新科学系列讲座”的发言稿。这里重印，得到了出版商学术出版公司的许可，以飨读者。

一

各位，我没料到我能站在这里——活着站在这里，向各位讲述我的故事。

命运真的很神奇。两个月前的这个时候，我在北大西洋上空，飘浮在一百公里高的地方，蜷缩在一支海洋深潜器里，目睹着天崩地裂的可怕的景象：数百亿吨海水从太空落下，数百亿吨熔岩正从地幔涌上。若救援来迟一点，我便不可能在这里与大家共同见证这令人战栗的时刻了——这个科学革命的时刻，文明史转折的时刻。在这个时刻，我有幸与大家一起，迎来人类崭新的黎明。

为什么这么说呢？现在已有超过二亿人死于海啸、地震与火山爆发，两千多座城市惨遭毁灭，近十亿人流离失所，人类文明遭遇前所未有的浩劫。为何我会以这种乐观到狂妄的口气说，这是人类的黎明呢？

请允许我先谈谈我的母亲。

我对母亲最早的记忆，来自我的一次哭泣——第一次上幼儿园时的哭泣。那时，我号啕大哭，任老师怎么哄都没用，糖果、玩具，各种招数都用尽了，所有人都一筹莫展，但母亲却给我了一块拳头大小的黑石头。

“你听。”她说，把黑石头在桌上轻轻磕了一下。

黑石头发出一种不可思议的悠扬的声音，如鸣佩环，经久不息。后来听老师说，那时我立刻停止了哭泣，瞪大了眼睛看着那石头，仿佛那是一块闪闪发光的宝石。

我出生在一个单亲家庭——两岁那年，父亲离家而去，母亲独自抚养我长大。和我一样，她也是一个海洋学家。每年冬天，她总会跟着考察船出海，回家时为我带回各种奇妙的玩具——贝壳，五颜六色的珊瑚，可以养在瓶子里的灯笼水母，还有那些黑石头。这样的石头，她每次考察归来都会带回几个，天长日久，在狭窄的屋里堆积如山。母亲索性把它们按大小堆在一个木架子上，做成“架子鼓”，又向学乐器的邻家孩子借来了鼓槌，和我一起敲着玩。

当然，因为音准不对，这架子鼓并不能演奏常见的乐曲。一般的乐曲中，音高差八度意味着频率差两倍，但这个乐器只能演奏频率差六倍的音乐。母亲是个很有才华的人，为此她专门自编了不少曲子，我最熟悉的便是“海洋之歌”。在这悠扬的音乐声中，我度过了无忧无虑的童年。那是多么美好的日子，我以为生活将这样永远继续下去，直到我六岁。

那是我第一次跟着母亲出海。在海洋考察船里，在一个船舱中，我坐在桌旁，准备过我的六岁生日。桌上摆着蛋糕，烛光跳跃着，为冰冷的船舱抹上橙红色的温暖。但我身边的叔叔们却面色凝重——母亲下潜考察，却突然失去了联系。我望向大海，焦急地等待着，等待她回航时溅起的浪花。铅灰色的大海沉默着，一天，两天，没有任何消息，她消失在了两公里深的大西洋海底，直到现在，也没有回来。

这是很大的悲剧。厄运降临后，我的世界天崩地裂。但我不再哭泣，有另一种东西让我从悲痛中走了出来。大概每个人到了某个年龄都会经历自我意识的“天启”，于我而言，这种“天启”是母亲的永别带来的。葬礼上，抚摸她黑色的灵柩时，某种陌生、无边无际、黑色而冰冷的存在突然攫住了我，眼泪戛然而止。死亡，虽然当时我无法理解它，却也朦胧地感受到了它无所不在的羽翼与它扇起的寒风。我眼中的世界忽然变成了另一个样子，我不再是那个无忧无虑的小孩了，我开始思考，思考生命的奥秘。生命是什么？死亡是什么？生命存在于宇宙中，意义又是什么？

这些问题伴随着我长大，引领我走进实验室，走向那片海洋，最后，把我带到了这里。

对我个人而言，母亲的死是我人生的转折点，我相信对于人类文明而言，这场灾难也会成为文明史的转折点。就像我感受到的启迪一般，人类也将重新审视自我、文明与生命的意义，不是在地球的尺度上，而是在宇宙的庞大舞台上审视，从而点亮新纪元的崭新黎明。

而这一切，都来自于我母亲的“海洋之歌”。

二

故事不妨从头讲起。

五年前，在任讲师期间，我与矿业集团合作，参与研究深海锰结核。

众所周知，锰结核是一种储藏量很大的金属矿藏，早在很久之前就被发现，但直到现在都没有大规模开采。原因很简单：它们都沉积在数公里深的海底，勘探困难，成本高昂。为了解决这个难题，集团希望能借助浮游生物来定位锰结核。

这不是什么新奇的想法。当时人们普遍认为，锰结核起源于一种特殊的浮游生物。海水中的锰元素会富集在它表面，层层堆积生长，最终形成结核，就好像水汽凝结成露珠。

显然，这个理论有很多漏洞——比如著名的“同心圆疑题”。锰结核都沉积在海底，如果它真是由锰元素沉积而成，那它应该只在与海水接触的上表面生长，剖面的生长纹应该下密上疏，是严重有所偏向的，但事实上，这些“年轮”都是均匀对称的同心圆。难道石块会悬浮在海中生长吗？但集团并不在意这个，他们关心的是钱——这种浮游生物带来的生物探矿法将为集团节省一大笔开支。

无疑，这个课题是纯应用的，和探索生命奥秘八竿子打不着，却成了我研究的转折点。我此前的研究重点一直在海洋浮游生物领域，从未研究过锰结核，更没有见过锰结核的样本，所以当我第一次见到那些从海底捞上来的黑疙瘩时，我的震惊溢于言表。

那就是我母亲带回来的黑石头！

这就是命运的神奇。时隔二十年，我竟然阴差阳错地与我母亲走上了同一条路，来到了同一片海。在这里，我接下了母亲未竟的事业，并且解开了一个巨大的谜团。

这个谜团的线头，来自一个神秘的数列。

那时，为了研究需要，我们采集了数十吨的锰结核样本。进行粗略统计后，我们惊奇地发现，这片海域里采集回的样本格外蹊跷——在两万多个样本中，锰结核的大小呈现出奇特的等比数列形式的分布规律，我们称之为“直径量子”。这些结核的直径均取了若干分立的值，而这些值之间近似呈以六为倍数的等比数列关系，如三点三厘米、十九点八厘米、一百一十八点八厘米等。在打捞的样本中，我们只发现了这些尺寸的结核块。而如果锰结核是由浮游生物吸附形成的，那应该各种尺寸都有，不可能只出现这种离散化的值，何况是等比数列！

这是我研究生涯的转折点。从那时起，我的全部精力都放在了锰结核上。

必须承认，转行并不容易。锰结核的成因属于海洋地质学的研究范畴，后来发现还必须联系电化学和流体力学的知识，那都是数学背景相当复杂的领域。但那个神秘等比数列的诱惑足以让一切困难都变得可以克服。经过三年的研究，在冯坎博士、乔羽高工等人的帮助下，一个新的锰结核形成理论渐渐成形。

理论的出发点，来自那个等比数列中的比例因子“六”。

这是一个很有趣的过程，现在回忆起来，仍趣味盎然。我们就好像破解凶杀案的侦探，死者留下了一个神秘数字，而我们要从它推断出凶手的身份。为何恰好是六倍？刚开始思考时，没有任何理论能解释，我们只能天马行空地想象，寻找一切若隐若现的联系，同时还要避免陷入玄学的陷阱——雪花的六角，米粒组织[①]的六边形，巨人之路的六棱柱[②]，但肯定不是大卫的六芒星。这不是胡思乱想，我们知道，自然界的一切都遵循着能量最低原理，如果我们承认锰结核的这种比例关系是自然形成的话，那“六”这个比例一定来自于某种能量最低的几何形状。

于是，我们想到了“瑞利－本纳德对流”。

这并不是什么玄奥的事物，我们每天都有机会见到它。请各位看这张图，这是我今天早上在宾馆厨房做的实验——找个平底锅，加半锅水，打一到两颗鸡蛋，让水具有一定的黏度，接着均匀、平缓地加热锅底，注意一定要非常均匀，然后等待，你会发现在某个时刻，水面突然涌现出规则的六边形涡泡，原来混乱翻腾的水流被约束在了六边形涡泡内，以对称的方式上浮和下沉。

在大洋深处，类似的过程也在进行着，只不过规模要大得多。在洋中脊裂谷底部，来自地幔的炽热熔岩涌出地壳，与冰冷的海水接触，形成热对流，就像实验中被炉灶加热的锅中水一样。

让我们继续实验。请看这段视频，在平底锅中，水涡呈六边形对称翻滚，大概有二三十个涡泡，每个涡泡尺寸大概是一厘米。现

① 太阳表面光球层中的一种对流结构，由于其形状很像一锅煮着的大米粥，被称为“米粒组织”。

② 巨人之路位于北爱尔兰贝尔法斯特西北约八十公里处大西洋海岸，是一条由数万根大小不均的六边形玄武岩石柱聚集成一条绵延数公里的堤道。

在，我把炉灶火焰开到最大，同时向锅中的水面均匀地喷洒液氮，以加大水底和水面的温差。可以看到，当温差增大到下一个临界值时，涡泡会突然分裂，每一个大涡泡分裂成三十六个新的小涡泡，小涡泡会的直径恰好为原来的六分之一！那是两年前的一个清晨，在煮鸡蛋时，我偶然观察到了涡泡的六倍比分裂，从而解开了困扰数年的谜团。多亏了我家乡的凛冽寒冬，让温差达到了涡泡分裂的临界点。

当然，如果温差继续增大，涡泡还将继续分裂下去，形成一系列更小的涡泡，六、三十六、两百一十六，那是以六为倍数的无穷无尽的分裂……

是的，这就是“直径量子”的成因——在火山与海洋接触的表面、冰与火的交织中，熔岩形成了具有六倍比关系的对流涡泡。接下来就是复杂的化学过程了。我们猜想，在界面上，熔融的酸性玄武岩萃取了海水中的二价锰离子。熔岩中的锰含量不断提高，当达到饱和后，将在旋涡的核心析出、凝聚、结晶，形成锰结核。去年五月，我们用格子玻尔兹曼方法对这个模型进行了仿真，并且在海洋地质中心进行了缩比实验，首次获得了人工锰结核。结果是令人惊喜的。那天下午，在实验车间里，我戴着石棉手套捧起那个还在冒烟的黑石块，然后小心地用电锯剖开。在剖面上，生长纹果真呈现出同心圆状！

我们连夜撰写论文，给出了描述这一过程的数学模型，题目叫“本纳德对流倍周期分岔在海底扩张过程中的电化学作用”。全文在《科研杂志》二〇九〇年第三十七期刊发。

至此，我们揭开了锰结核的“直径量子”倍数之谜。鲜花与掌声接踵而至。一夜之间，学校就将我从讲师提拔为教授。各种委任函如雪片般飞来，十几所大学邀请我去做访问学者，但我全都拒绝了。我知道，那些头衔意味着我将不得不把大量时间花在讲座和会议上，而这个成果只不过是一个更大谜团的发端——乐曲才刚奏完序章，海洋底部还隐藏着更深刻的东西等待揭晓。我必须轻装上阵。

还有什么深刻的东西呢？没错，生命，一种新形态的生命。

让我们重新回顾一下本纳德对流。这是流体力学中的经典问题，非常简单，却能体现出生命的本质——低熵体。在那层薄薄的液体中，随着温差的增加，熵不断降低，有序度不断升高，六边形涡泡突然涌现，分岔，结构从混沌中浮现，如同受精卵分裂为胚胎，秩序的磷火在黑暗的海面上升腾。多么神奇而美妙的演化！我不由得想起从前看过的一篇有趣的文章，里面描述了一种硅基生命，它呼吸氧气，一面走，一面要吐出石块般的二氧化硅。我们所见到的那铺满海底的锰结核，是不是某种硅基生命的排泄物呢？

这个图景实在太惊人。要知道，世界各大洋的洋底都广泛分布着锰结核，数量在百亿亿量级。如果那真是某种生物的产物，那它得有多庞大?!

思虑再三，我最终还是没敢把这个狂想写进论文。毕竟，古往今来，还没任何人见过这种新生命。况且我心里很清楚，这些单调的涡泡绝非生命——它会繁殖吗？会遗传吗？会对我们的呼唤做出反应吗？显然不会。要跨越这道隔绝非生命与生命的鸿沟，还需要更多的助力。

在命运的眷顾下，我们有幸成了这种新生命的见证者。

那是在两个月前，我和乔羽高工一起，乘坐“达尔文号”深潜器潜入了我母亲葬身的大西洋中央海岭，实地考察锰结核的形成过程。在那里，我们看到了比梦境更加疯狂的东西。

三

今年，我们来到了亚速尔群岛以南二百二十海里处的海域。天气湿冷，灰色的云低垂，那是北大西洋冬季的一个寻常早晨。“达尔文号”深潜器悬挂在考察船的龙门绞车上，修长的艇艄指着海面，仿佛一柄准备劈开波浪的白色钝剑。

因为兴奋，我起得很早。吃过早饭后，我与乔羽等人道别，坐进了深潜器的驾驶舱里。那是一个直径一百二十厘米的钢球，异常狭小，我像是胡桃壳里的胡桃。所幸，深潜器外安装了二十四台全景摄像头，配上虚拟现实眼镜后，舱壁就在我眼中消失了，海底的壮丽景观一览无余。

正因为有了这些摄像头，我们才能捕捉到那些惊人的画面。

当天上午八点二十分，技师锁死了深潜器重达一百六十公斤的舱门。探险开始了。释放指令发出，短暂的失重，然后我砰的一声落入水中，像个石块一样落向海底。考察船的船底迅速变小，很快变成了微光闪烁的海面上的一个暗淡小点。不久，连光线也消失了。只有灯光下无数的浮游生物粒子在飞速上移，宛如有人在开车穿过暴风雪。四周变得一片漆黑。所幸，仪表还是可靠的，它告诉我深潜器正以三米每秒的速度向着海底靠近。

这次考察中，我的目的地是一片海底扩张带。它于数年前被首次发现，被称为“海洋之喉”。在那里，熔岩从海岭中央的裂隙中涌出、冷却，凝固为新的海底，锰结核只不过是这个过程的副产品，这里也就是具有“直径量子”的锰结核的发现区域。我们猜想，这里的海底扩张带一定形成了一片宽阔而均匀的熔岩湖泊，就像一个硕大的平底锅，使得本纳德对流涡泡变得均匀，只有这样才会生产出大小均匀的锰结核来。

几分钟后，深潜器已经潜入海面下一千二百公里处。黑暗更浓，浮游生物和微粒也看不到了，海水变得极为澄澈，澄澈得让人怀疑充满那片黑暗的不是海水，而是真空。有人说大海是太空的镜像，我深以为然——黑暗、死寂，还有一分钟的通信延迟。我仿佛是一个宇航员，在没有任何星辰的冷寂太空中孤独地航行着。冷，彻骨的冷。大洋底部的水温只有一摄氏度，驾驶舱在冷却，舱壁上凝结了大颗水珠。我的一双赤脚就踩在舱门的钢板上，冻得发抖，不得不穿上毛袜和防水靴。但即便如此，我的牙齿仍咯咯打战。

坦率而言，我发抖并不仅仅是因为寒冷。当时，我已经对我母亲罹难的过程略有耳闻。有人告诉我，她当时似乎有了一个发现，但对此守口如瓶，唯一的知情人是她的一个学生。有一天他们乘坐深潜器下潜。深潜器在距离海底二百米的位置上突然失去了联系，声呐中断，音信全无，救援队在海底搜索了几个月都没见到深潜器的丝毫行迹，也找不出事故原因。事到如今，已经没人知道她当时下潜的目的。唯一的线索是当时她的奇怪行动——在失踪前的半小时中，她都在用超大功率的声呐扫描海底，声呐信号的内容是一段她自创的音乐。

向海底播放音乐？播给谁听呢？

在兴奋之外，我也感到了一种隐隐的恐惧。

但我没有太多时间去恐惧。三分钟后，在二千二百米的深度上，我看到了海床。

这是位于中央海岭西侧的缓坡。数十米厚的沉积物覆盖其上，仿佛雪后的一片无边无际的荒原，探照灯只能照亮其中一小块。我扔掉了四个压舱块中的一个，深潜器停止了下降，悬停在海床上方，以便我仔细观察周围。只见沉积物上布满了锰结核，每平方米足有十几个，分布均匀，仿佛尘封的古战场中散落的盔甲。

这时，我发现全景摄像机真是个宝贝。它视野极佳，而且可以将海底极为微弱的光线放大数万倍，令我的工作效率大大提升。只用了几分钟，我就看到了目标——在中央海岭山脊上跳跃的一片暗红的辉光。它节奏缓慢，却极有韵律，自左向右，像海浪一样波动，仿佛山风中燃起的篝火。深潜器的影子被投射在海床上，随着那辉光微微颤抖着。

循着那片辉光，三分钟后，我越过山脊，来到了“海洋之喉”的正上方。

这是洋中脊裂谷宽度最大的位置。我俯瞰着，只见裂谷侧壁陡峭，宛如刀劈斧砍。在那峭壁底部有一道暗红色的熔岩狭缝，像魔鬼的微微裂开的嘴。我拉近相机焦距，努力分辨其细节，但因为距离太远了，那里的熔岩显得朦朦胧胧，看不清楚，必须再下潜，再靠近些，才能得到有意义的照片。

距离底部八百米。我看了一眼雷达的读数，忽然意识到，这就是二十年前我母亲失踪的地方。

当年她也是这样，为了看清谷底的景象而毅然下潜吗？

我咬了咬牙，启动了推进器。

两侧的峭壁缓缓上移，慢慢地，“海洋之喉”已经占据了我的整个视野，熔岩表面纹理清晰。然而我已经感到了那地底火焰的威力——船舱在晃动，被加热的海水正慌乱地上涌，高温透过钢壳传进来，刚才的冰窖转瞬间就变成了蒸笼。

时间不多，我用最快速度调整好了相机，连续拍摄了大量的相片。

诸位请看，这就是那些照片中的一张，也是目前为止，唯一拍摄到“海洋之喉”核心区熔岩的照片。可见涡泡很规则，与我们预测的一样，呈整齐的六边形，排列均匀密集，表面盖着一层乳白色的薄雾，好像一锅煮着的大米粥。在裂谷北端，这些涡泡翻滚得要慢些，颜色也更暗些，更精细的照片显示出那里的涡泡核心已经结晶，锰结核正在形成；而在裂谷南端，这些涡泡则更亮、温度更高、旋转更快些，中心很干净，没有结核。显然，那一种类似于新陈代谢的过程——数以万计的涡泡如齿轮般互相嵌套，精密地旋转着，组成一条火焰巨蛇，头部啃噬着岩石，而尾部不断地结晶、固化、分解，化为无数在海底铺陈的锰结核。那起伏的暗红色辉光仿佛一颗律动的心脏，亘古不息，有一种催眠的力量。

面对此景，我几乎忘记了思考，忘记了呼吸。

不知是不是幻觉，我还听到一种声音正从那里传来，是一种低沉的嗡嗡声，好像一只巨掌，穿过海水，握住深潜器，缓缓摩挲着它的外壳，又好像妈妈的手，在温柔地抚摸着我的脑袋，哄我入眠。

二十年前，我母亲目睹这奇景，是不是在震惊中忘记了离开，以至于被突如其来的海底火山爆发吞噬了呢？

我低声默念："妈妈，我来看你了。"

话音刚落，在那个瞬间，我竟然真切无比地听到了她的回答——

哲哲，你终于来了！

四

骤然间，谷底风云变色。

熔岩突然变亮了，短短几秒钟内，便由暗红转为耀眼的白色。在翻腾的岩浆中，无数六角形涡泡好像活了似的，急剧分裂，并四散游动开来。还没来得及看清，熔岩上方的海水就化作了一团浓稠的云雾，瞬间扩张，灌满了整个裂谷。火光将这团云雾映成了橙红色，仿佛一条在裂谷中翻滚的火龙。被高温煮沸的海水喷涌出大量的气泡，化作那条火龙的头部，向我昂首冲来。

我心中害怕，望着扑面而来的火雾，一时忘记了思考。

"哲哲，你终于来了……"

那声音透过船壳，回荡在这狭小的舱室中。分明就是我母亲的声音！

"啪"地一下，我狠狠地给了自己一个耳光。这是在做梦吗？二十年过去了，难道我母亲还在这片海底？那岂不早就化为尘土了吗？还是说这世界上真有鬼神，这团云雾，难道就是她灵魂的寄托？

但我来不及多想了。火雾近在眼前。我猛然按下按钮，"哐"地一下，压舱块被丢弃，落入了下方翻滚的红云中。深潜器猛然上蹿十几米，但气泡上涌得更快，几秒钟后，我的周围就全是气泡，船舱好像被无形的手拖住了，粘住了，上浮很快停止，我被困在了这团气泡云里。

“怎么了，哲哲？别走，你不想见妈妈吗……”

声音飘忽不定，时而近在耳畔，时而又远在天边，吓得我冷汗直冒。

冷静，必须要冷静下来，就算是鬼魂，也会有办法能找出一个解释的。想到这，我心下稍安，扫了一眼仪表，舱外海水密度的读数正在下降，温度和电导率都在急剧升高，浮力越来越小。拾音器显示的波形让我确信那声音不是我的幻觉，它来自船壳，肯定是某种定向的声源把声音传到了船壳上，但那声源在哪儿？全景摄像机的舱外画面一片朦胧，到处都是翻滚的气泡，什么都看不清……

也许，唯一的选择就是继续与“她”交流了。

“你是谁？”我用颤抖的声音问。

没有回音。

我打开声呐，切换到载波模式，然后对着麦克风再次问道：“你是谁？”

强劲的声波穿过火雾，扫向海底，两秒钟后，那声音回答了：

“你不认识我了吗？我是妈妈呀……”

“不，你不可能是妈妈。”我努力克制住声音中的颤抖，“或许……我应该问，你是什么？是机器，是鬼魂，还是外星人？”

“你不认识我了吗？我是妈妈呀……”

“别胡说了，你到底是什么，为什么要用她的声音说话？”

“你不认识我了吗？我是妈妈呀……”

“你为什么总是重复这句话？”

没有回音。

“好吧……那你为何把我困在这里？”

“听妈妈给你讲个故事……”

“什么故事？”

太阳坠落之时

“你已经六岁了，长大了，妈妈就不给你讲童话了，这是一个真实的故事……”

话音刚落，在全景摄像头的画面里，舱外的气泡忽然有了变化。在我眼前，无数气泡凭空生成，瞬间又消失湮灭，在这由生到死的短暂时间里，它们在我前方的海水中汇聚，变换出许多栩栩如生的立体图像——太阳，还有一颗行星！我目瞪口呆，望着这奇景出神。行星绕太阳旋转着，气泡的反光让它呈现出一种梦幻般的美感，好像玲珑剔透的水晶球，在黑暗的海底折射着火焰的玄光。

这时，舱内突然响起了一种音乐，叮叮咚咚，如鸣佩环。我不禁呆住了，这声音是那样熟悉，我心底埋藏多年的记忆忽如洪水般喷涌而出。

“不，这不可能，难道你真的是……”

还没说完，忽然，行星迅速拉近、变大，充满我的视野，我能清晰地看到它的表面——大陆、云层，还有海洋。云层从我耳畔掠去，海洋迎面扑来，我穿过海面，俯瞰海底。海底熔岩四散流溢、铺展，发出光芒，板块在激烈地运动，板块的裂缝中翻滚着无数我见过的六角形涡泡。突然，海底猛烈下陷，好像大洋底下出现了一座直径数公里的穹窿，海水汹涌地灌入炽热的地幔，沸腾，然后剧烈爆炸。整片大陆被撕成碎片，无数流星射入太空，速度快如闪电，灿若繁星。它们飞出了行星的引力圈，有的甚至飞出太阳系，宛如一场宇宙范围内的焰火，又像风中的蒲公英，将种子飘散向无尽的虚空……

“我不明白，为什么给我看这些？”

“因为今天是你的六岁生日，哲哲，从今天起，你就和以前不一样了……”

“不一样？会有什么不一样呢？”

“从此以后，你就不是小孩子了……”

“等等，你在说什么？这是什么意思？！”

但无论我怎么呼唤，那声音都不再回答了。气泡渐渐消失，声音淡去，裂谷中的云团也慢慢飘散，消失于无形。

这时，船舱的浮力也复原了。气泡退去后，周围海水的密度恢复到了正常值，在浮力托举下，深潜器像个梭形炮弹一般飞速上升。半小时后，我浮出海面，被考察船捞了上来。后来听说，当打开舱门时，我正呆呆地蜷缩在舱里，眼睛发红，双手发抖，嘴里还念念有词：

“结核……涡泡……流星……火山……那是什么，我不明白……”

五

事到如今，大家肯定已经明白那是什么东西了。

其实，在下潜之前，在潜意识中，我已经对我可能遇到的事物有了最极端的设想，比如海底文明，比如一种有意识的新生命形态。毕竟，现代科学已经彻底刷新了人们对于生命的认识——从达尔文打破神创论，到孟德尔揭示遗传规律；从沃森、克里克发现基因密码，到洛伦兹、普利高津创立的混沌、耗散结构理论与超循环论，生命之神秘一步步地走下神坛，与非生命的界限被逐渐打破。我们的发现，只不过是把这个过程推进了一步罢了。

让我们回到四十亿年前，回到那个混沌未开的时代。地球仍是一片泥沼，天空电闪雷鸣，被火山煮沸的热雨终年不息地下着。在热雨中，熵在降低，秩序在产生，有机分子分分合合，化学反应被连接成循环，循环层层嵌套，愈发复杂，突然一道闪电劈下，分子聚成长链，唱响了有机生命的第一声啼鸣……

好了，既然我们承认生命从非生命中产生，那我们就避不开这个问题：为何生命只有我们这种形态呢？

当然，教科书会这么告诉我们，那是因为碳原子的四个价键能形成复杂的有机物，因为这些有机物能在常温下保持稳定，因为水是最好的溶剂，因为酶与DNA神奇的特性……但宇宙中如此繁多的物质，如此变化的温度、压强和时间尺度，难道它们都是简单平凡的，唯有常温常压下的碳原子能绽开神奇的生命之花吗？

这是一种奇怪的特殊性，是生命科学领域的“地球中心说”。

生命究竟是什么？自古以来，无数的智者都在这个难题面前铩羽而归。而在过去的二十年里，人类的研究有了突破性的进展。现代科学正从一个前所未有的角度解读生命——振荡反应、图灵方程、元胞自动机、神经网络算法等，让我们渐渐悟到生命的本质——那并非某种神奇的物质，而是平凡物质的神奇组合。但这还不够。要想真正颠覆原来的认识，就必须找到用另一种砖块搭起的生命，就像阿西莫夫所说的，一种由被认为是“非生命”的物质组成的生命，一种“不为我们所知的生命”。

那就是我所见证的“海洋之歌”。

与它的接触，让我们的研究陡然进入了一个全新的领域。回航后，我带回的录像和录音被反复分析，数据在各种模型中被仔细比对、校验。同时，更多的下潜考察也在进行，并且成果卓著。涡泡的详细模型被建立起来，更多精细结构被发现，描述它的语言也不断发生变化——流体力学的术语“球面二次流”“希尔球泡”“磁流体剪切层”渐渐地被“外胚层”“细胞核”“线粒体”这些生物学名词取代，形成锰结核的驻涡被叫作“泄殖腔”“超临界流体中间介质层”，也被形象地称为“组织液”……

在那段时间，研究突飞猛进。我们仿佛坐在奔驰的过山车里，看着各种神奇美妙的事物如闪电般迎面扑来。很快，第一个“细胞器”被发现。我们终于定位了那神秘声音的源头——涡泡中央的一个驻定气泡，每个涡泡都有。在气泡上缘，从海水中萃取的锰元素与游离氧剧烈化合，生成具有磁性的四氧化三锰粉末。它们沿着气泡壁顺流而下，被磁场驱动震荡，压缩气泡中的空气，产生声波。

数以万计的涡泡组合起来，就形成了地球上最大的声波发射阵列，伪装成我母亲的声音与我交流。

这是两个智慧文明间的交流。遗憾的是，在我之后，无论其他考察者怎么呼唤，它都保持着令人敬畏的沉默。

我们将最新的成果整理成文，但那已不是学术论文了。它被第一时间刊载在世界各大报纸的头版，题目是《来自大西洋底的呼唤：你是谁》。

文章刊出后，冷清的海面顿时热闹起来。来自世界各地的数十支海洋考察队蜂拥而至，随之而来的是媒体记者、工程师、大企业的代表，甚至还有海军的舰队。几个高大的海洋超深钻井平台在这里下了锚，钻头被送进地壳深处，试图绘制海底生命的轮廓；反潜侦察机在它们上空巡航，投下声呐浮标，搜索海底的可疑声响。在更远些的地方，竟然还开来了八个航母战斗群，来自中、美、法、俄四国，此外还有若干核潜艇。它们一面彼此谨慎保持着距离，另一面却整齐划一地对“海洋之喉”的方向保持着高度戒备。

我从没料到各国的重视会达到这种程度。但后来的事态发展证明，这种重视极有远见。

我还记得在半个月前的紧急会议上领导的讲话——

“我们来到了一个特殊的历史时刻。与另一种智慧生命的接触，既没有先例可循，也没有经验可鉴，只能摸着石头过河。”他说，“我们的愿望是美好的。既然两种生命已经在地球上和平共处了数亿年，我们有理由期待，这种和平将继续下去……然而，世事无常，我们不能不做最坏的打算。”

六

在那场紧急会议上，首先发言的是院长秦海舟。

“各位，想必大家已经对目前的情况有所了解，但按照议程，我还是简单回顾一下。

“在过去一个月中，联合科考卓有成效。来自各国的考察队已经定位了三十六个海底熔岩裂隙，陆教授发现的‘海洋之喉’只是其中的一个。它们分布在北大西洋中央的海底扩张带与板块边缘的消减带上，面积达数百平方公里，都处于高度活跃状态……”

那次紧急会议上，与会者有政府高官、科学家、工程师、军官，都是电视上见过的面孔，加起来不超过二十人。

“……然而，对于我们的呼唤，它们一直保持沉默，我们因而无从判断它的意图。显然，它们已经得知了我们的存在，而且有能力对我们施加影响。因此，在第六十三次特别状态委员会第二次扩大会议上，经过民主投票，委员会决定实施‘共工计划’。下面请钟将军介绍计划的落实情况。”

军方代表站起来念道：“各位首长、各位同志，‘共工计划’是我军首次针对另一个文明制订的作战计划。此前我们已完成了前瞻性研究，初步指出了假想敌可能的攻击模式与相应的防御手段，简述如下：

一、次声波攻击。“海洋之歌”可能并不动听，它是断肠曲，若海底的涡泡群集束向我军舰艇发射次声波，可能造成有生力量伤亡；

二、地震与火山攻击。此攻击方式对舰艇威胁有限，但对于沿岸的居民而言是灭顶之灾；

三、泡沫化攻击。这是对我军舰艇威胁最大的攻击方式，高温的岩浆将令海水气化沸腾，变为泡沫，导致海水密度下降，舰艇浮力降低，以致沉没。在座的陆教授就差点丧生在这种攻击中。

对于这三种攻击方式，目前我们并不了解其原理，无法预警，只能进行被动的防御。因此，我们必须提出先发制人的战略，称为‘共工计划’。陆教授，我想冒昧向您请教一个问题。”

我吃了一惊：“不敢，您请说。”

“如果将‘涡泡’与海水隔绝，是否可以杀死那种熔岩生命？”

我想了想，说：“我只能说这是目前最有效的方法。毕竟，任何生命都有新陈代谢，而海水与熔岩的温差是这种代谢过程的动力。隔绝海水，可以有效地消除温差。”

“谢谢您，这正是我们计划的理论依据。”军方代表说，“目前，我军六艘攻击核潜艇已经抵达目标海区，每艘都携带有二十四枚特制的深水核鱼雷，弹头当量二百万吨 TNT。一旦打击指令发出，鱼雷将射向裂谷侧壁的某些特定位置，核爆炸将岩壁击垮，引发海底山崩，巨量碎石和沉积物将把熔岩生命彻底埋葬。该计划的名字‘共工’，也正是取自水神共工怒触不周之山的传说。”

“谢谢钟将军的介绍。”主席扫视全场，“如果没有别的问题，下面我们就进入第二部分，对该计划的执行细节进行审议。”

审议与我专业无关，冗长而乏味。我看着白瓷杯中翻滚的茶叶，心思渐渐飞到了别的地方。

诚然，“共工计划”是一个可怕的举动。那种生命早已得知了我们的存在，却没有进行任何攻击，哪怕对我这样的入侵者，也只是暂时用气泡雾扣在海底，似乎没有恶意。可我也不能说它对人类而言绝对安全，谁知道那些活跃的熔岩在“想”什么？它可以轻易地掀起巨浪，撕碎船只，把海岸的城市抹平。

想到这，我忽然回想起一个问题。那是很重要的问题，却在此前的研究中被忽视了。

我回想起与熔岩生命的对话。“一个真实的故事”，气泡状的行星，四散纷飞的碎片，宇宙的焰火，还有那段音乐。我无比清晰地记得，那正是小时候母亲在架子鼓上与我一起敲打的音乐。陪伴我童年的旋律，为什么会在那熔岩翻腾的裂缝中奏响？

难道那就是“海洋之歌”，我母亲罹难前向海底播放的音乐？

一个念头如闪电般击中了我——

那个架子鼓，恐怕不是用来哄孩子的！

会议结束后，我立刻赶回家乡。家乡已经面目全非，我小时候住的老楼已经被拆除，我母亲的手稿、乐谱早已随之而去，连那只架子鼓也不知所终，据说搬家时被卖掉了。我发了疯似的问邻居，问亲戚，问亲戚的亲戚，最后才在一个老收藏家手中找到当年的架子鼓。他被一个糟糕的中介骗了，以为是陨石，高价买来，鉴定后才大呼上当。见到我后，他立刻大倒苦水：

“这世道，人的良心都喂了狗，可咱不能再坑您不是？说实话，真不能按陨石的价卖您，这最多也就……”

“不，就按这个价。这真是陨石，来自另一个世界的会唱歌的陨石。”我掏出一张支票，在一后面写了七个零，拍在桌上，“全买了！”

收藏家用看疯子的眼神送我离开。

我带着两百多斤的石头回到北京，然后打电话给我的一个高中同学王梓榆，他当时正在谷歌任职，总说自己是什么“码农”，但我知道，他在人工智能与机器学习方面的造诣相当深。

“神经网络算法？哈哈，你这个大科学家怎么会对这个感兴趣？”他说。

“别寒碜我了，你小子应该听说过海底熔岩生命吧。”

“那可不，头条新闻，如雷贯耳。”

“废话少说，有正事问你。依你来看，那种涡泡有没有可能对外来信息，比如音乐，产生某种记忆和反应？”

“当然有，哦，不过，那得形成网络，数量得相当庞大。”

“有多大？”

“几十亿的量级吧。多年前苹果公司有个软件叫‘Siri’，会在与用户的对话过程中不断学习，其实就是‘鹦鹉学舌’啦，其核心与神经网络算法很类似。我去年搭的一个神经网络更进一步，设置了十亿个节点后，可以写出一篇像模像样的影评来。这是很成熟的技术，就是训练太麻烦了。”

“训练？”

“对啊，神经网络算法是一种模拟大脑的方式，本质上是一种多层次的节点网络，就像神经元，我得不断地给它灌输信息，强化学习，才能产生有效的记忆。”

我挂断电话，心里一片空明。谜团终于揭开，一切都穿起来了。

在刚刚发现锰结核的奥秘时，我曾考虑过它是生命的可能性，但思虑却被三个问题打断——它会繁殖吗？会遗传吗？会对我们的呼唤做出反应吗？它们仿佛三条沟壑，隔绝了生命与非生命物质。但如今这三条沟壑已经被填平，我可以明确地告诉大家，它有反应，它会遗传，它会繁衍。

而且，是用一种惊天动地的方式繁衍！

在与王梓榆通话的两天后，也就是两周前，我再一次来到北大西洋，来到那片我母亲葬身的海域。

大海异常平静，波澜不惊，是凝滞而沉重的铅色。这是暴风雨前的平静。天空盖满浓厚的黑云，唯一的亮色是海天交接处的一线狭窄的阳光，仿佛一根即将绷断的亮弦。云层之上，暴风雨正在酝酿，而在大海之下，更可怕的力量正在聚集着。

“我是陆哲，有紧急情况要见钟将军。”在“共工计划”指挥部，我对秘书说。

几分钟后，钟将军急匆匆地从指挥前线赶了回来。

“陆教授，有什么新进展吗？”

“对，有重大突破。”我说，“我找到了与熔岩生命体沟通的方式——‘海洋之歌’。”

“‘海洋之歌’？那是什么？”

“是我母亲留下的一份乐谱，一份用六倍比音阶写成的乐谱。

钟将军，您还记得我最初发现的那个以六为倍数的等比数列吗？这里面蕴含着那种熔岩生命的意识和语言。熔岩涡泡的特点决定了它只能接受六倍频的音乐，‘海洋之歌’便是用这种特殊频率写成的。”

“这太玄乎了，有做过实验吗？”

“有，但不是我做的。”

“是谁？”

“我的母亲。二十年前，她就对熔岩生命体弹奏了这张乐谱，她的声音至今仍被记着。钟将军，您听过我在海底遇险时的那段录音吧。”

钟将军沉默了片刻，说：“你打算和它沟通？”

“我们别无选择。”

“好吧,陆教授,你可以尝试,不过恐怕时间不多了。”钟将军说，“各国已经达成共识，决定立刻执行‘共工计划’。”

“什么？前天卢部长不是说了，决不……”

“情况变了，陆教授。你看这张假彩色图，看这里，你知道这是什么吗？”

“是……台风？”

“不，这是旋涡，直径数百公里的旋涡。”钟将军说，“墨西哥湾突发十级大地震，波及整个加勒比海。在震源附近的海底，遥感卫星发现一个八十多公里长的裂缝，深度不详，可能一直通往地幔。巨量海水正灌入裂缝中，每秒钟灌入的水量相当于长江一个月的径流量。”

“天哪，这是什么时候的事？”

“八小时前。”

“还有其他的裂缝吗？”

“有，类似的裂缝还有六处，环绕着北大西洋，最大的一个位于设得兰群岛以西，长达两百公里，有意思的是，它们都是在同一时刻突然产生的。详细的分析报告还没出来，不过用屁股想想都知道，这肯定和熔岩生命有关。”

顿时，我的眼前掠过一幕幕画面。那气泡组成的晶莹剔透的行星，突然坍塌的海底，陷入熔岩火海中的地狱般的世界，四散纷飞的流星……

“钟将军，那确实有关。”我说，“您知道它这是在做什么吗？”

“向人类示威？”

“不，钟将军，它在加注起飞燃料。”

七

繁衍、扩张、远航，是生命永恒的主题。

我不由得想起多年前的一次地下核试验，由美国洛斯阿拉莫斯国家实验室主导，代号“帕斯卡 A”。在那次实验中，一块钢制井盖——至今仍是人造物飞行速度纪录的保持者——被焊死在深达一百五十米的实验井口，好像战舰巨炮口上盖着一个饮料瓶盖。核弹起爆，炮膛中几十吨泥土刹那蒸发，一道火柱冲天而起，井盖在万分之一秒内被加速到二百零六马赫[①]，相当于第三宇宙速度的四倍。

显然，熔岩生命已经掌握了这个诀窍，只不过它的“燃料”是水蒸气。

在那时，每秒钟都有巨量海水被灌入炽热的熔岩，沸腾为超高压蒸汽，积聚在地幔中，将地球化为一门正在蓄能的宇宙大炮。大炮开火时，整片板块将被撕碎，天崩地裂，地表将回到创世之初的熔岩火海状态。但寄主的死亡换来的是新生命的诞生。无数种子将被抛出地球，飞出太阳系，飞向熔岩生命的下一个寄主，下

① 速度单位，一马赫相当于一倍声速。

一个家园。

这时，我才终于确信“共工计划”的必要性，也正是在这时，知道这其实于事无补。

和预想的不同，熔岩生命的主体应当包括地下更深的所在。环绕大西洋沿岸，它突然打开了六个加注口，横跨数千公里，每秒数亿吨的海水被吞入其中，由此来看，它的须根已经在地球内部蔓延到了相当的深度和广度——后来的发现也证实了这一点。它的主体面积相当于北美大陆，分布在地下八十公里的软流层中，体内的一条超临界水通道甚至延伸到地下一百六十公里，远超过莫霍不连续面，好像一条探入地底深处的气根，为它的主体补给着水分。正因为如此，“共工计划”无异于隔靴搔痒。

唯一的希望，大概就是与“它”沟通了吧。

所有的攻击核潜艇已经就位，根据“共工计划”的安排，核鱼雷的引爆时间定于当天晚上九点整，在那之前，我还有五个小时的时间。

那是我永生难忘的一个晚上。回到考察船上时，天空已经无一点亮色。狂风大作，暴雨倾盆。“达尔文号”悬挂在龙门绞车上，状态良好，在探照灯的光晕中微微摇晃着。充电，加液压油，调整重心，气罐加压，系统自检，这一套工序耗费了我整整两个小时。在深潜器里安置“架子鼓”又花了一小时。当厚重的舱门关闭时，我最后看了一眼外面的天空。那里没有星星，只有乌云滚滚，电闪雷鸣。

“妈妈，我回来了。”

“砰”的一声，深潜器沉入水中，再次向海洋深处进发。

我又有了那种奇异的感觉——仿佛自己不是在向海底坠落，而是在无边的虚空中飞行一般，正跨越阳世与阴间的藩篱，飞向一个远在天边的世界。海水中无数微粒在舷窗外掠过，宛如在指间飞掠的万点繁星。很快，我就再次来到海底裂谷的上方，眼前的景象已经与上次来时大为不同：海底一片赤红，气泡翻滚，熔岩涡泡的体积已经扩大了数十倍，整个海底看上去就像一片烟雾蒸腾的大工厂。

面对着那不可思议的生命，我拿出乐谱，扬起木槌，奏起了“海洋之歌”。

在乐声中，我仿佛又回到了童年，那段无忧无虑的时光。妈妈带着牙牙学语的我，在狭窄的陋室中敲打着自编的歌；幼儿园里只剩下了我最后一个人，眼巴巴地望着大门，等着妈妈做完实验来接我；父亲有时会来与妈妈争吵一些大人的事情，每次总是父亲怒气冲冲地摔门而走，妈妈却神色平静，那些污言秽语于她就好像荷叶上滚动的水滴；最后是我在考察船上度过的六岁的生日，早上睡醒后，我本来期待着妈妈会与我一起吹灭生日蛋糕的蜡烛，却发现她抛弃了我，下海考察，一去不归……

在那最后的时刻，母亲做了什么？说了什么？我竭力回忆着，但实在想不起来。

一曲终了，我放下木槌。

数据转换需要一些时间。转换完成后，声呐会将我演奏的乐曲放大，然后用最强功率扫向海底的熔岩涡泡群。

忽然，深潜器剧烈震动起来。只见海底熔岩涡泡群光芒大盛，并开始飞速运动，仿佛一群突然接到号令的士兵在快速有序地奔向各自的阵位，形成一层层嵌套的六边形结构，宛如向日葵的花盘，繁花次第绽放，复杂的图案出现又消失，令人眼花缭乱！接着，以熔岩涡泡群为中心，直通地幔的裂纹出现了，它们在漆黑的海底蔓延，好像包裹着火焰的黑色蛋壳正在裂开，又像是黑夜中的红色闪电。它们从我脚下出发，急速扩展到了目不可见的远方。后来我才知道，在几秒钟内，它们在海底蔓延了将近四百公里。

而在它们之下，是一个半径四百公里的、充满了超高压蒸汽的“巨蛋”。

有东西要破壳而出了！

刹那间，还没来得及反应，一道强光铺天盖地地袭来！在那个瞬间，只有万分之一秒的瞬间，我瞥见了“超级巨蛋”的内部，一个充满了炽热熔岩、超临界水和超高压蒸汽的空间，那是地球巨炮的炮膛，白炽的光芒在其中闪耀，好像火箭发动机燃烧室中的火焰。海底地壳破裂了。激射而出的蒸汽裹挟着强光瞬间吞没了我，一股巨力把我压倒在座位上，加速度瞬间超过人体承受的极限。我眼前一黑，昏了过去。

而当我醒来时，看到的是噩梦般的景象——

我正在一个深井中坠落着。

那是由浓云和海水组成的深井，井壁是灰白色的，有着令人迷乱的复杂纹理，旋涡在其中翻滚，仿佛我的四周被围上了一圈尼亚加拉大瀑布。它不断向上方涌动，泛起水花和泡沫。其中有个小黑点，好像被河水裹挟的沙砾一般，在那瀑布前飘飞，若隐若现。待它飘近了，我才惊恐地发现，那竟然是一艘航母！在这气吞山河的水墙面前，人类最大的战舰看起来也宛如尘埃。很快，水墙慢慢改变了颜色，由灰白、乳白变成轻纱般的白色，水流在蒸发，一层层水膜在剥离、破碎，最后变得竟然有些透明了，好像清晨的薄雾。透过它，我看到了一道朦胧的光弧，弧线很低平，泛着蔚蓝的光芒。

那是地平线！

我没有坠落。恰恰相反，我在飞速上升。

在刚才的爆发中，巨量海水被喷射到了太空，总重超过十万亿吨，相当于整个黑海的水量。由于海水喷发的速度比我上升的速度要快，相对来看，就产生了我正在坠落的错觉。此时，海水已经因为真空而蒸发大半，但仍有一部分凝成了冰晶云，宛如一场稀薄的冰雪风暴。这是超过第二宇宙速度的风暴，我被裹挟其中，好像狂风中的蒲公英。

而在我的周围，还有无数的蒲公英。那是熔岩生命的种子。它们的速度已经远远超过第二宇宙速度，有的甚至将飞出太阳系，正带着熔岩生命体的遗传信息，向着宇宙深空中的下一个家园飞去。

几十秒钟后，围绕我的海水终于彻底蒸发。没有了遮挡，蔚蓝的地球与壮丽的星空一览无余，仿佛一首凝固的诗。转瞬之间，潜艇竟然变成了飞船，这真是超乎我想象，所幸它们还是有不少共同之处——气密性都很好，温控也凑合，所以当时我还可以在太空坚持两三天。我并不期待有救援，可是非常幸运，反导雷达捕捉到了深潜器，一天后，一艘联盟飞船将我送回了地球。

但地球上的人就没那么幸运了。我俯瞰北大西洋，很快看到了可怕的东西——大西洋中有一个白色圆圈正在扩散，直径已经达到数千公里，那是巨浪，数百米高的巨浪。首先是板块塌陷引发的超强地震波，然后是这圈巨浪，它们将抹平沿海的所有城市，杀死几亿人。想到这，我不禁打了个寒战。

这会是“海洋之歌”导致的吗？我想并不是，早在我下潜之前，涡泡们已经开始向地底灌注海水，说明它们早已酝酿了这次大喷发，我的行动就好像蚍蜉撼树，对它们根本没有影响。

但我当时还没明白，“海洋之歌”究竟是什么？

在那寒冷的太空中，我又想起了我的母亲。

八

我获救后，在医院住了两星期。出院时，世界已经有了很大的改变。坏的变化是到处一片狼藉，难民无家可归；好的是各国在海底生命的研究上投入了很大力量，真相渐渐被还原了。在一个调查组的努力下，当年的一些通信记录被搜寻出来，加上我母亲的同事还有当年参与考察的队员的回忆，终于复原了我母亲下潜时的部分对话。

太阳坠落之时

那是一个寒冷的早晨，我从睡梦中惊醒。舷窗外，浪花发出低吟，灰蒙蒙的天空让人打不起精神来。对床是空的，妈妈不见了。她昨晚还答应过要给我过生日的。我不高兴地披上衣服，磕磕碰碰地穿过灰色的走廊，到妈妈最常去的舱房找她。在那里我看到了一张桌子，桌上摆着一块蛋糕，蛋糕上点着蜡烛。在跳跃的火光中，整个舱房难得地染上了一层暖意。

妈妈不在这儿。我只听到了一个声音——从桌上的通话器里传出的声音。

"……哲哲，你终于来了！"

通话器里的声音很模糊，我听出那是妈妈，但就是赌气不认。

"你……谁呀？"我故意问。

"你不认识我了吗？我是妈妈呀……"

"不对，你骗人！我走了！"

"怎么了，哲哲？别走，你不想见妈妈吗……"

"你才不是妈妈，她的声音才不是这样呢！"

"噢，那是因为妈妈现在在海底啊，声呐信号不好，声音传到船上就走样了……哲哲，对不起，妈妈又下海考察了，等我回来后再给你过生日，好不好？"

"不行！不行！你又是这样，说话又不算数！"我一着急，眼泪就涌了上来。

"别哭，别哭，今天可是你的六岁生日，哲哲，从今天起，你就和以前不一样了——从现在开始你就不是小孩子啦，你要做个男子汉，男子汉可是不能哭的……好啦，是妈妈的不对，妈妈回去再给你讲故事好不好？"

"呜……不行，我现在……"

"你已经六岁了，长大了，妈妈就不给你讲童话了，这是一个真实的故事……很久很久以前，在人类出现之前，有一些石头飞越了茫茫宇宙，不知飞了多少万亿年，才终于遇上了一颗蔚蓝的星星。

在冲进大气层时，在燃烧的酷热中，它们苏醒了，复活了，流星般扎进大海，慢慢沉到了幽深的海底，落进了温暖的火山裂缝中。它们只是一些石头，没有智慧，但有朝一日智慧终会被唤醒，好像等待着王子的睡美人。它们日复一日地鼓动海水，聒噪着，吵闹着，好像一群不开化的原始人。如此过了数十亿年，直到有一天，一个普通的人类听到了它们的呼唤，而她的手里，有开启智慧之门的钥匙……”

“然后呢？然后怎么样了？”我忘记了哭，问道。

“不知道呢，哲哲，等妈妈回来再告诉你，好吗？”

“好，你要快点回来啊！”

“很快的，哲哲，别再哭了哦！”

……

与科考船的通信到此为止。深潜器出事得非常突然，瞬间就被爆发的熔岩吞没，黑匣子里没留下更多的信息，实在万分遗憾。所幸还有另一份记录，它来自主控室的自动录音，是我母亲在前一天晚上，在我睡着后与考察队成员的对话：

“……孩子已经安顿好了，明天，我还是亲自下去吧。”

“老师，这没必要吧？您完全可以把这里交给我的。”

“不行，我还是放心不下。现在这件事情，天知地知，你知我知，在弄明白那是什么之前，我们必须严格保密。我怎么放心你一个人下去？……何况，万一这次成功了呢？我想到了一个可能性，非常疯狂的可能性，而且不同于以前了，这一次我有八成的把握！那可是与一种新生命形态首次沟通的时刻，是科学革命的时刻，甚至是文明史转折的时刻。我可不愿意错过见证它的机会。”

“老师，您觉得您说的‘海洋之歌’能奏效吗？”

“我不知道，但之前的那套基于基本数学的语言体系不是失败了吗？音乐是另一种跨越种族的语言，用它来进行接触，也是很自然的想法。”

“嗯，听说那是您创作的？”

“是的，纯音乐，六倍率的音阶与涡泡的共振能达到最强。人听起来的确挺奇异的……但涡泡们或许不这么觉得。”

“为什么不加入一点特殊信息呢？比如质数序列、基因序列，或者某颗恒星的坐标，就像阿雷西博望远镜所做的那样？”

“没必要。我想，音乐本身就足以表达我们想说的一切了……生命轮回的神圣，感悟到死亡的震撼，对未知的恐惧与渴望，是宇宙间所有生命通用的语言。而将这些熔为一炉的音乐，不仅可以让熔岩生命从蒙昧中觉醒，更可以与之分享生命所共有的这些感情，那是打开智慧之门的钥匙……它让我想到了克拉克笔下的黑石。它不会言语，不刻文字，但它是超越我们理解力的那种不可思议的存在，将为一个蒙昧的种族点亮黎明之光。‘海洋之歌’的每一个音符也会像那棱角分明的石板一般屹立于熔岩生命的意识中，赋予它们智慧。”

“明白了。刚刚得到遥感数据，海底地质稳定，温度正常，声呐信号正常，磁场偏离低于十万分之五，在许可范围。老师，明天的下潜怎么安排？”

“潜到极限深度，并停留两小时。我们得有充足的时间去见证奇迹。”

在那之后的事情，大家想必都知道了。仅有的两个知情者一去不回，那个秘密本该继续隐藏在海底，但因为命运的巧合，我再次发现了它。这就是“海洋之歌”的故事：熔岩中的涡泡生命，宇宙中飘飞的生命种子，惊天动地的大喷发。我们拓展了生命的定义，也重新找到了人类在宇宙中的位置。而这一切，都始于我母亲决定冒险下潜的那个时刻——在那时，舷窗外无数微粒正飞掠而过，仿佛一闪即逝的流星。

嵌合体 / 顾 适

嵌合体：生物学中人们把它当作一个常用术语，一般译成“嵌合体”，指的是来自不同个体的生物分子、细胞或组织被结合在了一起，成为一个生物体。

一、奇美拉

它有山羊的身体，狮子的头颅，蛇的尾巴，乃是妖王提丰与蛇妖艾奇德娜所生。

我看着她走进来。

六年来我一直想知道，在这女妖柔软光洁的皮肤之下，究竟包裹着一台多么冷酷精确的机器。

她也看到了我，眼中浮起温柔的笑意，没有一丝尴尬与愧疚。

“伊文。”她加快了脚步，走到我面前，“亲爱的，好久不见。”

当她靠近我时，衣袖间涌出轻柔的暖香，气味与当年一模一样。我突然想起我们结婚后不久，她渐渐对我吐露心声时曾说过的话。

她说：“我最近一直在想，如果我能够把自己的每一个表情都拍下来的话，那么就可以写出一篇博士论文了。‘表情管理与社交应对’，这个题目怎么样？只拿微笑来说，我脑海中就有上千种微笑，每一种都要调动不同的肌肉群，每一种都可以应对多种情景，而它们的组合更是变化无穷！这里面唯一的难点就是要精确管理表情，这需要巨量的计算，简直是太神奇了——伊文，不要这样看着我——够了。你看，你们音乐家总是会误解我们这些喜爱科学的人，我不是机器，图灵计算机根本不可能在这么短的时间内计算出应该在什么情景里使用哪种微笑——我是人，伟大的人，这是生物学的议题。”

她严肃地用手指着自己的头，然后“扑哧”笑了，甜美、天真，仿佛是忍俊不禁的模样：“瞧你，亲爱的，我在跟你开玩笑呢。”

此刻她站在我面前，身着质地上佳的羊绒大衣，脖颈间是内敛、柔和的丝巾，它们包裹着她定期锻炼的纤瘦身体。她研究世间的一切，并且无所不精：社交、服饰、健身、性爱。她研究我，研究我的喜好，研究我的表情与动作，就好像我是她所见过的最与众不同的人，然而事实上，我和她实验室中的老鼠没有任何区别。她满足我的一切愿望，再夺去它们。

她看着我，唇角的愉悦恰到好处，无懈可击。但我却无法在面对自己的前妻时，依然像热恋期一般充满喜悦。

我疲惫不堪：“我只是想跟你谈谈托尼。”

没有任何一个八卦小报的记者会相信真实的故事：一个母亲在生产的当天就抛弃了襁褓中的婴孩和无辜的丈夫，消失在世界的彼端，六年。

“我知道。”我终于从她的眼中读到了转瞬即逝的瑟缩，但她的声音依旧平稳，“我正是来同你谈他。”

托尼今年六岁。

如果不是三个月之前的那场意外，我永远都不会再联系托尼的母亲。那天我带着他去公园，一辆暗红色的本田汽车毫无先兆地冲上人行道，然后把托尼卷到了车轮底下。在五天的抢救之后他张开了眼睛，但是肾脏却遭受了不可逆转的严重损伤。在确定他的体质不适宜接受外源的肾脏移植之后，我终于意识到我的儿子将一辈子依靠每周三次的透析生存。在绝望之中，我查阅了所有的相关资料，却意外地发现“再生医学”这个命题。“再生医学”的目标是用病人自己的干细胞来生成器官，然后将其移植到病人体内。在这个最前沿领域的科学家之中，我的前妻是一位闪亮的新星，她目前负责一个专攻“嵌合体”的实验室，并且成功地让一只天然缺失胰脏的小鼠身体里长了大鼠的胰脏，创造了一个自然界里从未存在过的嵌合体。在杂志的评论文章中，人们认为这个实验的成功意味着再生医学进入了新的阶段，因为在这个实验的基础上，“人－猪嵌合体”在理论上也有存活的可能。而如今，我正是希望她能够让一头猪的身体里长出托尼的肾脏来，等它成年之后，就可以把肾脏移植到托尼自己的身上。

眼前的她用小勺缓缓搅动着大吉岭红茶，低声说道：“我当然爱他，你不知道我听到这个消息有多么伤心。只是你邮件里提到的事情，我真的做不到。”

“我读了你的论文，以及《细胞》杂志上的评论文章，在这个世界上只有你和你的实验室才有可能准确复制出一个托尼的肾脏。”我看着她难以置信的表情，忍不住补充道，“请你不要以为我没有查阅资料和阅读科学论文的能力。”

“哦，我知道亲爱的，你那么聪明，只要你想做，当然能做到。”她迅速收回了自己的惊讶语气，轻轻叹了一口气，“只是如果你已经读了我的论文，就会知道这件事情只是理论上可行，‘大鼠－小鼠嵌合体’和‘人－猪嵌合体’显然是两回事，这就像……”她仰起脸，眨了眨眼睛，又无奈地看向我，“像你可以唱歌，也能够弹吉他，但却不能弹奏管风琴一样。”

“给我一点时间我就能够做到。”我说，“它们的原理是相通的。”

她伸出手撑住额头：“上帝，这可真是一个糟糕的比喻。我该怎么跟你解释……我想你已经知道，我创造的那个嵌合体是如何诞生的。”

我打开平板电脑，那篇论文里已经有很多段落被我标记成亮黄色，于是我很快找到了自己需要的内容——“我们把大鼠的诱导多能干细胞注射到缺少 Pdx1 基因的小鼠囊胚中，这种 Pdx1 基因缺失的小鼠是不能发育出正常胰腺的，而来源于大鼠的 iPS 细胞完全挽救了基因缺陷的受体小鼠囊胚。这些‘大鼠－小鼠嵌合体’能够正常发育成长至成年，且具有一个能正常行使功能的胰腺。”

她纤细的手指伸了过来：“哦，对的，就是这里，我想你一定知道大鼠和小鼠是两种完全不同的生物，对吧？在生物分类上前者是家鼠属，而后者是鼷鼠……”

我打断她：“当然！”

“抱歉。”她耸了耸肩，又指着屏幕上的那一行字，“你看这里，亲爱的，如果我们要用相似的实验方法来做一个‘人－猪嵌合体’，那么首先我们需要找到一个缺失肾脏基因的猪囊胚，但是我们从哪里去找这个囊胚呢？又该如何去定位让肾脏发育的基因呢？这都是目前需要从头开始做的事情，并且没有人知道是否能够成功。”

“我只是请求你去试试看……”我只看到她的嘴唇在一开一合，却完全听不懂她的话，“不论成功还是失败。”

“请不要用‘请求’这个词，那也是我的儿子，我愿意为他做任何事情。”她哀求地看着我，眉尾下撇，充满无奈与伤感，“‘试试看’——你看这就是第二个问题，就算我们能够找到，并且准确地剔除掉这个猪囊胚上的所有导致肾脏发育的基因，然后呢？我可以把托尼的细胞注射进去吗？不能。使用人类的胚胎干细胞做实验是违法的，是违反科学伦理的。”

“你会在乎这个？”我惊诧地看着她，“你会在乎科学伦理？”

她把一只手指抵在自己的嘴唇上：“你太大声了，亲爱的。”

我太清楚这个人，如果她不想回应我的要求她根本就不会来见我，而现在她就坐在我的面前，飞快地眨了一下左眼，就像我们之间有一个不可言说的小秘密。

“告诉我，你怎么才肯尝试。”我实在忍受不了这样的对话。

她终于避开我的目光，转过头看向窗外。很久的沉默。我看着她的侧脸，那张精心保养的面孔和当年一样美丽，在午后的阳光下仿佛在发光，就像是教堂里圣母玛利亚的雕像，一个会呼吸的冷酷雕像。最后她笑了，转过头，对我说道：

“一个母亲为了拯救自己的儿子打破科学的禁忌，这个故事本身就足以让我去做任何事情，更何况我竟然有幸成为那位伟大的母亲。”

是的，这才是她。她的行为永远有哲理和诗意，但她做出的这些行为却建立在她意识到这件事会带给她哲学与诗意的基础之上。在她的世界里，她自己是隔绝于世界之外的，就像是一个俯瞰大地的神。她会做这件事情绝不是因为托尼是她的儿子，而是因为这件事会让她成为一个美好的传说。

这个自私可憎的妖怪。

她继续说道：“我必须告诉你，我没有成功的把握。针对人类的实验没有任何可以参照的基础资料，说不准我会做出一个真正的怪物来——可这才是令人兴奋的地方，不是吗？我会去做，但我还是建议你去医院研究一下常规的肾脏移植……”

“到目前为止他所有的淋巴细胞毒交叉配合试验结果都是阳性。”

她茫然地看着我：“所以？”

“移植他人的肾脏很可能会导致超急性排斥反应。”我说，“有可能他只能进行自体移植。”

“天哪。”她皱起眉。

“目前我们只能靠透析来维持他的生命，你无法想象那有多痛苦。”我想起托尼的号哭，忍不住暗暗战栗了一下。

她眼里的光芒终于坚定起来：“我知道了，亲爱的，我会全力以赴。”

“谢谢你。”我说。

“只是还有一件事情，我需要提醒你。”她起身走到我的椅子旁边，最后干脆坐在扶手上，捧起平板电脑上找寻着另一段论文，

“看这里。”

她的发丝垂到我的脸上，我让自己盯着那些复杂的名词，但它们超越了我的认知范围。我摇摇头：“我不明白。”

“这是另一篇评论，它指出这种嵌合体虽然在结果上是可行的，但它为什么可行的原理我们是不知道的，所以在这个实验之中，嵌合的程度是不可控的，虽然目标只是要长出胰脏来，但是别的地方也会有源于大鼠的细胞。”

“所以？”

“这就是我们不敢贸然用人类细胞进行研究的原因之一。”她说，“如果做‘人－猪嵌合体’实验，我无法控制那头猪里有多少人类细胞。”

“我还是不明白你要说什么。”

“想想看，伊文。”她把手按在我的肩膀上，垂下头看着我，“这头猪可能会是第二个托尼，它的身体里藏着我们的儿子。等它长大了，我们会一起夺走它的肾脏，然后杀了它。”

另一、亚当

林可躺在医院的手术室外。

已经迟了一个小时，麻醉师还没有来。她赤裸的身体和走廊上往来的男女之间只隔着一层薄薄的白布，这让她感到十分不安。

“为什么还不开始手术？”她询问护士。

对方的语调略显慌乱：“我们刚刚收到消息，您的器官培育订单因为某种不可抗因素被取消了，我们感到非常抱歉。”

这简直毫无道理！她是飞船上最规矩的乘客了，一百多年来她一直按时缴纳器官培育保险，从而保证自己身上的每一个器官都能维持在年轻健康的状态。愤怒让她的心脏猛跳，而这正是她本次手术想要更换的部位之一。

她用最快的速度穿上衣服，第一时间报警投诉，然后直接搭乘轨道交通到达七号甲板——按理说，她的新内脏就在那儿的“亚当”里面。

“作为你们的顾客，”她向管理人员提出了抗议，“我需要你们解释取消订单的原因，我可不想顶着这颗残破的心脏再等三年！”

“可您的订单好好的。”对方惊诧地回答道，他打开监控，里面正是器官培育舱内部的情景：一颗颗被薄膜包裹的人类内脏生长在从天花板垂下来的管状物尽头，仿佛一串串等待收割的葡萄。而属于林可的那一颗心脏已经消失不见，并被标上“已收割”的记号。

林可一怔，她再次查看了医院的信息平台，然后把那条主题为“订单取消”的信息转发给了面前的男人。但她没有想到的是，他竟拒绝相信信息的真实性：“我们的监控平台不可能出错，女士。”

这句话彻底激怒了林可，她站起身来：“如果你们无法搞清楚到底发生了什么，那么我只能自己去看看。”

“当然，根据器官培育合约，这是您应有的权利。”管理员的语调中没有丝毫退缩，“但请注意您只能查看，不能踏入舱门之内。”

十分钟之后，林可在机器警察的陪伴下打开了三十五号器官培育舱的舱门。恐怖的血腥气息只一瞬间便击溃了她的神经，在看清眼前的景象后，她的整个世界只剩下胸口凶狠的痉挛和紧缩的钝痛。随后，她就两眼一黑，晕了过去。

骆明是第一个到达现场的人类警官。

一片狼藉。

这是他脑海中闪过的第一个词语。在踏入三十五号舱之后，他很难想象眼前的如小山般堆积的血肉曾经的模样。

“到底发生了什么？”他有些后悔没有戴过滤口罩来，压低了声音询问自己的“助手”艾德蒙，这个无法用肉眼看到的人工智能是他最可靠的秘密伙伴。

“报案的林可女士由于受到巨大的惊吓，心脏病发，目前正在医院抢救。”艾德蒙的声音从耳内扬声器传来，“她报案的理由是器官培育机构擅自违反合约，取消了她的订单。”

骆明咋舌道：“我眼前这些恐怕不只是私毁合约啊。”

洁白光滑的地面上，黏稠的血液还在从直径近三米的内脏堆向外蔓延，有些地方的边缘已经干裂，变成乌黑的一片。在大约一米高的肉堆上，最外层的一些内脏看起来还很新鲜，甚至有几颗还在痉挛——如此看来，空气中隐约的腐臭气息，只能源于压在内里的器官了。

只是在脑海里想象了一下那里的画面，骆明就感到头皮发麻：“我们最好确定一下这里面是不是只有正在培育的人体器官……千万不要还藏着一桩凶杀案。”骆明一面嘀咕着，一面命令艾德蒙对肉堆进行扫描，后者则立刻通过微型无线网络控制了机器警察，并侵入其视觉系统来完成骆明交给他的任务。

“每次看到你这么轻而易举就能控制它们，我都会有种不安的感觉。”骆明嘟哝道。他当然也能直接对机器警察下命令，但之后就要浪费大量的时间在整理和分析原始资料上。

“请不要再跟我叨唠你对人工智能存在的心理阴影了，”艾德蒙回应道，“我好像发现了让你更加不安的东西。”

原来骆明不幸言中，扫描显示内脏堆中还掩埋着两条手臂和半颗头颅，显然这三样东西都是不可能在“亚当”里自行生长出来的。

“好吧，看来我们又新增了一桩碎尸案。”骆明叹息道，“这下《伊甸日报》得有好一阵子不用担忧头条新闻了。”

骆明让艾德蒙对舱内的情况进行全面的扫描和记录，然后接通了飞船大副秦威的视频电话，对方是“伊甸号”内部安全的最高管理者。

“这大概是我在船上一百零三年间碰到的最糟糕的事情了。”骆明在对他说话的同时，视线无意中对上了一双从天花板上垂下来的人类眼球，语调竟颤抖了一下，“您——最好亲自过来看一看。”

二、艾奇德娜

凶残的神女艾奇德娜既不像会死的人类，也不似不死的神灵，她半是自然神女——目光炯炯、脸蛋漂亮，半是蟒蛇——庞大可怕、皮肤上斑斑点点。

“请问您是……”在观察了我二十分钟之后，身边的女士终于小心翼翼地问道，“……提丰乐队的主唱伊文·李吗？”

“不。”那好像是很久之前的事情了。

她飞快地说了一句“抱歉”，又补充道：“您和他长得真像。”

我用尽可能冷淡的语气回答道：“是吗。”

于是这个话题就此终结。很快空姐送来了饮料，我要了一大杯葡萄酒，然后是第二杯。狭小的经济舱座位让人从肉体上就深感局促，另外一些可怕的名词则在精神上为我戴上更为沉重的枷锁，例如“父亲”和“责任”。当我还是那一个“伊文·李”的时候，享受和挥霍的日子似乎是无穷无尽的，直到她离开我，带走我一半的财产和所有的音乐灵感。

在分开之后的很长一段时间里，我都在想她，分析她，研究她。我重新翻看八卦小报，捡起当年的狗仔趣闻，一遍遍地回放婚礼录像中她的一颦一笑，以及婚后每一次她为了配合我的宣传而出席公众场合的照片和录影。在最为黑暗的阴霾时光中，这些就是我曾经的辉煌带来的最大好处——足够的资料。就这样我终于一点点靠近了她完美外壳之下的那个魔鬼，靠近了掩藏在那张美丽容颜之下的蛇妖半身。然而有一段时间发生的事情，我始终不能够明白。

那就是她怀孕的时候。

怀孕只会是她计划中的事情。在我们婚姻的头三年，尽管很多次我告诉她希望能够拥有一个孩子，但她总会用“不要着急”外加一场特别的性爱来搪塞我——而当她决定要怀孕的时候，她是根本不会跟我商量的。

“伊文，你猜猜发生了什么！”那是巡演结束之后的头一个夜晚，我推开家门，就感觉到了特殊的节日气氛。

“我的小甜心为我准备了什么惊喜吗？”我勾住她柔软的脖颈，亲吻她的嘴唇。

“一个孩子。”她笑着，眼睛弯起来，“亲爱的，我们有了一个孩子！”

我一时竟惊呆了，在三年多的请求以后我几乎已经放弃了这件事。

“它已经三个月大了……”她把我的手放在她平坦的腹部上，“就在这里。”

我的手掌什么也没有感觉到，但是在那一刻，“父亲”这个词汇突然砸中了我的心，让我身上的每一个细胞都充满了狂喜。两个月之后“提丰”的最后一张专辑《雷火》诞生，乐评人认为它“每一个音符都饱含爱和喜悦”。然而就在主打曲拿下金曲榜冠军的那一天，我的妻子却发生了让我意想不到的变化。

事实上那天是她实验室的同伴打电话给我，说她精神崩溃了。

这简直不可思议！我的妻子——在她身上，连“情绪不佳”这样轻微的负面词汇都很难出现——精神崩溃？

这是从没有发生过的事情。我赶忙冲到学校去，她的实验室在林荫大道的尽头，成排的梧桐已经落尽了叶子，只剩下长长短短的枝条挂着圆圆的果实。走进那栋砖红色的小楼之后，她的一个学生立刻认出了我。

“李先生，您终于来了！”他的神情里混杂着激动、紧张和好奇，但谨慎地压抑在礼貌之下，“我是艾德蒙，博士在三层的动物室，我想您最好去那里看看她。”

“你好，艾德蒙，谢谢你。”我飞快地说道。

尽管学校是我们最初相遇的地方，这却是我头一次踏进她的实验室。光洁的地面与医院相似，其上是一排排金属橱架，内里整整齐齐地摆着与通风系统相连的塑料笼子，这屋子里恐怕有成千上万只老鼠！我在装满老鼠的橱架背面发现了她，她正抱着头坐在角落里，头发凌乱，肩膀耸动着，但无法听到哭泣的声响。

“宝贝——”我被她的模样吓坏了，“亲爱的，你怎么了？”

然而就在我的手指碰触到她的那一秒，她发出了一声高亢的尖叫。我后退了一步：“我不会伤害你，告诉我甜心，发生了什么事情？”

她极缓慢地抬起头，眼里的惊慌失措是我从没有在她身上见过的。她咧开的嘴角抽动着，过了好久，才轻轻地吐出我的名字：“伊文……”

“是我，没错，亲爱的。”我自责极了，“我应该拦住你，不让你来实验室工作的。孩子已经快六个月大……”

“不！”她尖叫起来，“不！不要提它！不——”

“好的，亲爱的……我们不提孩子……”我伸出手，试图靠近她，她全身发抖，挣扎着想要逃开。这反应让我感到深深的挫败，我只好拿出自己的看家本领来：“宝贝，我们一起唱《泰坦》好不好？”

她停止挣扎，茫然地看着我，像个无助的孩子。

“荒野里的歌者，述说众神的故事……”

那是柔和的副歌，也是她最喜欢的旋律，我用最轻、最轻的调子唱下去，几乎听不到歌词。音乐果然比语言更有效。她听我唱到一半，突然吸了吸鼻子，一下子扑进我怀里大哭起来。我抚摸她乱蓬蓬的头发，试图温暖她恐惧的战栗。

“没事的，没事的，有我在。”我对她说。

她趴在我的怀里，极其艰难地吐出一些不连贯的词汇：“那是一个……寄生的……寄生的……怪物……”

“什么？”

“我不想要那个孩子……伊文，我不要那个孩子寄生在我的身体里！”

我吓了一大跳：“宝贝，我不明白，发生了什么事情吗？”

在把鼻涕蹭在我的衬衫上之后，她终于能够说出完整的话来：“这个孩子在夺走我的一切，它寄生在我的身体里，它在控制我的思维，它命令我吃它需要的东西，命令我去它想要去的地方，命令我做它想要做的事情……这是个寄生在我身体里的怪物，一个怪物，它在吞食我，你明白吗？我无法控制自己了！我无法控制自己不去想它！我无法集中精力去做我想要做的事情，我看不懂我的实验记录，我也不关心我的论文，我脑子里只是想着该怎么做才能让它更舒服一点！我被它寄生了，它已经钻到我脑子里了，你明白吗？”

我哑然失笑：“我的傻姑娘，这是怀孕的妈妈最正常的反应了，这是因为你爱他啊——那是我们的孩子啊。”

“不！”她惊恐地盯着我，“这一点都不正常！这完全不正常！你根本就不明白，因为它没有寄生在你身上！”

我忍住笑，用自己能够使用的最诚恳的语调说道：“如果可以的话，我真的很希望能够替你怀孕，宝贝，但是我做不到。坚强一点，你现在是个母亲了。”

于是她停止哭泣，有那么两三秒钟，她用一种全然陌生的眼神看着我，就像我才是一个疯子。但很快她就变回了自己，平时的自己，她用袖子擦了擦眼睛，然后抬头略带尴尬地笑道：“哦，天哪，我今天可真是发疯了。”

“这只是很正常的神经紧张而已，宝贝。”

她靠在我的肩膀上：“亲爱的，你说得对。这只是作为一个母亲很正常的感觉，我需要适应它的存在。”

在之后的几个月里，也有那么一两次，她表现出沮丧和闷闷不乐，但都没有实验室里那次严重。但这些迹象也让我开始警惕。我推掉了新一轮的巡演，尽可能多地陪伴她。大约是她怀孕三十九周的时候，我偶尔在她的电脑里发现了一个文件夹，里面详尽地记录着这个尚未出生的孩子每一次和她的“对话”——从她上厕所的时间、睡眠中的梦境，到喜欢的食物以及音乐类型，都是一些琐碎的小事。看到后面我仿佛理解了一点点那天她的话，因为她记录下来的一切都不是她的习惯和喜好，而是另一个人的。

那个逐渐成形的婴孩正在利用她的身体，完成自己想要做的事情。当她意识到这一点的时候，她被吓坏了。

如果是通常的母亲，大概会以“爱”来解释自己的行为。但她不会，情感于她只是外在的保护色，让她看起来同其他人一样。所以所有这些事情都只能从婴儿的视角来解释：这是一个怪物为了在她的身体里生存下去，采取的寄生和控制行为。

或许是飞机上的空调太冷，我突然打了一个寒战。我从没有想过自己居然会在这个时候想通她为什么会抛弃自己的孩子。因为如果她不这么做的话，她或许就会永远被托尼控制，永远失去自己的生活——正如现在的我。

“请您系好安全带，李先生。”空乘走过来提醒我说，“飞机马上就要降落了。”

我照做了。飞机不断下降，在窗外广袤的沙漠中，一座城市围着绿洲铺展开来。

另二、伊甸

在完成对事发现场的基因检测之后，骆明收到了人工智能助手艾德蒙传来的阶段性报告。三十五号器官培育舱的断肢和头颅分属于三位已经去世的飞船乘客，他们的死亡原因都是毫无疑点的慢性疾病，并且都自愿选择为这些病症的深入研究而捐献了遗体。

这个发现让骆明紧锁的眉头略略舒展了一些。

“没有凶杀案，”他这样对刚刚赶到现场的飞船大副秦威说道，“终归是一个好消息。”

与骆明和大部分“伊甸号”上的乘客一样，秦威也有近一百五十岁的年纪。此刻他大约是刚刚做过头皮置换手术，头顶上只有一层婴儿般柔软的细毛，让他整个人都显得有些滑稽。

“当然，这真是不幸中的万幸。”秦威看上去有些心不在焉，接下去的话倒更像是在自言自语了，“只是……这些断肢是怎么跑到这里来的？”

骆明道：“遗体按理说应当被送到七号甲板地下的医学研究室，但不会是这里。”

“正是这样。”秦威这才看向骆明，“而且器官培育舱是飞船上监控最为严密的地方，发生这样的事情真是令人费解。你恐怕并不清楚这些，因为就算警察也没有查看‘亚当’相关资料的权限。”

骆明说：“如果您能够分享这些信息，或许会对案情的进展有很大帮助。”

“很抱歉骆警官，这些资料涉及‘伊甸号’飞船的核心机密。”秦威说道，“我想，既然没有出现什么严重的死亡事件，或许这件事就到此为止比较好。剩下的工作就交给我和‘亚当’的管理人员吧。”

骆明立刻抓住了他话语里的含义：“您是说，这是一起普通的意外？”

秦威不置可否地笑了笑：“以往船上也发生过严重的器官培育失败事故，你知道，是舱内温度控制出现异常的缘故。”

骆明看了看他的神色，轻轻叹了一口气：“好吧，先生，我明白了。”

然而仅仅一天之后，骆明就在办公室收到了艾德蒙发来的“亚当”资料包。

“你简直是个天才。”骆明一面赞叹着，一面打开了那份文件。当翔实准确的内容出现在他的视野里时，骆明再一次叹息道：“如此轻易就能得到这些资料，看来这艘船的安全系统的确有很大的问题。”

“或许这得怪你违规带了一个人工智能上船吧？”艾德蒙的声音听起来混杂了得意和揶揄在其中。

“最起码这么多年都没有人发现你。”骆明眼中闪过一丝狡黠。艾德蒙是很久以前他得到的一份礼物，这么多年来就像他的左右手一样不可分割。因此在得知“伊甸号”的人工智能禁令后，他还是选择将终端植入体内，偷偷把艾德蒙带上了飞船。

“那是因为这里的智能系统都太原始了。”艾德蒙说道，“不过你倒不用太过担心这艘船，它的核心控制系统是隔绝外部网络的，我从没找到过钻进去的缝隙。”

骆明点了点头，目光则再次聚焦在那些繁杂的资料上。从这些文字来看，“伊甸号”事实上是一艘实验船，它为居住其中的数十万名乘客提供可置换的器官，从而大大延长其寿命；同时，它会将人群的健康和生育信息发送回地球，使母星上的人们能够预先获知器官置换可能产生的问题。“伊甸号”沿彗星轨道在太阳系中飞行，每四年会与地球轨道交会一次，并且会在空间站停靠，从而完成人员和信息的交换。

“我一直以为我们是在远离太阳系。”骆明大为震惊，“而且从来没有人告诉过我还可以下船！”

艾德蒙说道：“看来他们做了很好的保密工作，来避免你们得知自己其实是实验室里的小白鼠。”

由此看来，器官培育舱的确是“伊甸号”的灵魂所在。它通常被人们称为“亚当”——那位在宗教故事中用自己的肋骨创造另一半的人类始祖。然而如果进行更精确的定义，器官培育舱中每一个单独孕育人体器官的黏膜囊状物才是真正的“亚当”，它们彼此独立，各自携带着不同客户的基因，培育着不同的器官。在“伊甸号”最初的设计中，这些“亚当”是相互隔绝的，但是随着时间的流逝，管理者们发现了一个奇怪的现象：同一个舱室内的“亚当”在投入使用一段时间之后，一些细胞开始顺着营养管道向上生长，并最终相互连接，而这非但没有造成器官培育的延迟或污染，反而提高了培育效率，缩短了器官成熟的时间。一些研究者认为，这种“基因网络化”的培育模式引发了“亚当”之间生长信息和生长激素的交流，从而提升了器官的成长速度。因此，在四十年前的培育舱更新工程中，管理人员干脆设置了让这些“亚当”彼此相连的通道，并且取得了令人惊叹的效果——在保证客户基因独立完整的前提下，大多数器官的培育时间都减少了一半以上，就算是最慢的肺部也减少了三分之一的时间。

“我还是不明白这些资料和这个案件有什么关联。”骆明的心情略微有些烦躁，“我总觉得现场还有一些信息是我们没有注意到的。”

“我这里存有事发现场完整的扫描记录。”艾德蒙说道。

“或许……”骆明沉吟道，“问题并不只是出在培育舱内。”

“你指什么？”

“你还记得报案人和‘亚当’管理人员争执的焦点吗？”骆明说道。

艾德蒙回答道：“医院的信息显示林可女士的心脏订单被取消了，而‘亚当’监控平台却显示一切正常。”

“没错，就是这个。”骆明说道，“按理说，‘亚当’的安全级别应当远比医院要高，但为什么培育舱的管理人员反而不知道三十五号舱内的真实情况呢？”

“会不会是他们有意隐瞒？”艾德蒙问道。

“或许是这样……但目前我们也无法排除另一种可能，就是这些所谓的管理者——大副也好，培育舱管理员和研究员也好，都不清楚到底发生了什么。”骆明把屏幕上的画面切换为报案人林可与管理者争执的录影，“注意他的表情，他脸上的惊诧是真实的。”

“的确，我的微表情分析也证实了这一点。”艾德蒙说。

骆明说道：“不管怎样，如果从事发现场来看，这状况最近很有可能发生了不止一次，而只有这位于女士情绪激动地报了警，还打开了三十五号舱的舱门——这一条虽然写在合约里，但好像大家只会在上船的头几年来看。”

“你是说，事发地那些内脏都是被取消的订单？”

骆明眼前一亮：“我们不妨从这一点来查查看。艾德蒙，你是否能够侵入这培育舱和医院这两个信息平台，然后调出相关记录？很有可能两者有出入的订单，就是我们在三十五号舱看到的那些器官。”

“你可真会给我出难题。”艾德蒙虽然这样说着，声音听起来却是兴奋雀跃的，“让我来试试看吧。”

三、提丰

> 他所有可怕的脑袋发出各种不可名状的声音；这些声音有时神灵能理解，有时则如公牛在怒不可遏时的大声鸣叫，有时又如猛狮的吼声，有时也如怪异难听的狗吠，有时如回荡山间的嘘嘘声。

时隔九年，我再次踏入她的实验室。艾德蒙已经从本科生变成了博士生，看我的眼神倒是丝毫未变，就像任何一个克制的乐迷：“李先生，教授在动物室等您。”

“谢谢你，艾德蒙。”

当我推门进去的时候，她没有注意到我。她正蹲在一头足有半米高的猪身边，专注而温柔地笑着，然后她把手机放在播放器上，音乐响起，竟然是我的《雷火》。

当我把它握在手中。
日月颠倒，星辰陨落。
战斗吧，破坏吧，
众神之王不息的欲望，就在我手中。

那头猪随着音乐用后腿站立起来，笨拙地摇摆扭动着，却慢慢跟上了节拍。她同它一起站起来，身子靠在书桌上，笑得几乎喘不过气。猪仰头看向她，跳得更起劲了些，节拍也踩得更愈发准确。这简直太不可思议了，因为这是一首快歌，而那头猪显然是在跳舞。

大约是华彩段我们切换了节拍的缘故，那头猪突然身子一歪摔倒在地。她被吓了一跳，立刻跪在它身边问道："天哪！你还好吗？"

猪哼哼了一声，像是在回答。她略带嗔怒地用手戳了一下它的头，然后用我听过最轻柔的语调说道："坏家伙，不要吓我。"

于是那猪的哼哼声听起来好像又带了委屈。她揉了揉它的背脊："好了好了，你没事就好。"

眼前的一切实在有些古怪。我咳嗽了一声，她和那头猪一起回过头来看我，那一幕我一辈子都忘不了。

"怎么了，伊文？"她站起来。

——它长了托尼的眼睛。

她从未见过托尼，所以或许她不知道这件事。但是那头一岁半的猪，它长着托尼的眼睛：浅棕色的瞳孔，混杂着一点点灰。或许还不只是眼睛，还有它目光深处别的什么东西。它看得我背脊发凉，让我一下子忘记了自己来此的目的。那感觉就像是有一次我站在舞台中央，却发现自己突然忘记了关于歌曲的一切。电吉他的前奏变成了毫无规律的噪声，闪烁的镁光灯让我双腿发抖。

“你需要喝杯咖啡吗？”她担忧地看着我，“你的脸色不太好。”

“我们可以……单独……谈谈吗？”就算连着唱三场演唱会，我的嗓子都不会是现在这个调子。

“可我正想让你见见我们的猪。”她柔声说道，“它很健康，这真是太神奇也太棒了，不是吗？”

我的目光再次与它相触，转瞬间我就觉得自己的灵魂都被扯碎了。

“上帝啊……”

那头猪用一种了然的目光看着我，就像它知道自己的命运。那是对痛苦无言的屈服与顺从，带着命运般的悲剧感，托尼在最近几次去做透析之前也这样看过我。

“好吧，亲爱的。”她走上前握住我颤抖的手，“我们换个地方。”

在走去她办公室的路上，我们一句话都没有说。那是一个宽敞的房间，午后的阳光让一切阴暗都不见了踪影，艾德蒙端了两个小小的圆杯子进来，她简单地说了一句“谢谢”，但即便是他离开之后，她都没有对我开口。桌上的树影被一点点拉长，我把已经变得冰凉苦涩的咖啡喝到嘴里，然后，她终于打破了一个下午的沉默。

“我以为你会想看看猪的资料。”

那个厚厚的文件夹就在我面前。我僵着手臂打开它，里面是与猪相关的实验记录，从胚胎开始，一直到今天。我只能看懂那些照片。它起初总是对着镜头笑，如果那样愉悦与依恋的表情可以被称为“笑”的话——近一个月来，它却不再笑了。最后一页是它眼睛的特写，我翻开之后几乎难忍胃里的不适，猛地把那个文件夹摔到地上。

她起身把文件夹捡起来，淡淡地笑道：“还好我没有给你看电子文件，不然这会儿就得填写器材损失报告了。”

“怎么会这样……”我喃喃地说道。

“伊文，我们得面对现实。”她轻轻叹了一口气，“这恐怕是最好的情况了，猪目前完全符合移植所需要的条件——如果你让我来说的话，这次实验出奇的顺利，我们从一开始就找到了正确的道路，所有的一切都在最短的时间内完成了，你就算翻看科学史恐怕也找不到一条这么平顺的路……”

“你——”我打断她，却不知道该说什么好。

“我已经联系了我的朋友桑格医生，他是州立医院最好的肾外科大夫。”她的语调平稳而冷静，“我已经把猪的资料发给了他，他在仔细研究之后，认为手术的风险与常规的移植手术相仿。伊文，我不明白你还有什么不满意的。”

只有最后这一句透露出她压抑的愤怒，但只是这一丁点儿，就彻底挑起了我的恐惧和怒火。我把手机打开，桌面上的图片就是托尼的脸，他正无辜地看着我。

“够了。”我掀开文件夹，把手机放在那张特写照片上面，“我们都知道问题出在哪里，对吗？那头猪的眼睛，和托尼——”

“一模一样。”她接了下去，“当然，我知道。那就是托尼的眼睛，那个部位的细胞是人类细胞。”

“……还有别的地方？”我震惊地看着她，这是我从她脸上读出来的信息。

“目前的结果是略微有点难堪的，它的神经系统几乎都是人类细胞。”她无奈地耸了耸肩，“不过拜托，别天真了，伊文，从一开始我们就都知道嵌合程度是不可控的，但是谁都没有把它当一回事。”

“神经系统？”

“大脑、小脑和脊髓，绝大部分。”她一字一顿地说道，仿佛用这样的语气就可以把她内心的毒液注入我心里似的，“简而言之，那个猪肉外壳里面就是我们的儿子。”

就算是看见托尼被卷进车轮底下的时候，我都没有像此刻这样害怕过。因为在那个时刻我是个父亲，而此刻我却即将成为一个罪人——我们都做了些什么啊！我们把自己的儿子和猪融合在一起，现在我们要亲手去杀死它了！

见我没有说话，她放松了语气：“当然，只要我不说，没有人会知道这件事，这些记录都不会出现在我的论文里。神经系统并不是这个实验关注的重点，也不是决定成败的关键。它的肾脏非常完美，伊文，这一点你绝对不用担心。”

“我不是在担心这个！”我无法容忍她虚伪的平静，“杀死它是残忍的——是不道德的！你难道没有注意到，那头猪知道这件事情吗？”

她无声地笑起来：“伊文，那你打算怎么做？”

“我……”

“你知道吗，已经快半个月了，我无法入睡。”她低声说道，“我一直在想，你是不是想用这头猪来报复我，因为我抛弃了托尼，所以你要用这样一种最残忍的方式，来重新唤醒我心中作为母亲的天性。我一直在试图告诉自己，这不是托尼，这不是我儿子，我甚至拒绝给它起名字，就是怕自己会把它当成一个人。可它真的超乎了我的想象，在所有的研究员里它只同我亲近，在所有的音乐里它只喜欢你的曲子。”

托尼也是如此，他从小只要一听到《雷火》，就会手舞足蹈。

她继续说道：“我曾经想过是不是我们应该停下，让托尼去承担他命中注定的痛苦，让猪生存下去。但直到我看到你，我才知道我们根本就没有退路。”

她的目光几乎穿透了我，也让我终于看到她克制的战栗。她的恐惧和痛苦毫无疑问要比我深切得多，大约是因为想过太多次，才能够把它们深埋在平静的语调之下。毕竟我所做的只是看了那头猪一眼，而把它从一枚细胞养大的那个人是她。

如今我们当然没有退路，托尼的状况越来越糟糕，她的实验室在这头猪身上的巨大投入也不可能瞒过所有赞助人。一开始让她越过雷池的人就是我，这沉重的十字架也理应由我们一起来背负。

“……对。”我强迫自己忘记那头猪，“托尼最近的状况不太好，我会尽快把他接来，不能错过手术的最佳时期。”

“看来我们终于达成了共识。”她脸上新的笑容抹去了神情中所有的不快，然后她打开自己的笔记本，用柔和的语调告诉我桑格医生的联系方式，仔细向我介绍了他的背景和资历，接着说起她自己对于移植手术的一些看法和建议。等天色彻底暗下来，她才停住了话头。“你得走了。”她微笑着提醒我，“现在出发还能赶得上飞机。”

我看了一下时间，果真如此。起身的时候我犹豫了一瞬，不知道自己是否应该和她握手表达友好和感谢，但她把双手抱在胸前，看上去完全没有这个需要。

“那我先走了，谢谢你。”我干巴巴地说道。

她笑着摇了摇头：“伊文，亲爱的，托尼也是我儿子，你为什么要说谢谢？”

“是啊。”我也笑起来。

我们一起走到实验室外，树影昏暗，把世界都罩在静夜里。我正要道别，她却先开口了。“我最初遇见你好像就是在那里吧……”她轻声说道，“那天你弹了一段很温和的旋律，但是没想到最后录出来的歌却是那么疯狂。”

我知道她说的是《泰坦》。第一个乐句的灵感正是我在这所学校演出时想到的，夜里竟如同毒瘾发作一般急切地需要一台钢琴，只求让音符从脑海中流淌出来凝为现实。于是我跳窗子摸回大门紧锁的礼堂，却没想到外面竟有另一个人在倾听。

我们被父辈憎恨，
深埋地下，不见天日，
以镰刀夺位，身负诅咒骂名。
……
我们注定要反叛，
击碎藩篱，不惜代价，
让浓烟弥漫，让地火沸腾！

她唱着，忘了一段歌词，并且完全不在调子上，可我却无法像以前一样哈哈大笑。

她转过头看向我："现在想起来，真像是一个奇妙的预言啊。"

后来她没有出现在州立医院，也没有参加托尼的康复派对。整整五年，她把自己埋在实验室里，与她的所有朋友都不再联系，彻底从人们的视线里消失。所以在接到她的电话那天，我是极为吃惊的。她希望我能够以托尼的名义建立一个慈善基金会，用于对儿童器官移植的资助，而这恰恰是我先前给她发了许多次以"投递失败"告终的邮件中提出的请求。

我当即应承下来，在基金会的构架基本完成之后，我又联系了她。

"我感觉你打算做一件大事。"我说。

"的确。"她回答说，"我重新编程和设计了嵌合体细胞的基因调控网络，把它变成一个巨大的类囊胚……"

"抱歉，"我温和地打断她，"你知道我听不懂。"

"就是说……"她停顿了一下，像是在从科学家切换到普通人的语言模式，"我们现在已经可以在实验室里量产人体器官了。我用现有的嵌合体做了一个比较稳定的构架，只要加入新的人类细胞，就可以长出相应的器官来。"

“这真是不可思议！”

“伊文，你知道的，我再也不会让它看起来像一个人类。”她的声音里透着疲惫。

在基金会成立的同时，她终于在《细胞》杂志上发表了嵌合体实验的系列论文，从最初的“人－猪嵌合体”，到后期的再生医学实验室，她几乎在一夜之间撼动了人们对生命的认知。我购买了那一期的杂志，评论文章给予她夸张的赞美：“这是再生医学革命性的一步，它意味着在不久的将来，人类或许就可以像更换零件那样替换自己的器官，从而获得更长的生命，甚至永生。”

批评与争议随之而来。尽管人们都谅解了她作为一个母亲想要拯救儿子生命的迫切心情，但使用人类细胞来做实验，毫无疑问是跨入了科学的禁忌之门。然而，第三篇论文的发表有力地回应了铺天盖地的攻击，她向人们展示了器官生长的模具，她称之为“亚当”。它看上去就是一个内里长了黏膜的小方盒子，完全脱离了生物形态。“‘亚当’不会碰触到任何科学伦理问题，”在一个访谈中，她这样说道，“它不会长出人的大脑，它不会思考，它没有感觉，因为我们没有给它设计感觉和思考的器官。它会做的唯一一件事情，就是用自己的‘肋骨’去拯救需要它的人类。”

另三、船长

骆明没想到他真的能够凭借一封邮件踏进“伊甸号”的船长室——尽管这正是他写信的初衷。

面前的女士已然白发苍苍，她皮肤松弛，背脊佝偻，甚至连坐到沙发上这样简单的事情，都显得十分吃力。骆明对船长的外表感到些许惊奇，因为他平日所知的女性，似乎都会把与外在美相关的一切列在器官订单的前列。

“对于三十五号舱的意外事件，”与外表不同的是，船长的声音却是中气十足的，“我想听听你的意见。”

“大副先生曾经表示这超过了我的权限。”骆明把双手放在身前，谨慎地回答道。

“在这一点上，我倒觉得应当让更专业的人来参与案情分析。”船长指了指面前的扶手椅，示意骆明也坐下，“只是鉴于培育舱的特殊性，调查的结果应当保密，我相信这一点对你来说不是问题。”

“当然……”骆明坐了下来，“那么您已经看过我的邮件了？”

“是的。”

骆明平视着船长的双眼：“正如邮件里提过的那样，我认为这不是一个意外，而是一个有意识的犯罪行为。”

船长垂下眼帘：“但这和大副秦威给我的报告不符。”

“我相信您正是想听听另外的声音，才让我到这里来的。”骆明看看船长的神情，继续说了下去，“我查看了最近三个月以来医院系统被无故取消的订单，其数量居然是以往相同时段的七倍之多。当我继续追踪这些器官的来源时，它们几乎都是在三十五号舱中进行培育，而那里监控系统却显示一切正常。”

“这些就足以说明这不是一个意外吗？”船长问道，“说不定这只是监控系统自身出了问题。”

“不仅仅是监控系统，阁下，还有培育舱本身，那些被意外‘收割’的器官究竟是怎么回事？”骆明说道，“除此以外，更让我无法理解的是培育舱监控平台和医院订单系统的信息错位问题。”

船长终于看向他：“说说看。”

“事实上，在今天见到您之前，我对自己的结论也没有十分的把握。”骆明谦逊地笑了笑，“我曾经怀疑这些错位的订单信息，是管理者在刻意隐瞒真相。但您找我来，恰恰说明作为船长的您也不清楚到底发生了什么，那么只剩下另一种可能性，那就是三十五号舱最近发生的意外，‘亚当’的管理者是不知情的。由此我们很容易就可以猜到，始终显示一切正常的监控系统必定是被人为篡改了。”

“关于这一点，”船长的目光更为专注了，“我让大副秦威去查看过器官培育舱的监控系统，它似乎是被一种类似于‘绿幕’的技术修改了，工作人员和机器警察进出培育舱都会正常显示在监控里，但是作为背景的‘亚当’却会始终显示为原先的状态。”

“您是说，监控系统被部分篡改了？在显示器中所有‘亚当’的状态都是不变的？”

“不是‘不变’，而是‘正常’。监控系统中的器官都在继续生长，并且在订单交付的时间点被‘正常收割’。”船长摇了摇头，“我不得不说这是一种非常高明的篡改方式。”

这个信息加深了骆明的疑惑：“可这就是我想不通的地方。如果整个事件是一个有计划和预谋的犯罪行为，那么这个罪犯已经完成了难度最高的一步——他彻底控制了飞船里安全度最高的‘亚当’监控系统，可他却忘记了最简单的医院平台。”

“我倒觉得这很容易想明白，罪犯无法给病人凭空变出他们想要的器官来，只好保留这些信息。”

骆明反驳道：“但是他完全可以用更高明的办法，例如整体推迟订单的交付期限来避免人们知道那里发生了什么。然而从医院的记录来看，医生和病人都是在最后一分钟才得知正常的订单被延迟或取消的，这些信息的内容始于医院的器官接收通道，而不是‘亚当’。”

“我完全被你搞晕了。”船长眉心的皱纹蹙在一起，“你想要说什么？”

“对于一个如此费尽心机，甚至使用‘绿幕’技术来修改监控系统的人来说，忘记医院平台是很奇怪的事情。他既然有足够的能力侵入医院信息平台，却没有这么做，这是为什么？”骆明回答道，“一种可能性是他希望由此引起人们的注意，但另一种可能是：他并不知道医院信息平台的存在。”

“这毫无道理。”船长道，“‘伊甸号’上的每一个人都知道这个平台。”

“当然，按常理说是这样，”骆明说道，“但总有一些人是不知道的。”

“我希望您给我明确的观点，而不是暗示或者猜测。”

“在这艘船上，哪些人不知道医院信息平台的存在？或者，谁没有订制过器官？”骆明看向船长，“我希望您能帮我收集到这个名单，他们就是有作案嫌疑的人。”

船长满是皱褶的手指轻轻敲着座椅的扶手，冷笑道：“这可真是一个奇怪的指控。”她对上他的视线，“我就没有更换过器官。”

四、俄耳托斯

在赫西奥德的《神谱》中，双头狗俄耳托斯被认为是艾奇德娜所生的怪物之一。另一些传说则认为是他，而非提丰，和艾奇德娜生出了那些可怕的怪物：奇美拉和斯芬克斯。

我第一次见到她，是在父亲的葬礼上。

说来也怪，在场的数万人中至少有一半是为了她而来，但却只有我看到她。她穿了一条黑色真丝长裙，纤细的脖颈间挂着一枚钻石戒指，面容看上去竟比我还要年轻。我不知道是因为面孔分辨训练还是母子间天然的联系，让我知道那就是她。然后，她也看到了我。

五秒钟之后，我收到一条定向信息：“葬礼结束后，希望能和你谈谈。”

我想起父亲临死之前嘱咐过我的话——“她是你的母亲，也是你的救命恩人，她给了你两次生命，感激她，不要怨恨她。”

于是等人群散去，我坐上了她的车。她把目的地设定为加勒穆恩机场，然后把椅子转向后方，面对着我。

“你好，托尼。”她说。

已经有很多年没有人这样叫我了。自从我的父母合作创办“托尼·李慈善基金会”之后，我不得不为了保护自己的正常生活而改名换姓。

“妈妈？”说出这个词汇比我想象中容易，“你看上去真年轻。”

“对，是我。”她笑了，飞快地眨了一下左眼，就像我们之间有一个小秘密，“我正在尝试一项新的实验，它能让我的细胞恢复年轻的状态。不过这是个很危险的实验，我们还不清楚副作用是什么——只可惜这一次我没有另一个儿子来当第一个尝试者了。”

“是吗？”我尴尬地回应道。

“哦，亲爱的，我是在开玩笑呢。”她摊开手，“你呢，你最近怎么样，我听说你在做警察。”

“只是一份工作。”

她的笑容更深了些：“你做得很棒，托尼，我注意到你在对付人工智能犯罪，这真是太了不起了。”

“这个世界变化太快，总有一些事情科学家无法掌控。”我不喜欢她说话的语气，就好像她一直都在以母亲的身份关心我似的。

“正是如此。”她深深地点头，“有些时候我们也并没有像看上去那样了解自己创造的东西。”

这话倒出乎我的意料之外：“真的？”

她没有正面回答我，而是又问道：“托尼，你是否有兴趣来参加我们的发布会？我们要宣布一件大事。”

我当然听说过再生医学集团下个月的发布会，在七年的沉默之后，这一次她要说的话早就引起了所有人的关注。

“这可能关系着人类的未来，”车子开始减速，她看了一眼窗外，又看向我，“你一定会来，对吧？”

她笃定的语气激怒了我，我可不是我的父亲，不管什么时候都对她发了疯一般地着迷："抱歉，恐怕我没有兴趣参与。"

"相信我亲爱的，你会感兴趣的。"车子停下了，她在手表上点了两下，于是我收到了一张邀请函和一个文件包，"发布会是在下个月的十三号，不见不散。"

她轻轻握了一下我的手，然后走向机场，太阳把她的黑色裙摆映出一个锐利的轮廓。三小时四十分之后，她乘坐的飞机一头扎进大海中央。我提前结束休假参加了搜救行动，但是波罗的海卷走了她的痕迹。在浑浊的海浪深处我见到了飞机的残骸，人们说那里掩埋着人类最疯狂的梦想。

救援结束的那天，我再一次收到发布会的邀请函。如今没有什么理由可以阻止我去了，就像是响应命运的召唤一般，我踏上一万多公里的旅途。在飞机上我查看了她先前给我的文件包，里面是一头猪从小到大的照片，毫无疑问它就是我的救命恩人。我先后在阿姆斯特丹和纽约转机，最后到达沙漠中的一个小镇，父亲曾经跟我说过这里，它是我的肾脏的诞生地。

"托尼·李。"我对接机的人说道，那是邀请函上写的名字。

对方张大了嘴，摆出一个夸张的惊讶表情，然后垂下眼帘："我是陈颖，我为你的家人感到非常抱歉。"

"谢谢。"

当我以这个身份踏入会场的时候，我受到了英雄般的欢迎。每个人好像都认识我，他们围住我，跟我谈论我的母亲和我的肾脏，但是这两者对我而言都没有什么真实的感觉。幸而发布会很快就开始了，逐渐暗淡的灯光让所有人都停止交谈，转头看向聚光灯下的舞台。

"我们将会再一次改变世界。"站在高处的中年男人这样开场。

人们回应以最热烈的掌声："好样的，艾德蒙！"

艾德蒙是母亲创办的医疗集团的首席科学家，他曾经和她一起拿过诺贝尔生理学或医学奖。当人们安静下来，他再次开口：

“在过去的三十年里，我们已经做了很多了不起的事情。从嵌合体实验，到第一例人类自体器官的成功培育，乃至于其后对再生医学的推广，我们拯救了许多人的生命，但也承受了很多争议。其中最关键的一点就是：我们是否可以用人类做实验？”艾德蒙在人群中找到我，“很荣幸，托尼·李先生今天也在这里。他能够健康活着的这一事实，或许就是答案。”

掌声和聚光灯一起落到我身上，世界顿时惨白得看不见任何东西。

“我们的实验室一直在努力向公众阐明自己的立场，然而很可惜的是，我们一直缺少一个决定性的结论，来证明让人类参与实验的正义性。”当艾德蒙继续演讲的时候，光柱终于从我身上移开，“然而最新的一个发现，或许可以平息这场持续了数十年的科学伦理战争。首先我需要介绍一下我们实验室最年轻也是最强大的一位朋友，量子计算机的拟人人格——斯芬克斯先生。”

光线在他的指尖聚拢，然后散开成一个人类的形状。这是最新的立体影像技术，当然出于职业习惯，让我更为警惕的还是“拟人人格”这几个字，在处理过上百起人工智能犯罪事件之后，我对这种玩意儿充满了不信任感——尤其眼前这个还在运行量子算法。

斯芬克斯被设计为一个拥有小麦肤色的少年，当光线沉淀下来的时候，我几乎感觉不到他是一个虚拟的影像。斯芬克斯脸上浮现出略带羞涩的笑容，恰到好处地让人们对他产生天真无害的印象。他开口说道：“大家晚上好。我这里有一个谜语……”

艾德蒙笑着打断他：“难道还是‘什么东西早上是四条腿，中午两条腿，晚上三条腿’的谜语？斯芬克斯，这太老套了，答案是人。”

“人类，是的，这个谜语是在以一天的时光来比喻人类的生命。”斯芬克斯说，“不过，我今天要问的是第二个谜题。”

“请说，斯芬克斯，这里聚集了全世界最聪明的人。”艾德蒙说道。

斯芬克斯问道：“人类是如何诞生的？在‘早晨’之前，黎明的黑夜里发生了什么？”

“进化论，斯芬克斯，我以为我教过你的。”艾德蒙无奈地叹息道。

“你要拿出证据，艾德蒙先生。”斯芬克斯说。

“当然，我们有大量的直立人和智人的化石，”艾德蒙停顿了一下，“但是……”

斯芬克斯接着说道：“但是，人类的化石出现了一个断层，迄今为止我们还是没有任何直接的证据，可以证明人类是由智人进化而来的。”

“可你也没有证据可以证明人类不是由智人进化而来。”艾德蒙飞快地反驳道。

“不，艾德蒙。”斯芬克斯说，“我已经有了证据，证明人类的祖先是一个嵌合体。”

大约有十秒钟艾德蒙没有说话，会场中人们开始窃窃私语。

“嵌合体？”艾德蒙终于开口了，“斯芬克斯，你在开玩笑吗！”

“我从不开玩笑。”斯芬克斯说道，“我想在座的各位都很清楚，量子计算的主要应用之一是量子算法，在它诞生之前，计算两个大质数的乘积对于普通计算机而言极其容易，但将这个乘积分解回质数却几乎是不可能的。这种原始的加密技术在量子计算机诞生之后不复存在，因为我和我的同伴可以通过量子算法轻易将其破解。在我加入实验室团队之后，艾德蒙博士有了一个新想法，就是让我来尝试分解人类的DNA。”

“简而言之，是将一个人的DNA分解为其父母的DNA，这完全是一个生物学家看到量子解密方法时的职业本能。”艾德蒙耸了耸肩，“而我没有想到的是，斯芬克斯做到了。”

斯芬克斯点头道："是的，通过不断的算法改进和实验拟合，我可以保证非常高的还原度。也就是说，当我知道你们之中任何一个人的DNA序列，我就可以知道你所有祖先的DNA序列。我可以还原出他们的肤色、血型、头发和眼睛的颜色，给我一点时间，我甚至可以再造一个人类祖先。在得到各国医疗数据库的支持之后，很快我就已经拥有了人类祖先的基因库。"

"在分析人类的同时，"艾德蒙补充道，"我们也尽可能多地分析了其他的生物，包括哺乳类、爬行类、鸟类、昆虫、软体乃至于植物在内的十一万五千种生物，我们也收集了它们的祖先库。为了完成这项庞大的计算工作，我们借用了量子云计算网络，同时简化了算法，专注于种群数量的演变而非每个个体的DNA序列。最终，我们发现了一个奇特的现象。"

会场鸦雀无声。

"我们可以看到，除了人类以外的所有生物，它们的祖先库个体数量都会呈现出一种相似的演变趋势。"光芒再度在艾德蒙手中亮起，"请注意这个图表，它的横坐标是历史上各个阶段的基因样本数量，纵坐标则是时间，越向上，时间就越久远。让我们先来看看海雀，每一只海雀都会有一对父母，我们剔除了父辈中相同的DNA个体，从而避免因为兄弟姐妹来自同一对父母的重复计算，确保每一个时间段样本种群的数量与实际相符。当时间向上方推演，我们可以发现，不论这个种群维持了多久的相对稳定，总会有一个急速减少的阶段，在这里，就像是一个瓶颈地带。瓶颈之上，是样本量的迅速增加。"

图像随着他的手慢慢升起，停在了一半的地方，就像是一个沙漏。艾德蒙继续说道："这意味着什么呢？如果我们顺着时间流淌的方向，自古而今来看，这就意味着海雀曾经因为某种原因大量死亡，而我们现在看到的海雀，它们的生命都源于瓶颈地带中数量极少的海雀。"

斯芬克斯继续说道:“对于人类，科学家也提出过一个相似的说法。早在针对线粒体 DNA 的研究中，人们就提出了‘夏娃假说’，当时的研究人员通过分析世界各地妇女的胎盘细胞，发现所有的现代人来自一个共同的祖先，同一个妇女，现今地球上所有的人类都是她的后代。而我的计算也印证了这一点。”

艾德蒙的手向侧旁移动了一下，人类那一栏的图像向上稳定地升高了一点点之后，就急速减少，最终收缩到一个几乎无法看到的点上。

“细得可怕的瓶颈地带，不是吗?”艾德蒙继续说道，“在我们谈论人类的过往之前，请允许我先把海雀的问题说完。如果我们不断向上追溯海雀的祖先种群数量，会发现一个很有趣的现象——历史是重复的。在瓶颈地带之上，是另一次繁荣，其上又是另一个瓶颈地带，如是往复。而当我们去计算别的生物，例如红松鼠，结果是相同的，总会有很多个瓶颈地带，这意味着它们面临着一个又一个的生存危机，少数存活下来，再次繁衍生息。长吻鳄、宽尾凤蝶、金线蛙……我们计算了十一万五千种生物在过去五十万年的演变，结果都是一样的。”

随着艾德蒙脚步的移动，一个又一个图像从地面上升起来，它们全都是由相似的纺锤形上下叠合起来组成的形状，在每一个最细处都代表着一次危机。

艾德蒙说:“这个现象很容易解释，因为只要一种生物在现今是存在的，那么就证明它的祖先成功地繁衍了后代，它们都成功地熬过了每一个最危险的瓶颈地带。然而——”

他走回最初站的位置，把手放在海雀旁边那个锐利的尖顶上:“然而，女士们先生们，这个是人类。”

他把手向上抬起，但图像却没有随之而升高。它停在那里，岿然不动，就像是一个伊斯兰文明的建筑尖顶。

“人类的图像说明什么呢?它说明在大约十八万年前，我们共同的祖先生下了她的孩子，然后子又生孙，孙又生子，直到人类文明统治地球。”艾德蒙放慢了语速，“但是，请大家注意，这个图像同样说明——人类的历史，只能追溯到这一个共同的祖先。”

斯芬克斯插话道：“请允许我提醒您，艾德蒙博士，‘一个’是不可能繁衍的。”

“当然，‘一个’是不确切也是不可能的。除了这一个女性，我们共同的祖先还有四个男性，在早先的‘夏娃假说’中，他们没有被发现。但不论这个瓶颈地带中有几个人，这件事情怎么可能发生呢？斯芬克斯告诉我说，我们的祖先之上，没有祖先。”

“正是如此。”斯芬克斯说。

“是我们的计算出现了错误吗？”艾德蒙说，“或者，是我们这位祖先发生了基因突变吗？但我们用了快速繁殖的细菌，以及有着详尽基因记录的小鼠家族进行拟合，我们的算法都是正确的！斯芬克斯的计算没有错误，而其他生物也发生了基因突变，依然可以通过更多的样本计算出它们共同的父母——那么为什么，各位，请问为什么另外的十一万五千个物种都能够不断向上推演，而人类却不行？在‘早晨’之前，黎明的黑夜里究竟发生了什么？”

一片死寂。

所有人都抬着头，看着那张不可思议的图表。从我先前听到的自我介绍来看，这个屋子里聚集着世界上最顶尖的科学家和医生，少数几个政治家和企业家，以及几家极具影响力的新闻媒体。所有人都在试图从这张图表中找出漏洞来，但没有一个人张口说话。“嵌合体”，斯芬克斯在出场时说的话，像一个幽灵一样飘浮在人们的头顶上。

“当我像各位一样不知所措的那一天，我给我的导师打了一个电话。她听完我的描述之后，只问了我一个问题。她说：‘艾德蒙，你还记得那头猪吗？’”艾德蒙看向我，“托尼，你还记得那头猪吗？”

一片极轻的讨论声。

艾德蒙摇摇头:“恐怕你是不记得的。可我记得，在我读博士时候，我的工作之一就是去喂那头猪。我们记录它每一天的健康状况和成长状况，直到有一天它成年，直到它的肾脏可以挽救你的生命。我一直以为,那是第一个带有人类细胞的嵌合体。但是我错了。”

“我让斯芬克斯去推演了另外几个种群，是这几十年我们培育的嵌合体种群，它们的类型并不算多，但是有一些‘大鼠-小鼠嵌合体’的家族已经繁衍了上百代之多，在计算它们的祖先基因库的时候会发生什么呢？”

人类以外的图像都消失了，取而代之的是几十个嵌合体种群，那些图像妖魔一般往上爬，然后一个个终结在或高或低的点上。

“它们和人类是一样的，这些嵌合体种群和人类是一样的。”艾德蒙停顿了一下，又提高了声调，“然而这样就能够证明人类源于嵌合体吗？当然不能！”

“我让斯芬克斯往这个模型里加入了我们可以找到的所有智人和直立人的DNA，我想知道如果反向推演，我们是不是有可能了解到瓶颈时代之前的人是否和我们的祖先有血缘上的联系。幸运的是，我们找到了其中一个的祖先。也就是说，我们的祖先之一并不是‘夏娃’的‘人类’丈夫，而是她和一个智人所生的孩子。通过这个孩子和他身上的智人基因，我们用量子算法做了一个非常复杂的‘减法’，最终，我们得到了‘夏娃’身上不存在属于智人的DNA片段。”

连同斯芬克斯一起，所有的光点同时散开，然后聚集成为一个巨大的双螺旋结构，其中一部分用明度极高的白色标记出来。艾德蒙一字一顿地说道:“我们确信，这是一个嵌合体，这是一个跨物种的嵌合体。”

我闭上眼睛，脑海中毫无缘由地浮现出母亲发给我的一张照片。在那个文件包里，那或许是最不起眼的一张，夹杂在无数张正式拍摄的嵌合体猪的实验记录之中。那是一张特写，一张它眼睛的特写。我在飞机上只用了不到零点五秒翻看它，而此刻却发现它像是一个诅咒一般刻在了我的记忆里。

那是我的眼睛。它长了我的眼睛。

立体影像消失了，舞台上只有艾德蒙一个人。

“人类共同的祖先是一个嵌合体。这又意味着什么？这意味着我们这么多年承受的伦理压力和攻击，都从此失去了立足之处。因为我们已经有足够的证据，来证明人类诞生于实验室，证明我们是科学的产物，而不是自然的产物。”艾德蒙的声音因为激动而微微发抖，“就目前的技术而言，我们无法得知人类是基于何种生物创造出来的，也无法知晓我们的创造者是谁。但是嵌合体和再生医学的成功却让我们明白，我们距离自己的造物主只有一步之遥！所以还有什么可畏惧的呢？我们是跨越这道伦理的障碍，让大家自己选择是否加入其中，还是像所有生物必然经历的那样，等待着我们的文明迈入下一个瓶颈，回归原点甚至毁灭？各位，我们已经走到了科学和历史的岔路口，我们必须做出选择——我相信已经是时候全面开启人类实验了。”

起初会场里只有稀稀拉拉的掌声，然后它们逐渐汇聚起来，雷鸣一般从四方而来。我看到人们的脸上还留有质疑的犹豫，但同时也都带着叹服的钦佩。从那头猪诞生伊始，这个小城就是人类基因改造的最前沿战场，是所有生物学和医学从业者心目中的圣地。毫无疑问，今天的发布会让它再次向前走了一步，甚至有可能带领人类跨进一个新的世界。

只可惜母亲没有能够看到这一幕。

正当此时，我收到了一条重要信息，发件人的名字让我的心跳停了一拍：

“发布会结束后，我想和你谈谈。”

另四、零号舱

“艾德蒙？”

无人应答。在与这个人工智能相伴的百年间，这样的状况似乎从未出现过，骆明四处看了看，提高了声调，叫道：“艾德蒙！”

他的助手终于出现：“我在这里。”

骆明急急问道：“怎么样，你在船长室里查到了什么？”

在与船长见面之前，骆明突然想到了这一招——踏进船长室，就有可能让植入他体内的人工智能终端侵入隔绝外部网络的核心控制系统，进而盗取所有最机密的资料。原本一切都很顺利，只可惜他似乎无意中触怒了船长阁下，过早地被赶了出来。

“正如你听到的那样，船长从未进行过器官置换。”艾德蒙说道，“她通过长时间的深度休眠来延缓衰老的速度，目前船上的技术能够在十五秒钟之内唤醒她，所以几乎不会影响到飞船的正常操控。”

“这不是关键，”骆明说道，“你还查到了什么？”

“我只来得及找到人口信息，船上有两万九千人没有进行过器官置换手术，其中绝大多数是三十周岁以下的年轻人，五十岁以上只有十五个人，八十岁以上则只有船长一人。但罪犯不可能是她，因为在过去的一个月她都处于休眠阶段，直到意外发生才被唤醒。”

“这么说来，这条路也走不通。”骆明叹息道，“看来我们又一次陷入困境了……”

“到了现在，你还是认为罪犯是一个‘人类’吗？”

“这艘船上只有你一个人工智能，”骆明说道，“如果是你干的，现在是你自首的好机会。”

艾德蒙的声音放轻了：“这是一个糟糕的玩笑，因为我没有办法自证清白。”

“我不是这个意思。”骆明赶忙解释道，“这真的……只是一个糟糕的玩笑。”

“我知道，我已经原谅你了。”艾德蒙宽容地回答道，“不过，我的确惹了一点麻烦。”

“发生了什么？”骆明转过脸，发现大副秦威正领着两个机器警察向他走来。

“恐怕是因为我侵入飞船控制系统的缘故，船长好像发现了我。”艾德蒙略带歉意地说道。

“见鬼！”骆明皱起眉头，“我怎么才能把你关掉？”

“太晚了，我的一部分信息已经被锁死在船长室了。对方现在很可能已经知道了关于你的一切。”艾德蒙顿了顿，“例如你的另一个名字。”

这大概是骆明第一次希望艾德蒙具有实实在在的形象，从而让他可以狠狠地瞪一眼——不管是作为“人工”的部分，还是作为“智能”的部分，这个家伙的保密性能未免都太糟糕了一点。

然而眼下也没有时间责骂他了，秦威已经站定在骆明面前：“骆先生，恐怕你得跟我们走一趟。”

“怎么了？”骆明不动声色地问道。

“‘亚当’发生了更加严重的连锁事件，我需要你的帮助。”秦威说道，飞快的语速中透露出他的不安。

骆明暗暗松了一口气：“我很乐意帮助您，大副先生。只是我记得关于‘亚当’的资料超出了我的阅读权限。”

秦威伸出手打了个响指，骆明的信箱瞬间被巨大的文件包塞满了。秦威冷淡地说道：“现在你有权限了。”说罢竟转身就走。

骆明赶忙追上去，用最恳切的语调说道：“请您告诉我那里究竟发生了什么？”

秦威的脸色这才缓和下来：“简而言之，其他器官培养舱也陆续出现了和三十五号舱相同的状况。我们的订单被大量取消，医院瘫痪，目前船长已经宣布飞船进入紧急状态。”

他一边说着，一边把更多现场信息发送给骆明，其中竟然包括连艾德蒙都没有找到的培育舱立体模拟图。从这份资料上看，椭圆形的七号甲板上，上百个器官培育舱彼此首尾相连，形成一个向内的螺旋形状，仿佛是水波中的旋涡。

骆明忽然想起艾德蒙刚才的话，他问道："这些培育舱之间有联系吗？"

"营养通道是相通的，所以从理论上来说，它们并没有完全隔绝。"秦威这一次果然十分配合。

这个答案让骆明陷入沉思。五分钟后，两人到达七号甲板的封锁线外，白发苍苍的女船长站在成群的机器警察中间。她看到骆明，神色明显有些不快，大声问秦威道："你带他来做什么？"

"骆明是负责这个案件的警官，船长阁下。"秦威简单地回答道。

船长颇有深意地看了骆明一眼，后者则借着查看事发现场的机会躲开了她的视线。"艾德蒙，"骆明轻声说道，"我记得你上次发来的资料里面，有一个培育舱是以神经系统为主的？"

没有回答，这一次艾德蒙消失得十分彻底。骆明不得不拿相同的问题去询问秦威，这次大副爽快地开口了："是零号舱。不过那里并不是培育舱，而是保存舱。它保存了一些特殊的大脑。"

"我记得大脑不在可替换的器官之列？"

"当然。"秦威奇怪地看了他一眼，"'亚当'里培育出的大脑是没有记忆的，替换大脑会让人变成傻子……谁会这么做？"

恐怖的寒意顺着脊柱蹿上头顶，骆明感觉自己离答案已经非常近了："那么零号舱里这些是——"

秦威迟疑了一下，还是回答道："一些重要人士在临死之前，把大脑寄存在这里，我们调节了零号舱里'亚当'的基因表达方式，使他们进入更为缓慢的衰老状态。"

"你是说这些人的肉体死去，精神却活着。"

"他们的精神在休眠。"秦威有些不耐烦了，"你问这些做什么？"

“我想去零号舱看看。”

“零号舱一切正常。”秦威警惕地看向他，“船长亲自去确认过。”

骆明坚持道：“上一次您和船长也以为一切正常。”他看看秦威的神色，又道，“我很担心事情恶化的速度会比我们想象中更快。”

或许是因为情况的确已经超出了秦威能够掌控的范围，他最终同意了骆明的要求。零号舱位于七号甲板的底部，由所有培育舱共同构成的“旋涡”中央。当舱门被打开之后，骆明一时间无法形容自己眼前的一切。

从天花板垂下来的众多“亚当”薄膜之中，包裹着一条条人类脊髓和一颗颗大脑，在“亚当”之间，膜状物已经包裹了所有的串联通道，使之真正成了一张“网”——一张由神经元、脊髓以及大小脑构成的立体网络。而在地面上，则整整齐齐摆着两个“人”，其中一个是一具完整的尸体，光洁、赤裸、冰冷；另一个，则是一张鼓囊囊的人皮，敞开的腹部皮肤之下，是按次序“堆放”的内脏：大肠、胃、肝脏……

——那根本不是一个人，而是一堆人类零件。

“上帝，这又是什么啊……”秦威喃喃地说道。

骆明戴上手套，小心翼翼揭开覆盖在零散器官之上的人皮，在应该是胸腔的地方，有一截明晃晃的白骨，格外瘆人恐怖。

“他的肋骨……‘亚当’的肋骨。”骆明脱口而出，“他想要创造一个‘夏娃’。”

五、阿耳戈斯

百眼巨人阿耳戈斯，头上有一百只眼睛，入睡时只闭上其中一两只。它最大的功绩是杀死了熟睡中的女妖艾奇德娜。

当我再次见到她的时候，我开始明白父亲为什么会那么疯狂地爱着她。她是不可控的、不可知的、不可预测的，但是当她站在你面前的时候，她又是谦卑而温顺的，这矛盾的表里让她变得像魔鬼一样充满了诱惑力。此刻她坐在一张黑色的巴塞罗那椅上，面色苍白，看起来几乎是个少女了。她的目光落在我身上，然后虚弱地笑了："托尼，真是抱歉，我没有早点告诉你——是不是让你为我担心了？"

好像不论回答"是"或者"不是"，都会显得我很虚伪。于是我说道："我去参与了救援，能在这里看到你真的很高兴。"

"在加勒穆恩机场的时候，我发现自己的身体出现了一点状况，所以临时借用了朋友的飞机先回到实验室来。"她慢慢说道，"后来我发现问题很可能无法解决，所以就干脆默认了空难的事情。"

我突然紧张起来："这话是什么意思？"

"我就快要死了，托尼。"她坦然地看着我，"我用了十年来探索基因改造的另一种可能，我以为我已经解析了全部基因网络，但是我错了。"

我一时不知道该说什么好。她温柔地说道："你看，这就是科学，大多数时候我们没有那么幸运。"

"妈妈……"

"当然因为这次失败，我对未来的计划也做出了一些调整，我想我们必须正视大规模实验的风险性，所以我就找了我的一个朋友，她正在投资一个'星际移民计划'。"她打开了一个通话器，一个人形的立体图像出现在我们面前，"陈颖，这是托尼，我想你们已经见过面了。"

眼前这位正是发布会那天来机场接我的女士。我完全没有想到她竟然是"星际移民计划"的投资人。

"你怎么样了？"陈颖完全忽略了我。

母亲答道:“不能更糟了。”然后又看向我,“托尼,这位是陈颖,这世界上最神秘的有钱人之一。我正在努力说服她把五艘星际移民船中的两艘作为实验船借给我几百年。”

“你不用说服,我已经同意了。”陈颖皱起眉毛看向她。

“对,但是你还没有听过具体的计划,我想把它们放在短周期彗星轨道上……”

“那并不重要。”陈颖打断她,“这些细节问题你应该交给技术人员,你现在应该好好休息。”

母亲露出一个无奈的表情:“好吧。”然后就结束了通话。

这段短暂的交谈在我看来过于亲密,也或许并非话语本身让我感到奇怪,而是陈颖的神色。显然母亲察觉到了我的疑问,但她没有回应:“我正在计划把最新一代的嵌合体实验室搬到飞船上去,这样就可以有效避免发生意外时造成无法挽回的局面,‘伊甸号’是我们的一号飞船,采用更为保守的研究方向,它搭载的嵌合体源于第一代的囊胚干细胞,也就是说,它的一部分源于你。”

我又想起了那头猪的眼睛。

她继续说道:“我们培养这个细胞已经有很多年了,非常奇怪的是尽管后来我们也尝试了使用别的人类细胞以及别的生物,但这个组合始终都是最稳定的,或者说我们一开始就不小心创造了一个奇迹,托尼,你我都是幸运儿。”她似乎发现我在走神,于是换了一个话题,“说起来,你对发布会有什么想法?”

我回想着这几天看到的评论文章:“就目前我听到的来说,这个假设还有一些漏洞……”

“那些是我故意留给他们的。”她露出一个狡黠的笑容,“我就是要引起他们争吵,甚至是一场学术战争,这样才能掀起革命。”

“但现在看来你处于下风。”

“托尼,看来你还不够了解人类。”她用手指抵住下巴,“只有争吵才能让人们做出选择，才能真正地触动他们，甚至让他们为之疯狂。随着战火扩大，事件会传播得更广，越多的人参与这场战争，就会有越多的人成为我的战士。到了那个时候，我才会站出来保护我的信徒，给对方致命的一击。”

“看来你手里早已握好反击的武器了。”

“不仅如此，托尼。”她柔声说道，“这一切都是我设的陷阱，为了把他们从真正的问题上引开。”

“真正的问题？”

“发布会上的一切都和我要进行的实验无关。这个实验的关键从来不是我们是否可以用人类做实验，托尼，从你六岁的时候开始我就已经踏入那片禁地了，这个实验的关键，是我们到底在这个实验中创造了什么。”

“嵌合体。”我脱口而出。

“嵌合体，当然。”她点头道，“但这个嵌合体究竟是什么——是他还是它？是人还是兽？这个嵌合体有没有思想，是否能够繁殖？嵌合体实验究竟是指向人类的进化之路，还是人类的灭亡？托尼，这些都是我身上致命的弱点，因为我不知道答案。从一开始我就不清楚嵌合体实验为什么会成功，我只是像任何一个捏泥巴的孩子一样，把各种颜色的土混合在一起，然后它就变成了一个新的东西。但是我不会告诉人们我不知道，我会让他们盯着一个无关紧要的嵌合体祖先，一个我手里握着所有证据的论点，一个足够简单又足够深入人心的想法。你看着吧，他们会死死咬着这件事来攻击我，因为他们以为这是再生医疗集团的根本立足点。但是他们错了，一旦开始争吵，一旦挑起战火，获利的人只能是我。我的对手将因为他们在学术上的失败而威信扫地，我的战士则会在不断升级的战火中变得忠诚而愚蠢。托尼，这才是这场游戏的戏剧性和趣味所在。”

看着她因兴奋而发亮的双眼，我终于理解了父亲提起她时经常嘀咕的“妖怪”两个字，她简直比我遇到的所有人工智能加起来还可怕。我猜度着她的战术：“或许你打算继续让艾德蒙博士帮你冲锋陷阵？”

“艾德蒙？”她怔了一下，然后大笑起来，“哦，天哪，你果然没有发现。”

“发现什么？”

“发布会上的艾德蒙是个立体影像——真正的艾德蒙博士已经去世五年了。”她说。

我再一次被无力感包围，仿佛一只落入蛛网的虫子：“我的确没有发现……”

“好吧，现在这是我们之间的小秘密了。”她俏皮地笑了，用手指点了点自己的头，“发布会上根本就没有什么艾德蒙博士，站在那里遥控影像说话的人是我。”

“可你……为什么不公开他的死讯？”

“有他和你父亲分别作为集团和基金会的代言人会省去我很多麻烦，并且他也同意让我用他的身份发声。”她耐心地解释道。

我注意到某一瞬间她期盼的目光：“难道——你想让我加入基金会？”

“这是最完美的结局，托尼·李当然是‘托尼·李慈善基金会’的最佳代言人。”她耸了耸肩，“但你不会加入。”

“为什么？”

“你的身体和表情出卖了你，托尼。”她说，“你不想这么做，这个工作不适合你——不管是哪一种原因，我都希望你能够自己做出选择。从刚刚你的反应来看，你好像对飞船更感兴趣。”

我把双手从胸前放下：“实验船听上去的确很有意思。”

“也很疯狂。”她说，“如果站在母亲的视角，我不希望你去，我不想再让你做一次实验品。”

她看向我的眼神仿佛真的带着深切的爱意，我实在有点搞不懂她："抱歉——在这件事上，我会自己做决定。"

"当然，我没有权利这么说。"她轻轻叹了一口气，"可我还是想要告诉你，托尼，你是我最完美的作品，完美到让我害怕。"

"为什么？"

"每一次我看到你，听说你，甚至更早一些，在我怀孕的时候，我感觉到你，我都会觉得很害怕。"她抬起头看向窗外，"因为当我转过头，看到我实验室里的那堆垃圾，就会深刻地感觉到，自己和曾经的那个造物主之间有多么巨大的差距。我就会担心，是否从一开始我就做错了，因为我在破坏他的规则。"

"你没有错，"我说，"你救了我的命。"

"可那是有代价的。"她的声音轻了下去，透着深深的疲惫，"你无法想象的巨大代价。"

一切都如同她所预料的那样发展。人们掀起了一轮又一轮对嵌合体和人类实验的热议，每个政客和大学生好像都会对这个问题发表自己的观点。这场世纪之争随着三年后艾德蒙博士的"死讯"而终结，这个消息连同一篇最新的论文一起，给予她的对手致命一击。革命派随之大肆收割胜利的果实，而保守派在铁一般的证据面前变得软弱无力。陈颖适时抛出的实验船计划成了他们最后的浮木，这个疯狂的计划轻易地获得了所有人的支持，永生对每一个人来说都是致命的诱惑，船上的舱位甚至一票难求。

——当然，船票对我来说并不是问题。

我终于还是登上了"伊甸号"。凭借着内心深处奇妙的冲动与向往，我就这样抛弃了家人、朋友、事业，抛弃了我在地球上拥有的一切。在启航仪式上，我看到陈颖以船长的身份出现，她说：

"从今天起，这就是我们的船了。我最亲密的一位朋友将它命名为'伊甸号'，因为它承载着人类最疯狂的梦想，更因为它会为人类带来新生。"

另五、复杂嵌合体

“它还是个孩子……”骆明说，“这就足以解释一切了。”

“请你解释清楚，‘它’究竟是什么？”秦威一脸茫然。

“‘亚当’，”骆明回答道，“更确切地说，是一百零九个培育舱里所有的‘亚当’，它们串联在一起，形成了一个有意识、有呼吸、有血液的巨型生物，一个复杂的嵌合体。”

秦威停顿了三秒钟，才想明白骆明在说什么：“你开什么玩笑！这怎么可能！”

“是的，正是这样。原本它并不应当有意识，但你们却把大脑放进它的身体里，让它再次有了知觉。所有的嵌合体实验必须严禁神经系统——这是‘亚当’设计之初的基本规则，但你们却破坏了它。”骆明注意到船长在培育舱外停住脚步，她无疑听见了他说的话，“它非常的聪明，但同时又非常的天真。在长久的观察以后，它的智慧足以侵入和控制培育舱的监控系统，但它却根本不知道医院订单平台的存在。现在它在试图模仿我们，它找来人类的尸体加以分析和研究，并且想要用这些器官来制造一个自己——它以为自己真的是传说中的‘亚当’，所以想要在这里创造出一个‘夏娃’……天哪，这简直是太可笑了！”

“够了！”秦威几乎是在喊叫了，“我需要你给我证据，骆警官，而不是天马行空的想象。”

“我相信在每一个培育舱里都会凭空出现订单之外的感官器官，例如眼睛，因为它急切地想要了解这个世界。”骆明飞快地说道，“请您立刻派人去查看一下——此外，它一定还有帮手把这些尸体和残肢搬运到培育舱里来，一些愚蠢的帮手，能够轻易被它控制的。”

骆明话音才落，一个机器警察就走了进来。它手里拎着一整副人类的肋骨。看到两人，它愣在原地，似乎一时不知该如何是好。

“我早说船上的智能系统太落后了……”骆明无意间借用了艾德蒙曾经的话，“如果这个复杂嵌合体能够控制监控平台，那么操控这些机器简直是再容易不过的事情。”

看着机器警察，秦威不得不尝试去接受这个可怕的现实：这一系列事件的源头，导致器官培育市场崩溃的罪犯，就是培育舱里的“亚当”，伊甸号的灵魂——在一百多年的生长之后，它唤醒了保存在体内的大脑，有了自己的意识，并且试图要用自己培育的器官来创造出一个人类状态的“自我”。

“我现在就去查你说的眼睛。”秦威沉着脸走出了培育舱。骆明目送他出去，然而下一刻，那个机器警察竟关上了舱门。

骆明听到自己的心跳声。情况似乎不大妙，艾德蒙不知道去哪里了，而眼前这个机器警察看起来比他自己有力得多。

“你发现了我。”机器警察开口了，“是因为你就是我吗？”

“你……是在借着这个家伙的嘴说话？”骆明终于找到了培育舱角落里的眼睛——那是一对浅棕色的眼睛，混杂着一点点灰。

“是的。”被嵌合体控制的机器警察回答道，“请回答我的问题，托尼·李。”

“你是什么时候发现我身份的？”骆明反问道。

“第一次接到你的器官订单的时候，”对方说道，“你订制了眼睛，我的眼睛。”

那是我的眼睛——骆明看着那对眼球，想起了记忆里封存的一张照片，一头猪的特写照片。

“原来是我激活了你的自我意识。”他轻轻叹了一口气，“是的，我第一次踏进培育舱时就感觉到了你的存在，一切推理都是在这个基础上开始的。”

“那么我原本应当是你这个样子吗？”

“……我不知道。”

“我失败了，我没有创造出夏娃。”机器警察看向地面，然后小心翼翼地把肋骨放在人皮上,"告诉我这是为什么，我做错了什么？"

"因为这并不是人类创造生命的方式。"

"可这是你们创造我的方式。你们把不同的东西放在我的身体里，然后我就成了我。"机器警察疑惑地看向他，"而我又知道，我和你是一样的。"

"不，我和你不一样。我们最初不是这样诞生的……甚至你也不是这样诞生的。"骆明后退一步，小心翼翼地绕向舱门的方向。

"哪里不一样？我的细胞和你的相同。"那对眼球死死地盯着骆明。

"只有部分相同……"骆明猛地把舱门撞开，毫不迟疑地跳了出去，身体才落地就大喊了一声，"艾德蒙！"

机器警察的身影定格在舱门旁边，艾德蒙终于及时出现控制了它。骆明低声道："好样的。"

但没有回答。

"怎么回事？"骆明敲了敲自己的耳朵,"这难道不是你干的吗？别躲起来！"

"是我让飞船控制系统锁定了所有的机器警察。"回答他的人是船长，"谢谢你帮我们搞清楚事情的真相，骆警官——或者我应该叫你托尼·李？"

"随你。"骆明看向她，"按理说你早就知道这件事情了，陈颖船长。"

"当然，否则你以为我会容忍你在我的船上胡作非为？"陈颖怒视着他，"够了，不要摆出那张无辜的脸，你演戏的本事比你母亲差太多了——控制机器警察？嗯？盗取船长室里的信息——还要我一样样数出来这些年你都做了些什么吗？"

骆明赶忙挤出一脸笑："我也是为了破案，船长阁下。"

陈颖重重地哼了一声："在这一点上，你确实干得不错。"

骆明赶忙顺着她的话说："谢谢您的肯定。"

陈颖摇了摇头，干脆忽略了他的厚脸皮，转而说道："我已经下令让飞船靠岸，幸运的是我们正在驶向地球的航线上。再生医学集团会派科学家来研究这个复杂嵌合体，'伊甸号'的实验使命完成了，我也算对你母亲有了交代。"

"听上去也不是什么坏事。"骆明说道。

"你一直对我这么疏远，是因为我是你母亲的恋人吗？"陈颖忽然问道。

骆明忍不住笑了："我想您搞错了一件事，我母亲从来不会'爱恋'任何一个人。"

"你为什么这么说？"

"爱是陪伴，所有嘴上的爱都是虚伪的。"骆明说道，"她从不会浪费时间陪伴任何一个人。"

陈颖看着他："你确定吗？"

六、尾声

离开"伊甸号"之前，我去找了陈颖。

"那年你去见你母亲之后，不到一个月她就去世了。"陈颖说，"当然她早就安排好了一切。"

"我猜到了。"就是在那个时候，我收到了人工智能艾德蒙这份礼物。

陈颖带我到七号甲板下方的医学研究室里，她真正的墓碑就藏在那儿，小小的白色盒子，上面一个字都没有，除了我和陈颖以外，再没有人知道这是什么。

"这是她的希望？"我看着墓碑说道。

"是我自作主张在登船的时候把她带到这里来的。"陈颖苦笑道，"她反正是不会在意埋在哪里的。"

"话虽然这么说，但放在飞船上……"我仔细想了想，"算了，好像也没有什么不好。”

陈颖看向我：“谢谢你。”她顿了顿，又说，“从一开始，我就知道她是为了我的船来的。”

这个话题让我很尴尬：“我并不想知道你们的事。”

她自顾自地说道：“我的家族是最早尝试把零件运送到太空组装的私人企业之一，并且最先制造出能够进行远距离移民的超大型飞船……你是不是不想听这些？”

“呃——”我迟疑了一下，“请说吧。”

“总之，遇见她的时候我们已经完成了对飞船的设计和前期投资。她见我的第一面，就直截了当地问我是否可以把船借给她做实验，我当时觉得她疯了——这可是造价上千亿美元的船！”

这倒是像她会做的事情。“我大概可以想象当时的情景。”我说。

“然后她就换了另一种方法来改变我的想法……只能说同样疯狂。我比她小六岁，有两个孩子，只是没有结婚而已。我最初是把这些当成笑话讲给男友听的。”

“但她成功了。”

陈颖叹了口气：“是啊。”

“不过她就是这样的人，”我安慰她道，“据说我父亲也是差不多的状况。”

“她……非常的与众不同。”陈颖顿了顿，又看向我，“在我犹豫是否接受她的时候，她说的一句话改变了我。她会把她的想法种到你的心里去，就像它是自己从那里生长出来的。”

我的好奇战胜了尴尬：“她说了什么？”

“她说：你站在一个我看不到的笼子里，陈颖，而这个笼子外面有整个世界。我会在这里等着你走出来，然后你就会发现，一切都没什么可怕的。”

这句话倒让我想起“托尼·李慈善基金会”成立不久的一段访谈录像，那是我的父母为了回应人们对嵌合体实验的抨击，在离婚后唯一一次共同出现在电视节目里。主持人几番与母亲交锋失败，终于略带恶意地转向父亲："我很想知道您为什么会同意与前任李夫人合作？我听闻是她先离开了您和托尼。"

父亲想了想，开口道："虽然在生活上我们选择了不同的道路，但作为她的朋友，我始终相信她的智慧和勇气。你需要明白，她和你我这样的普通人是不同的。"

主持人追问道："哪里不同？"

父亲慢慢说道："我们通常会被一些约定俗成的规则所束缚，但是她不会。她甚至不理解、不明白，为什么我们会被这些规则所困，我们无法跟上她的脚步。婚姻也好，学术也罢，对她来说，都只是需要应对的问题。她像个好奇的孩童一般无所畏惧，时时刻刻想要知道围栏之外的世界是什么模样——而这就是她能够完成嵌合体实验的原因，也是她现在能够通过'亚当'来拯救生命的原因。"

在他说话的时候，镜头对准的却是母亲的脸。她完美的微笑消失了，取而代之的是茫然与惊诧。大约是我看录像时随口问了艾德蒙一句，也或许他是自己跳出来发表意见，反正我清清楚楚地记住了他当时的评价。他说：

"她以为她看透了一切，却看不清她自己——只有你父亲读懂了她。"

新　生

最后离开"伊甸号"的乘客是林可——那位最初因为订单延误愤而报警、又在三十五号舱内受到过度惊吓导致心脏病发的女士。在三天的抢救后，她的心脏还是因严重衰竭而面临危险，大脑也因为长期缺氧而陷入脑死亡的状态。在得到船长的准许之后，医生决定冒险在器官培育舱中找出另外两个淋巴细胞毒交叉配合试验呈阴性的器官进行紧急移植，没想到竟然成功了。一周之后，林可在医生的搀扶之下走出“伊甸号”，与骆明一同等待飞行器接他们回地球。她主动对骆明说了一句“你好”，他随即认出她正是案件资料中在培育舱里晕倒的那位女士。

在陌生人之间短暂的寒暄之后，他问道：“看来您的身体已经康复了。”

“多亏了培育舱里的器官。”她回答说。

于是两人的话题还是回到了培育舱的事件。

“这么说来，你解决了那个案子？”林可问道。

“是的。”想到她正是这个案件最初的报警人，骆明便继续说了破案的一些细节，甚至于所有“亚当”串联在一起形成了一个复杂嵌合体的事。

“真是不可思议！”林可听得两眼发亮，“那么，猪——我是说复杂嵌合体现在怎么样了？”

骆明警惕地看了她一眼：“你刚刚说什么？”

“我想我的脑子里好像混入了一些奇怪的信息，”她虚弱而腼腆地笑了，“如果照你说的，整个培育舱都是一个嵌合体的话，那么我的大脑恐怕也留有‘它’的一部分。”

这次轮到骆明表示惊奇了：“你移植了大脑？”

“啊，是的，医生说是为了救我的命。”她说，“说起来，这颗大脑应当在船上的保存舱里待过好一阵子呢。”

骆明点点头：“这个举动真是够冒险的，还好你手术顺利。可你现在还算是‘林可’吗？”

“谁知道呢。”她耸了耸肩，“至少我目前还不打算去见她的朋友。”

她的笑容温柔而狡黠，让骆明觉得似曾相识。他不安地咳嗽了一声，说道：“你刚刚问的那个复杂嵌合体还在七号甲板上，现在‘伊甸号’里都是再生医学集团的科学家。”

“原来是这样。”她点点头，“你呢，回地球之后准备做什么？”

“我也不知道，或许周游世界吧，这么多年都被困在船上，实在是太无聊了。”

她再一次微笑起来：“听上去是个不错的主意。”

飞行器到了。骆明先一步走了进去，回过头却发现林可还站在原地。

“你需要帮助吗？”他问道。

她摆了摆手：“我决定留在船上了，托尼，这一次我不会再抛弃它了。”

骆明睁大了眼睛：“你在说什么？”

“我已经陪伴了你一百多年，我想已经足够了。”她说，“这一次我必须得去帮助另一个孩子了。”

在骆明试图走向她之前，飞行器的舱门突然关闭了。他死死地掰着那块金属面板，却无法撼动分毫：“见鬼！把门打开，请把门打开！”

地面的震颤意味着它已经起飞。骆明绝望地看向窗外，空间站已经在数公里之外，他当然不可能再度看见“林可”。他屏住呼吸，用颤抖的手指在自己长长的通讯录中找到了她。

“你是谁？”骆明问道。

很快他就收到了一条定向信息：

“我记得我告诉过你的，托尼，根本就没有什么艾德蒙，一直都是我在遥控它。”

我的高考 / 宝　树

奇点革命之后，在超人类的社会中，一切都在飞速进化，无数之前只是科幻概念的超级技术都在几年甚至几天之内出现了。人类的足迹已经踏足一亿光年内的每一个星系，甚至已经启程去探索已知宇宙的边缘。

一

二〇七七年六月六日，下午四点，距高考还有十七个小时

我坐在楼下的“风铃茶吧”，一个淡绿色长裙的女孩坐在我面前，清亮的眼眸凝视着我。六月炽热的太阳透过紫色的智能调光玻璃，投在我们之间的茶几上，一个精致的乳白色药瓶放在茶几中间，像有魔力般地反着微光。

我伸手拿起药瓶，就像拿起关着妖精的魔瓶，觉得自己的手都在发抖。我勉强做出镇定的样子，拧开瓶子，一枚醒目的米黄色胶囊映入眼帘。

这就是它了，我在心里说。

“苯苷特林”，俗称“聪明药”。大约十年前问世的生化科技结晶，内藏 RNA 结构，作用相当于逆转录病毒，能够局部重启脑细胞的分裂和发育程序，让神经元和神经突触迅速增生，将人的平均智商提高二十到三十个点数，只要服下它，十二个小时内，我这个普通男生就会变成头脑敏捷、记忆超群的人中龙凤。

换句话说，它能让我高考夺魁。

但看着它，我却犹豫起来。“真的……要吃吗？”我嗫嚅着。

“嗯。”对面的女孩期待地看着我，“再不吃，生效的时间就过了。”

“可是吃了以后，如果一辈子变成白痴怎么办？”

“那只是极少数人对药性有排他反应，还不到万分之一。”她说，

“你不会那么倒霉的。我都不怕，你怕什么？”

“可是我记得那个大科学家霍普金斯……”

想起斯蒂芬·霍普金斯，我一阵不安。三年前，这位世界著名的物理学家为了攻克宇宙学理论中的一个难关，在研究陷入困境时服了一枚“苯苷特林”，但是并未取得太多进展，两天后，他昏倒在实验室里。等到醒来的时候，他成了一个话都不会说的白痴。我见过电视上的采访，他被家人搀扶着，目光呆滞，带着傻笑，嘴角流涎……

只有万分之一的终生致痴率，偏偏让他碰上了。可如果下一个是我呢？

“老说那个霍普金斯，不就一个特例吗？”她有点生气了，“你老是这么婆婆妈妈的，还想不想跟我进同一所大学了呀！你有没有想过我们的未来？”

看着她眼眶里闪烁的泪珠，我只好彻底投降。

她叫叶馨，班上最漂亮的女孩，家境很好，成绩优异，是父母的掌上明珠。我一进高中就暗暗喜欢她了，不过到高三以后，才真正开始交往，现在还不到一年，但我们爱得像水一样纯净，火一样热烈。我简直无法想象，没有叶馨的日子该怎么活下去。

“想，当然想……”我闭着眼睛把胶囊放进嘴里，喝水吞下。

叶馨松了一口气，眼中闪着喜悦的光芒，她红着脸在我脸上亲了一下：“我们一定能都考上同一所名牌大学的！高考完了以后，我们一起去……嗯，海南玩吧！我好想好想去看海啊！”

“叶馨……”

“嗯？”

“这枚胶囊得值好几万吧，这笔钱我一定会还你的……”

“当然要还！”叶馨用指头轻轻戳了一下我的额头说，“就罚你……用一辈子对我好来偿还吧！”

叶馨像燕子一样轻盈地飞走了。我慢慢起身回家，不知道是喜是忧。

事情本不该是这样的。苯苷特林，聪明药。让你花上十万八万，变聪明两三天，有什么意义？一般除了艺术家创作、科研攻关等少数情形下，人们很少用得着它。即使在科研上也不是每次都能奏效，但对于另一个群体来说，这东西却可以说是天降福音，那就是面临考试的学生，特别是高考的考生。

这一点不难理解：智商提高二三十点，同时令头脑高度兴奋，不需要睡觉，记忆力大为增强，写作文思泉涌，做题也会思路敏捷很多，很容易找到解题思路。它可以让你的成绩提高几十分甚至上百分，轻松地把你送进大学校门。

前提是，如果只有你一个人用的话。

但事实上，自从这种灵药推出后，很多成绩本来不是很好的学生一举考上了本科，甚至国内的名牌大学，效果立竿见影，这推动了考生们疯狂地抢购这种药品。据调查，去年有百分之十七的学生用了苯苷特林，高考成绩十分理想。

但这种提高毫无意义，特别对大学招生是很不利的，因为很可能招到的是经过短暂智力提升的学生。智力的提升只是表象，只能维持几天，因此在苯苷特林进入市场后第二年，有关部门就严令禁止在高考及任何考试中使用这种药物，直到现在禁令仍然保留。当然，禁令形同虚设，基本上不会有人去查。

因为苯苷特林是昂贵的进口药物，最初是上百万元一枚，现在降到了十万元以下，但对老百姓来说，还是难以负担，富人们却能轻松拥有。所以那些官商子弟，条件最好的当然是出国念洋校，但另一些哪怕平时从不用功读书，只要吃一枚苯苷特林，再临时抱佛脚看几天书，也可以通过本该公平的高考，轻松考上好的大学。

但即使人人都用得起，也无非是恢复到了从前的局面，对谁都没有好处。当然，人家都用，如果你不用，最后的失败者只能是你自己。

我正胡思乱想，手机响了，是叶馨发来的微信，她柔柔地说："感觉怎么样？等到智力提升后注意复习，嘻嘻，我在未名湖等你哦。"

我心中暖暖的，她本来成绩很好，又吃了苯苷特林，考上北京大学估计没什么问题。我呢，其实成绩一般，家庭条件也不好，就是长得还算俊俏，而且是校篮球队的主力。她看上了我这个华而不实的阳光少年，这次还给我带了一枚苯苷特林，这是她爸爸从国外带回来的，虽然没有国内那么贵得离谱，但也要近万美元。我打从心底不想接受叶馨的恩惠，我知道这会让我在她面前一辈子都抬不起头来，但面对严峻的高考形势和不争气的成绩，我无法选择放弃。

我想，以后真的要一辈子对她好。

二

我回到家里，和老妈打了声招呼后，就进了房间，翻开了语文课本，想看看药的效果如何。先是背了一段古文："先帝创业未半而中道崩殂，越明年，政通人和，百废俱兴……不对，背错了！"看来这药生效还没那么快。

看了一会儿书，家里一直没有开饭，也不知道老爸上哪儿去了。我读得乏了，不知不觉中倒在床上沉沉睡去。不知过了多久，朦胧中我被人摇醒了，抬头一看，是老爸。

"爸，吃饭了吗？"我含糊地说，慢慢清醒过来，然后我看到老爸的左手捏着一枚黄色胶囊，右手端着一杯开水，愣了一下。

"爸，你这是……"

"这是那个苯什么的聪明药，"老爸热切地说，"我好不容易托人买的，你快吃了它，明天考试用得上。"

"爸，我们家怎么有钱买这个？"我大吃一惊，本来这药家里是根本买不起的，所以叶馨才设法帮我弄了一枚，可现在怎么老爸也买了？

“钱的事你别管，”老爸遮遮掩掩地说，“这是我们的事，你吃了药再说。”

“爸，你不会是去卖肾了吧？”我想起前不久的一桩社会新闻，惊呼出来。

“你想哪去了？”老爸说，经不住我追问，坦白实情，“就是刚把房子卖了，调了套小的，其实也没啥，等你上大学了，我和你妈也用不着这么大的房子，住个小的更舒服，这样你上大学的学费也解决了。”

我看着老爸斑白的鬓角，又看了看自己住了十八年的、总共不到八十平方米的这套两居室，心里一阵难受，忍不住抱怨：“这么大的事，你怎么不跟我商量一下呢！”

“我已经和你妈商量过了，家里怕影响你学习……愣着干啥，还不快吃了！”老爸连声催促着。

“爸，其实这药……我已经吃了……”我吞吞吐吐地告诉他事情的经过，我和叶馨的交往本来一直瞒着他，这下也不得不坦白了。老爸怔了半天，然后吼了起来：“难怪你高三成绩总是上不去，原来是在和女生谈恋爱！你说这都什么时候了，你还——”

“爸，先别说这个，这药你先退了吧，我们家房子也不用卖了。”

“这……我上哪儿退去？卖的人说了，不给退的。”

“但现在是高考前夕，有的是人买……”我打开电脑上网查了一下，苯苷特林是禁药，用一般的关键词都搜索不到，不过我最近关注这事，所以找到一个地下论坛，结果吓了一跳：今年黑市上不知道从什么渠道进了一大批苯苷特林，网上卖的价格相对低廉，最低五六万元就可以买一枚。

“爸，你那个多少钱买的？”我扭头问老爸。

老爸脸色苍白地跌坐在床上：“十……十二万……”

“怎么这么贵？你在哪儿买的？”

“一个朋友介绍的，那个人说……现在行情紧俏……”老爸脸色惨白，一下子就被人坑了好几万，一个一辈子省吃俭用的老实人怎么受得了这个打击？

老爸是农门子弟，当年考上了大学，可学费太高，实在凑不齐，最后放弃了。后来城市扩建，我们家被划归城区，才有了城市户口。他也没找到什么好工作，现在也就是在一个小公司当仓库管理员，还是亲戚介绍的。当初没上大学的事对他打击很大，他一直让我刻苦读书，好考上好的大学。所以，他才会卖了自己家的房子，就是为了一枚吃下去能让人短时间智力暴增的药丸。

“爸，你快去找那家伙，说不定还能把钱要回来！”我急着说。

“这个我有分寸，”老爸还在勉强维持着父亲的尊严，“你现在的任务就是高考，别的都不要管了。”

那枚老爸高价买回来的药最后还是没处理掉，只好先放着，反正保质期有好几年，或许以后还用得上。吃晚饭的时候，爸妈一直追问我有什么感觉，是不是一下子觉得开了窍，是不是觉得特别兴奋，是不是觉得想问题思路特别清晰等，但我却没感到有什么特别，最多是头脑有些隐隐发热，但或许也只是心理作用。我心里开始七上八下：吃的不会是假药吧？

等到吃完饭，我回到房间，重新拿起语文课本，还没有打开，蓦然间，一行行刚才怎么记也记不清楚的课文好像放电影一样在我脑海中浮现出来：“先帝创业未半而中道崩殂，今天下三分，益州疲弊，此诚危急存亡之秋也。然侍卫之臣不懈于内，忠志之士忘身于外者，盖追先帝之殊遇，欲报之于陛下也……”

这些记忆如此鲜活而牢固，就好像我刚刚才背下来，又好像已经熟记了多年。并且不只是机械的文字记忆，背后的意义也活灵活现地呈现出来。我没有感到多知道了什么，就是一下子理解了，甚至第一次欣赏到了一向头疼的古文之美。

我又惊又喜，换了段课文读下去……

我一夜没睡，第二天早上，一切准备妥当后在老妈泪眼汪汪的祝福中出门，被老爸护送到了考场外。因为要上班，老爸先走了，鼓励我好好考。虽然一晚上没睡觉，但我却觉得精神异常饱满，思维极其清晰，许多奇思妙想止不住地在脑子里盘旋，就像随时要喷涌而出似的。

但令我有点沮丧的是，等着考试的其他人看来也都精神抖擞，斗志昂扬，许多本来和我一样浑浑噩噩的男生，现在的目光中都带上了几分聪慧灵秀之气。

显然，因为价格便宜了不少，考场上的大多数人都使用了苯苷特林，看这形势，如果去年是百分之十七的话，今年说不定是百分之七十了……

有人从背后拍了我一下，扭头一看，是我的死党阿牛，他看上去也神采奕奕，气质非凡。我们对视了一眼，不约而同地说："啊，你不会也——"

"真是的！"阿牛抱怨说，"我也不想吃那玩意儿，我爸托人弄来，硬给我灌进肚子里去的，说现在不吃药，哪儿还能考上大学。你看那帮家伙，啧啧……平常每天吃喝玩乐，现在一个个都像是洋博士，要是没吃药，铁定被他们干翻了。"他指着不远处几个花里胡哨的纨绔子弟说。

"现在我们至少和他们一样了吧？"

"一样？你以为呢？"阿牛阴阳怪气地说，"你没听说吗？现在国外又推出苯苷特林II型了，比我们吃的效果好多了。"

我一怔："II型？不是说还在试验阶段吗？"

"实验个屁，反正我跟你说，那些有钱的已经搞到了一批，听说那种药巨好，效果增加了一倍，能够提高智商差不多五十点！听清楚了吧，是五十点！而且药效过后的副作用也小得多。"

"这……我真是一点也不知道。"我喃喃地说。

"我也是才听说的，这事只有他们圈子里才清楚……哎，你的那个谁来了，你问她吧。”

我转过头，眼前一亮。叶馨穿着一条淡雅的紫花百褶连衣裙，背着小书包，穿过走廊，袅袅而行。我头脑中顿时蹦出两句古诗：“竦轻躯以鹤立，若将飞而未翔。”这是昨晚刚看的《洛神赋》，我又发现她身上的各部位比例几乎都符合黄金分割点，所以才那样动人，这我之前倒从没想过。

昨天晚上，我只花了两个小时就穿完了所有的语文课文和参考书，思维之敏捷、思路之畅通令我自己都觉得不可思议。看完之后毫无睡意，只觉得头脑越来越兴奋，运转的速度越来越快。于是又翻了一本古诗词，一本中国通史，还有一本数学解题思路。我翻书的速度飞快，一两个小时就可以看完一本书。并且每次并非只是看完了就算，几乎每读完一本书，相关的词汇、语言、内容就会在我脑海中释放出内在的意义，重新排列组合，直到被消化后牢记。现在那些新获得的知识在我脑中翻涌着，压都压不下去。

叶馨看到我，眼角含笑，跑过来问：“林勇，昨天复习怎么样？”

“非常好，”我兴奋地点点头，“一晚上比以前看几个月都有效。”

“我就说嘛，这药非常灵的！你一定能考出一个好成绩的。”

“对了，”我问她，“我听说现在出了个苯苷特林Ⅱ，那是什么？”

叶馨想了想：“哎，好像确实有，不过刚问世，药效还不够稳定，所以我爸没给我买。”

“可是听说比我们吃的作用能高一倍呢！”

“不会吧，那不都成超人了，哎呀，快考试了，我要去那边的考场，我们考完了见！就在这个花坛边上。”

三

时间到了，我们进了考场，坐在各自的座位上，叶馨不在这个考场，而是在楼下。我忽然觉得心里空荡荡的，以前班上每次模考，她都坐在我前面，单是那纤细动人的背影就能让我心神宁定。这回前面换成了一个肥嘟嘟的胖小子，感觉全没了。我不觉有点紧张起来。我又宽慰自己，不会有事的，我现在可是最佳状态。

试卷终于发下来了。我赶紧看了前面的选择题，倒是老一套，无非是辨认错别字和考查发音，感觉比以前模考难一些，但对已经熟练掌握相关知识的我来说，完全不成问题，我迅速勾选了正确答案，一路做下去。

但头几道选择题完了以后，难度陡然提高起来。一道道以前从未见过的难题怪题一个个拦在我面前——有一堆佶屈聱牙的成语的，考某个甲骨文到小篆和楷书的演变的，还有拿出一段平淡无奇的话，问是哪个获诺贝尔奖作家写的……已经很明显地跳出了考纲的范围，我勉强支撑着一道道答下来，心里却越来越慌，隐隐有一种不妙的感觉。

到了文言文阅读部分，我彻底傻了眼：

> 盘庚迁于殷，民不适有居，率吁众感出，矢言曰：我王来，即爰宅于兹，重我民，无尽刘。不能胥匡以生，卜稽，曰其如台？先王有服，恪谨天命，兹犹不常宁；不常厥邑，于今五邦。今不承于古，罔知天之断命，矧曰其克从先王之烈？若颠木之有由蘖，天其永我命于兹新邑，绍复先王之大业，底绥四方。

说是出自《尚书·盘庚》，大部分字倒还认识，可我愣是不知道什么意思。偏偏下面的阅读题还占了十好几分。我胡乱猜测，勉强答了两道，再也做不下去，干脆直接翻到最后看作文。作文题是画了一扇门，门上挂了一把雨伞，下面蹲了条狗，让我根据这张莫名其妙的图写一篇记叙文或议论文。我脑子里一片空白，身上冷汗涔涔，努力让自己想着思路，但心里却有一个声音诅咒一般地响起："完了，这回完了！"

我毕竟变聪明了一点儿，很快明白，这张试卷是为了对付日渐泛滥的苯苷特林而专门出的，因为往届有太多的"临时高才生"可以拿到接近满分的高分，导致试题没有区分度。近年来考试确实难度也在加大，但我却万万没有想到，今年的考题竟然可以把难度拔高到这种程度！这么说来，即使吃了苯苷特林，或许也只有及格的分了。

我不自觉地向左右边望去，两个家伙在那里奋笔如飞，已经开始写作文了，我看来是天堑的题目，对他们来说却好像是康庄大道。其中一个是我们班的公子哥儿，以前考试经常不及格，现在却嘴角带着得意的微笑，下笔如有神。

他一定吃了苯苷特林Ⅱ，我想，一定远超过我。明知道这个猜想现在只能徒增烦恼，却不自禁地一再去想：完了，他们都用了Ⅱ型的药物，只有我吃的是旧的Ⅰ型；他们答题都易如反掌，只有我根本想不出来，这回死定了……

怎么办？怎么办？！时间一分一秒地过去，不能再耽搁了，我硬着头皮写下了作文，却不知道自己在写些什么，一支笔似乎在纸上做着布朗运动，画出一堆毫无意义的，甚至称不上是汉字的线条和符号……

不知过了多久，铃声响起，监考老师严肃地说："全都放下笔！"我的笔无力地掉在地下，身子瘫软在椅子上，只觉得手脚冰凉。

我不知怎么走出的考场，脑子里一直嗡嗡作响。耳中隐约听到其他人的高谈阔论："哎，那作文你怎么写的？我觉得蛮难的，只写了一篇小小说，差点来不及写完。那个人是杀人犯，杀完人之后弃尸荒野，借雨水冲去所有痕迹，但没想到被害人的狗一直悄悄跟着他，守在他门口，结果警察顺着狗在泥地里的脚印找来了……"

"真有你的！我可想不出什么好故事，最后写了篇议论文：'我想到的是人性，特别是中国人的人性……'"

“还是你立意深刻……”

两人说笑着走远了。我只感到如坠冰窟。虽说他们写的未必好，但我写的甚至不可能拿到及格分，因为我卷子上不仅涂改得乱七八糟，而且根本没有写完，为了赶时间，最后几行字潦草到估计草圣张旭都认不出来，被扣掉一半分是起码的，更不用说文言文阅读那块基本是空白的。

当然别人也有考得不好的。抱怨的、哭诉的、和我一样垂头丧气的，但那些人也不能让我感到多少安慰。无论怎么说，我还是处于最下游，和这些失败者并列。

这是我根本没有想到的结局，自从服了苯苷特林，我以为自己能够稳操胜券，却想不到试题居然这么难，自己竟会输得这么惨……

我心里乱七八糟的不知道在想什么，连有人在背后喊我都没意识到。

“林勇，林勇！”一只小手拍到了我肩膀上。

我回头一看，是叶馨，她刚气喘吁吁地追上来，娇嗔着说：“我一直叫你呢，怎么不回头？不是说好在花坛见的吗？”

我动了几下嘴唇，说不出话，就听叶馨继续兴高采烈地说：“是不是考好了就什么都忘了？这次考试真够难的，是不是？不过不这样，那些平时基础差的人也刷不下去，还真以为光靠一枚药丸就可以包打天下了呀？不过有几道题确实很难，比如那文言文阅读，我可能翻错了几个地方——你怎么了？”她终于发现我有点不对。

我面色惨白，颤抖着嘴唇说：“我……我作文没写完，前面也有好多……好多答不出来的，我考砸了……”话音中都带着哭腔。

“怎么会这样？你不是吃了苯苷特林吗？”

“我怎么知道？今年的卷子也太难了，这还是吃了药的，如果没吃药的话，我连五十分都拿不到。唉，要是吃了苯苷特林Ⅱ，说不定就不一样了！”

叶馨不说话了，我也没心情理她，想到校门外面，老爸老妈或许还等着我，更不想出去。两个人就这样站在哪里，一动不动，任熙熙攘攘的人流从身边穿过。过了好一会儿，我看了一眼叶馨，却看到她脸颊上已经泪光点点。

“哎，你怎么哭了？明明是我考不好啊。”我顿时手忙脚乱。

“对不起，林勇……”叶馨哽咽着说，“我没想到会是这样……早知道我怎么也会给你买一颗苯苷特林Ⅱ的……”

一阵深深的羞愧涌上我心头，叶馨帮了我那么大的忙，考砸了是我自己没用，关她什么事？“别傻了，是我自己的问题。其实……其实也不一定太差了，只是感觉不好……至少，我还有机会。对，下午考数学，我肯定会考好的。你信我！”

叶馨“嗯”了一声，也不顾忌什么，在大庭广众之下紧紧抱住了我。在这个非常时刻，我们带着恐惧，带着希冀，带着更多的激情，在校园的林荫道上破天荒地长吻着，是第一次，也是最后一次。

四

“今年数学其实不太难，最后几题可以试试拉格朗日中值定理，定积分只要运用无穷限广义积分和狭积分就可以求。至于数列方面，简单！只要熟练掌握级数收敛的一般求法加泰勒公式……”

当我拖着沉重的步子，从数学考场走出来的时候，正听到一个戴眼镜的男生在高谈阔论，旁边有人附和，有人反对，甚是热闹，但我却已无心再加入争论。我麻木地从他们身边走过，只想找个地方大哭一场，却又哭不出来。

下午的考试几乎是上午的重演，几道相对容易的送分题一过，便是满眼的难题怪题，拿来做国际奥数竞赛的卷子也绰绰有余，最后好几道题都不得不空着，我想蒙都没法蒙。数学平常还是我的强项，但眼下估计分数也不过勉强能及格。这样下去，重点大学是铁定没戏了，连普通本科都够呛。

我刚下楼，就看到叶馨在花坛前左顾右盼，似乎正在找我，我忙一闪身躲在几个人后面，然后悄悄溜走了。刚找了个角落躲起来，怀里手机就响了，是叶馨打来的，我又关掉了手机：这个时候，我怎么还有脸见她？见了她又能怎么说呢？

还有父母那边，中午我好不容易才搪塞过去，可是下午又考砸了，我怎么跟他们交代？全家人的希望都在我身上，希望我来个鲤鱼跳龙门，可是我却那么不争气，注定要庸庸碌碌一辈子下去。

不，不是我的错。这一切都是苯苷特林造成的，本来按照我本来的成绩，上个还可以的大学是没问题的，如果没有苯苷特林的话。成绩高低本来是由天资和努力程度决定的，但这种逆天的药物一问世，却打破了正常的秩序，本来随着苯苷特林的普及，富人的优势已经逐渐缩小，谁知道又来了个更强大的Ⅱ型。最后还是那些有钱有势的人可以轻松考上理想的大学，而我们这些穷人，连大学都没法上……

我颓然地摇了摇头。别胡思乱想了，现在最重要的还是解决问题。可是怎么解决？我那服用过苯苷特林的大脑虽然考试不怎么给力，此刻倒是异常清晰活跃——

头两科都考砸了，顶多及格上下，这是无法改变的事实。这让我较预计至少损失了五十分到七十分，如果想要挽回局面，就只能在后两门中找回来，即英语和文科综合卷。要挽回这些分数，我需要达到的成绩必须不可思议地高，接近满分。这个目标可能达到吗？

按照目前的趋势来说，可能几乎是零。既然语文和数学的难度都拔高到了极点，没有理由期待英语和文综会简单很多。再说，其他人一样经过智力提升，甚至比我提升的幅度还要大，如果我能轻松考到满分，他们也能。我仍然无法扳回颓势。只有在考试难度仍然很高的情况下，我考到较高的分数才有意义，但这又怎么可能？

头脑立刻给出了几种铤而走险的方案，比如事先弄到考题，找人代考，又如设法作弊之类。但稍一想就知道不靠谱，拿作弊来说，对无线电波的电磁屏蔽不用说了，而且每个考场都有十部左右摄像头监视着，看到的一切画面都会传到中央电脑中进行数据分析，考生稍有异常动作，监考老师未必会发觉，但电脑很快会发现异样，如果达到警报的阈限会立即通知考场。我们考前就培训过，考试时绝对不能东张西望，哪怕旁边没有人，电脑程序可是死的，不会管你那么多。

当然据说一些高手也能修改电脑程序，让它将某些位置的考生标识为“监考”，从而对他们的各种小动作不予理会。据说这个也可以用钱买，当然价格已经高到天上去了……

至于其他的法子更不靠谱，就算有人能做到，这些我临时也没法安排。

所以没有办法，毫无办法。

不，在我心底却有一个声音冒出头说：从逻辑上，至少还有一个办法。一个非常简单的办法：

提升我自己的智力，再提升至少二三十个点数。

但这怎么可能？除非我服用了苯苷特林Ⅱ。

不，不是苯苷特林Ⅱ，是苯苷特林Ⅰ，这种药我还有一枚：昨天父亲带回来的那枚药。连吃两枚苯苷特林Ⅰ，智力会再冲高一点，道理是很明显的。

但是连服两枚苯苷特林Ⅰ会有什么后果！？一枚的副作用就那么大了，何况两枚？我可能会终身痴呆！说不定还会变成植物人，绝不能冒这个险。

但也不一定，或许不过是致痴率提高一倍：从万分之一提升到万分之二，就算提高一百倍也不过是百分之一而已，冒百分之一的风险，去赢得一生的幸福，这个险绝对值得冒！

我从后门溜出学校，在街头找了家网吧，上网查询“连服用两枚苯苷特林会怎样”。令我意外的是，网上同样的问题居然很多，看来不少人和我情况类似，有的是前两年的，更多的是这两天刚出来的。这令我感到了一丝宽慰，毕竟在高考这修罗场上折戟沉沙的绝不止我一个。

答案不少，但莫衷一是。有人说他的亲戚吃下去后变成了白痴，也有人说会令人当场发疯，拿刀砍人，或者使得脑中某种神经递质畸变，导致抑郁症发作，从考场跳楼自杀……说得要多可怕有多可怕。

不过也有好消息，好几个人言之凿凿地说，连吃两枚后智力会暴增到不可思议的程度，可以一晚上学会一门外语，或是三天写完一篇博士论文，至于高考，更是毛毛雨了。有人爆料说，去年某省的状元，就是连吃了两枚灵药才蟾宫折桂，副作用无非是多头昏脑涨几天，那些耸人听闻的说法都是药厂的免责条款，真正发生严重问题的可能微乎其微。

我想到这些说法可能不过是药贩子的广告，用来推销自己卖不掉的苯苷特林（有几个答复下面甚至有药贩的联系方式），但仍然很受鼓舞，而那些不利的说法，我却当成了夸张渲染的小道消息，从头脑中过滤掉。我知道自己是在自欺欺人，却不得不如此。我无法面对接下来必然的失败。再服用一枚苯苷特林，虽然有危险，但多少还是一个希望。

但是要快，药物生效还需要时间，再晚的话，什么都来不及了……

我下了决心，匆匆赶回家里，顾不上回答父母的询问，找出父亲花十二万元买的那枚苯苷特林，当着他们的面，一口吞了下去。

五

我向老爸老妈解释了一切。他们哀叹连连，却也无计可施。我顾不上和他们多说，就进了自己的房间，一边读书，一边等着药效起作用。中间也不无担心，万一这药是假的怎么办？万一是被人骗了，我这么一肚子下去，那真是死无对证。

不过担心是多余的。十点钟，头脑中的风暴如期而至……

晚上十二点，我问父亲要来了一个开书店堂叔的电话，响了半天才有人接，一肚子的不耐烦："这么晚了，谁呀？"

"三叔，是我，林勇。"

"小勇啊，"三叔由愤怒转为诧异，"你这几天不是高考吗？怎么这么晚打电话给我？"

"三叔，不好意思打扰你了，有件急事要请你帮忙。"

一小时后，我站在了三叔家开的"百草园"书店门口，三叔已经等在那里了，为我开了门。

"小勇，你就在这里看书吧，"三叔睡眼惺忪地打了个哈欠，"看到早上都行，只是别耽误了考试，叔先回去睡了。"

"真是太谢谢你了，三叔。"

三叔要出门，又回头问："你说的那药真那么灵吗？吃了不想睡觉，只想看书？"

"是，我现在脑子里根本静不下来，就像一台疯转的机器，非得找点原料来加工，不然就会转坏了。"我一边说，一边已经在书架上找书了。

"这么灵？唉，我们家小石头不爱看书，成天就知道瞎玩，要给他吃一颗就好了。"

"别，"我苦笑着说，"千万别，这药得万不得已才能用，等石头高考的时候再说吧。"

三叔出了门，我从英文书架上拿下一本书，叫*Gone with the Wind*，中译名就是大名鼎鼎的《飘》，不知道是写什么的，总之是外研社出的英语文学名著，我翻开就看了起来。

服下第二枚苯苷特林和服下第一枚感觉完全不同，第一枚只不过让我觉得自己耳聪目明、头脑灵敏，但仍然只是普通的聪明人，而第二枚却让我仿佛冲过了一个关卡，整个人似乎进入了一个新的境界。虽然知识并没有新增多少，但是看待事物的角度却已经不同，我仿佛在一个新的维度中俯视着原来的一切。一篇冗长聱牙的英语阅读理解，十个词里有三四个不认识，我没服药之前基本看不懂，服下第一枚药丸后能借助已经懂的部分，基本掌握大意，但现在重看，其内在结构却完全显现出来，我看清了作者的各种潜台词及深层逻辑，理解了大部分词的意思，甚至发现了两个隐匿的推理错误。而这时，我的英语词汇量本身还并无增加。

而这一切总共花了我二十秒钟时间。

我开始体验到双倍苯苷特林的妙处，也终于理解，为什么那些服下苯苷特林Ⅱ的人对一些明显超出自己知识范围的考题也能游刃有余。因为表面上新知识的背后，起作用的仍然是智力。像文中一个不认识的单词，以前以为不查字典就不可能知道意思，但现在通过语境也能猜出大致意义，而且相关的文字越长，推测出的意思也就越精确。这些意义相互印证，彼此巩固，一晚上掌握一门外语，并无夸大。

明天要考英语，我就打算把英语好好提高一下，可惜我家里的阅读材料实在有限，教辅书籍外的藏书不超过五十本，大部分还是些生活百科和地摊读物。我想上网找资料，但是英文网站大都打不开，并且和前些年不同，现在许多外文书籍由于严格的版权保护也没法在网上免费阅读。最后我实在受不了，外面的书店和图书馆都关门了，于是想到了找堂叔帮忙，他开着一间不大不小的书店，里面卖的英语书倒是不少。

我打开了那本《飘》，稍微熟悉一下之后，那些长长短短的英语单词就不再是以个为单位，也不是以行为单位，而是整页整页地扑入我眼前，倾诉出自己的意义。首先凸显出来的是整体段落的主题，然后是句子的语法结构，最后才是个别单词，而在清晰的总体语境下，那些生词早已不再是障碍。

我一页页地迅速翻着，对每一页都产生了照相式的记忆。花了一小时时间读完了这本八百页的《飘》，没有查一个生词，但当我放下书后，大时代、乱世下郝思嘉和白瑞德的爱情悲剧已经深深地印入我脑海，连同成千上万个新词汇。我仿佛感到大脑中的神经突触如同吸饱了养料的藤蔓，疯长着纠缠在一起，形成了全新的知识和审美体系的基础，心摇神驰，甚至有点无法呼吸。

可惜这一切无法稳固，这些新形成的突触结构将在几天后坏死，一切新获得的知识之花都会随之凋谢。

放下《飘》后，我又将手伸向了另一本厚厚的《编码宝典》，这是一本技术性很强的科幻小说，我花大半小时读完了它。有了之前刚学到的大量生词打底，读这本书的速度也翻了一倍。

然后是花了二十分钟看完了《麦田里的守望者》。

然后……

三个小时后，我已经读完了七本英文小说，两部莎士比亚戏剧，一本雪莱诗集，一部牛津的《英国文学简史》，虽然这些书在浩如烟海的外国文学里不算多，但举一可以反三，我对于每本书内容的理解吸收都胜过常人的十倍。到最后，我可以说自己的英文阅读和写作能力不下于任何英语专业的大学毕业生，而对英语深层结构和意蕴的理解，或许犹有过之。这让我重新鼓起了信心，无论英文高考是考莎士比亚还是海明威，对我来说都是易如反掌。

但知识并未因此满足，我如饥似渴地想找到更多读物，汲取更多的知识，我刚翻开一本英文版的 *The Federalist Papers*，看了一下前言，这是汉密尔顿等人关于美国制宪发表的论战文集，对美国社会和政治思想有着深远影响。我随手翻了两页，觉得挺有意思，正想看下去，忽然手机响了，提示接到了一个语音微信，来自叶馨：

“林勇，你应该没睡吧？今天我联系了你好多次，怎么一直没有回复？我真的很担心你，都偷偷哭了好几回了，回我一下好吗？有什么问题，我都会陪你面对的。”

我大感歉疚，自从下午考完后，这些事还没跟叶馨说过，她发了好些信息我也都没回。我放下手头的书，回了她一句话：“我没事，你早点休息吧，明天见。”

一分钟后接到了叶馨的回复：“我刚才跟你家打电话，说你半夜出去了。你究竟在哪儿？”

我不得不说实话：“我睡不着，在堂叔家的书店里补充知识。”

“告诉我地址，我马上来。”

半小时后，叶馨从一辆出租车上下来，站在了我面前。司机好奇地望了我们几眼，开车走了。叶馨嚷着：“你究竟怎么回事啊！半夜跑到这里来了……你怎么了？发烧了吗？”

“我怎么了？”我倒是有些好奇。

叶馨摸了摸我的额头：“你脸颊上好红，额头也特别烫，好像发烧一样。”

“正常的。”我说，“大脑活动太剧烈，我现在就想拼命看书。”

“你家里说，你吃了两枚苯苷特林？”

“……我没别的法子了。”我不得不把事情简略地告诉她。

“可是万一有什么事情……”叶馨眼泪汪汪地看着我。

“没事的，至少我现在感觉很棒。”我说，“你别担心了，先回去休息吧。”

“回去什么，”叶馨噘着嘴说，“我是偷偷跑出来的，我陪你在这里吧。”

“你陪我？”我心中一跳，我和叶馨还从来没有这么晚单独待在一起过。

“嗯，”叶馨脸也红了，便转移了话题，“对了，我还带了好多吃的：丹麦曲奇、日本梅饼，还有法式小面包……”

我们坐在一起，我又抽了一本英文的《荆棘鸟》翻着，叶馨好奇地看着我一页页不间断地翻着书，问：“这么快，你记得住吗？”

“记得住，”我说，“我看完后还可以讲给你听。”

叶馨也尝试着看了几页，但很快就放下了：“虽然能勉强看懂，但看着还是太吃力，你现在智力有多高啊？”

“我不知道，反正花了一小时左右硬看下去，这些英文书就都能看了，我现在觉得就是给我本法文书我都能看明白。”

叶馨却露出了担忧的神色：“这种效果的神奇……已经远远超过苯苷特林Ⅱ了，我担心副作用也会特别大，你可要小心。”

我也有一些担忧，却不肯露出来：“没事的，我有预感，明天我会考得非常非常好。”

就这样，我们在那家小书店里一起读书到天明。我想我永远也不会忘记那一夜，多少希望、多少憧憬、多少忧虑、多少哀愁。我们就这样依偎在一起，沉浸在知识的海洋中，忘记了周围的一切，任时间将我们带向那不可测的未来。

只是当时，我们还不知道未来将会变得何等诡异迷离。

六

天亮了，我的智力仍在攀升中，头脑中似乎有一场愈演愈烈的大风暴。

我合上厚厚的《资治通鉴》的最后一册，伸了个懒腰，叶馨吐了吐舌头：“又看完了？”

“古文还真是难懂，看了我大半个小时，”我揉了揉太阳穴说，“不过没办法，还得为明天的文科综合考做准备。”

“看来你对明天也是信心十足啦？”

“嗯，我想基本没问题了吧，如果——”我想说“如果到时候我还没死”，但没说下去，叶馨也没继续问，只是说：“那就好。”

她又叹气说：“其实我昨天发挥也不好，要是也吃两枚苯苷特林就好了。”

“你发挥应该正常吧，保持状态就行，我是没有办法。”

“可是你现在真是很厉害啊，变成学习超人了。”叶馨赞叹不已，目光中流露出浓浓的爱恋，不知怎么，我忽然感到有些厌倦。

“这些都是虚的，几天之后就忘光了……现在六点多了吧，我们去外面吃点东西。”

“你刚吃了那么多东西，这么快又饿了？”叶馨讶异地问。

“是啊，我想是大脑消耗的能量太多。”

我们到外面狼吞虎咽地吃了一顿，我吃了一笼包子，一笼烧卖，一碗豆腐脑和两根油条。叶馨只喝了一杯豆浆，笑眯眯地看着我吃。

“变成超人的感觉怎么样？”她问我。

“饥饿。”我说，但很快看出她误解了，“不是肉体上的饥饿，是知识上的，知道得越多，就想知道得更多，可惜我知道的还是太少了。”

我无法向叶馨描述这种感觉。昨晚我看完了两百多本书，到后来几乎是一分钟一本。当然很多书我也无须通览，我拥有了一眼就看出一本书价值的洞察力。只要看看封面，再看看前言和目录，就知道一本书是否有以及有多少价值。其中一些精装大部头，标有“经典”“学术”字样的著作，从前我看上一眼都觉得望而生畏，可现在一眼看去，就知道其中有多少是翻来覆去的老生常谈，或者胡编乱造的牵强附会。

当我读完这数百本书后，已经隐约可以窥见人类文化发展的轨迹，极少的天才为文化带来真正的生机和转变，若干杰出之人通过解释他们的思想，略有增补发展，将文化的种子播向四面八方，其他人不过是毫无意义的应声虫，但恰是这些庸碌之人组成了茫茫大众，也构成出版物的主体，但他们的书有一部分真的是浪费纸张油墨。如果将人类出版物的百分之九十九都付诸一炬，对真正的文化来说恐怕毫无损失。

如果全人类都是由天才组成，那世界将变得何等不同！我们将看到何等伟大的成就，何等迅猛的进步！

不，我又想，这种看法太极端了。虽然从目前的智力状态来说，我聪慧过人。但不久之后，我又要复归一个平常之人，芸芸众生之一。到时候我未必分得出李白的诗比李鬼的好在哪里。天！这种感觉令我不寒而栗。就好像告诉一个正常人，不久后他的智商会变得像白痴一样，让他如何能忍受？

比起这些，高考又算什么？就算考到了全国第一又算什么？我还有那么多书没有读，那么多知识没有掌握，只要能停留在这个状态，我愿意付出一切代价！

我霍然起身，叶馨一惊："你去哪儿？"

"我要去研究生理学和药理学，"我握紧了拳说，"一定能有什么办法，让我现在的智力状态稳定下来，这样的话，人的智力可以稳步提升一大截，再也不会走很多弯路，比起这个来，高考什么的根本微不足道！"

"又不是没人研究，世界上那么多研究所都在攻关这个课题，可是多少年都没有结果。你能做什么呢？"

"我和他们不一样，"我说，"我现在理解和掌握事物的能力……说了你也不明白。我一定要在几天之内搞明白，我不能再回到原点，我不甘心。"

说着我就往外走，叶馨在我背后叫了起来："林勇，你疯了？就算你有最高的智商，哪个实验室会凭几句话就让你去做实验？别的不说，苯苷特林的合成方法还是绝密的商业资料，你看一眼就能看出来吗？”

我顿时省悟，叶馨虽然现在智力比我差一大截，可是旁观者清，她说得不错。这种事光靠智商没用，必须要有高级的实验设备和原材料。而哪个实验室也不可能接纳我这个莫名其妙的高中生。如果时间稍长我还可以想点办法，但现在药效不过是几天而已。

“我是怎么了？”我喃喃自语，“怎么有这么古怪的想法，难道真是药效过头，让我发疯了？”

“时候不早了，我们还是去考试吧，”叶馨站在我面前，“一切等考完了再说，好不好？”

看着她温柔如水的眼波，我无奈地点了点头。

我和叶馨各自与家里通了电话后，就一起向学校走去，走在路上，看着来来往往的众生，大有成年人看着一群装腔作势的孩子之感。他们的衣着打扮、神色姿态，无不向我提示出更深层的个人信息。那个表面上衣冠楚楚的绅士，看得出穿的都是廉价货色，只是为了工作维持一个体面的形象，多半是一个推销员，目光的无精打采，说明他对自己的工作很不满意，但是人到中年，又无力摆脱；那对在一起看上很甜蜜的情侣，手里拿着一些楼盘的信息，显然是在看房，姑娘嘴角露出得意的笑容，而小伙子却颇有忧色，看来为了结婚，他要付出的代价非同一般，而他脸边隐约的吻痕和抓痕更提示出昨晚定有一番软硬兼施的交涉；那边，一辆豪华的宝马停下，一个学生装束的女孩挽着慈祥的中年人走出来，像是一对融洽的父女，但他们十指相扣的姿态，眼神中的暧昧和嘴角的微笑，却告诉我他们真正的关系，想必昨夜他们度过了一个暧昧的晚上……

一切就这样呈现在我面前，并非侦探般抓住细微线索的认真推理，而是自然地展现出来，就好像看到一个小孩子背着书包，就知道他是个小学生一样自然。当然，这些也算不上什么高深的见解，但以往却从未如此清晰深刻地印入我的脑海，我也是第一次真切地感受到，这个社会表面的形态下，还有着无数丰富的脉络、节点、关系、法则，它们潜在地支配着身在社会中的所有人。

我看到了他们，看到了他们的过去和未来，看到了他们的希望和努力、挣扎和沉沦。但从今天的我看来，这一切都是病态的需求，背离了人的本性，本质上毫无价值，也没有得到幸福的希望。所有人的生活，都植根于这样一种习焉不察的自我折磨和彼此折磨之中。

甚至我和叶馨之间也是如此，我冷酷地想，我以前一直不知道叶馨为什么喜欢我这个只是篮球打得好的大个子，现在却恍然开悟。我们的性吸引力还是由几百万年以来狩猎采集时代的遗传基因所决定。那个时代，一个年轻、健壮、善于打猎的小伙子，当然会受到女性的青睐，这是保护她和她的孩子，让他们平安成长的保障。这种规律一直支配着人类，直到当代社会，大多数男性还是叛逆不驯，藐视和反抗成人世界的种种规范，并通过从打架斗殴到体育比赛的种种手段展现自己的身体力量，而女性似乎对此则心醉不已。在部落时代，这是年轻人取代老首领的必由之路，但今天早已毫无意义。

至于我喜欢叶馨，更不用说，因为她年轻、漂亮、皮肤白皙、活力四射，从根本上来说也是一种性的吸引力，而这又是因为男性的遗传策略：永远喜欢处于生育佳龄的女子，以便给自己留下尽可能多的后代。我和叶馨自以为一尘不染的爱情，也不过是由这些肤浅可笑、早已过时的因素决定的。正常的情况是我们在上大学之后的一两年就会分手。

真是索然无味。

我嘴角泛出嘲讽的冷笑，甩开了叶馨的手，在晨光中走向考场。

七

叶馨觉察出我的情绪有些不对，但她大概认为是吃药的影响和临考的紧张，没有跟我计较，反而说了几句宽慰的话，我懒懒地没怎么理会。自从看待世界的目光变了之后，我对身边的人和事反而觉得陌生起来，仿佛一个成年人置身于一群幼稚的孩童中般难以适应。

到了考场，要分手了，叶馨问我："怎么样，现在有信心考好吗？"

我不耐地说："没问题，我现在直接去考英语专业八级都能过。"

"那就好……对了，你说我们一起填报北京大学好还是清华大学好？"

"等分数出来再说吧。"

"……嗯，那好，我走了。"叶馨幽怨地看了我一眼，又停了一停，仿佛在期待什么，过了几秒钟才转身离去。我知道她身体语言的暗示，我应该抱一抱她的。可是我却没有。但又有什么关系？现在我已经开始对这段关系感到厌倦。

不是针对叶馨，甚至也不是关于爱情，爱情只是一种工具性的繁殖策略，是那些基因为了传递自身而愚弄我们的工具。我所厌倦的是对这个社会本身、人生本身。我理解得越多，就越感到一切毫无意义。一个人得多么麻木，才能生活在这样的世界不感到荒诞呢？就拿我们来说，把前途和命运寄托在一场考试，甚至一颗药丸上，还有比这更可笑的事吗？

而之后呢，上大学、找工作、结婚、生孩子……所谓步入正轨，其实不过是让人在这个社会中逐渐麻木，最后死去。然而千万年来，人们就是这么过来的，自以为熟谙这个世界上的世故，其实只是生活在世界表层，对一切一无所知的寄生虫。

但我已经跳出了这个世界，我在一个新的维度之中，重新俯视芸芸众生，如身处于一群蠢笨的猪羊之中，明知其最终的命运不过是被屠宰，却无法阻止，甚至自己也被他们裹挟而去，我不禁感到深深的绝望。可最多几天后，我新获得的知识和能力又会从大脑皮层上剥落，不久我又会和他们一样，还原为社会底层微不足道的一颗沙砾，而对自己的悲惨处境全无觉察。

我有种想要结束这一切的冲动，这很容易，只要从教学楼上往下一跳……反正接下来的烂摊子也不是我收拾。至于父母的悲痛，叶馨的伤心，老师同学的不解，他们又与我何干？当我不存在之后，这些人也同蝼蚁无异。

我站在栏杆边上，第一次感到生命是如此毫无意趣。只要轻轻跨过，便可结束这个延续十八年的无聊故事。我现在知道，那些说两枚苯苷特林会导致自杀的帖子并非妄言。我也猜测出这些现象不仅在于主观意识上，而且更是因为大脑结构的客观基础。人类根深蒂固的价值取向来源于某些童年时期形成的特定神经元突触连接及对其他连接的抑制，构成了心理学上的“印刻效应”，而现在在我大脑中，抑制已经解除，新的结构正在疯狂地形成，旧有的连接已被淹没。一切都是可能的，然而一切也都毫无价值。

了解得越多，就越明白，人类对宇宙毫无意义。

就让这一切在这里结束吧……

“林勇！你愣在这儿干吗呢？”

有人在背后喊我，回头一看，是阿牛。

“怎么脸色不太好？”他问，“昨天没考好吧？我也是，想不到居然那么难……不过算了，顶多复读呗……呀，快考试了，再不去来不及了。”

阿牛的话把我拉回现实，我不能就这么放弃一切。至少目前这种宝贵的智力巅峰阶段不应该虚度，像神祇一样活着，几乎能够随心所欲地通晓一切，本身就是莫大的幸福，至于将来，我可能几天后就忘了这些事，继续开心地在这个粪坑里过着屎壳郎的生活，又何必多想？

阿牛一定没想到，自己随口一句话竟然救了我的命。

而且也改写了之后的整个历史。

我走进考场，英语考卷发下来了，果然生词和陌生语法结构大为增加，如果是以前我或许会觉得艰深繁难，但此刻这些新增加的难度对我有如儿戏。我花了十分钟答完了所有的题目，又花了二十分钟写完了作文。构思是在脑海中瞬间完成的，这二十分钟时间只是因为需要用笔写出来。作文题叫作“*Repayment and Retaliation*”，也很有难度。但我洋洋洒洒地写成了一千多个单词的一篇散文，既有卡莱尔的雄辩，又有斯威夫特的俏皮，还有兰姆的清新。客观地说，在满分之上再加六十分，才能够得上这篇文章的水准。

虽然没人给我这个分，不过无论如何，也该得到满分，除非那阅卷老师看不懂，这不是没可能，我用了不少十七八世纪的经典表述，只有英语文学的专业老师才能完全欣赏。

我搁下笔，开始百无聊赖地胡思乱想。我想到了哥德巴赫猜想，这个猜想是我初中读到的，当时挺有兴趣，“证明”了几天，但很快放弃了。此刻，我便开始在大脑中尝试证明。

半小时后，我承认自己失败了，这种深奥精微的数学证明需要许多极为繁复细密的专业技巧，但我却一点也没有学过。苯苷特林并非无所不能，至少还不能和人类几千年的知识积累相比，你不可能独立想出一切。不过我构思出了三种可能的证明途径，并凭直觉看出其中有几个过渡步骤应该是正确的，可以将哥德巴赫猜想转换为几个较为容易证明的命题，这样可以大大降低证明的难度，我打算等考完试，就去找些数学著作来看，或许能攻克这个问题。

看了看表，一小时到了，这是可以交卷出场的最早时间，我当着所有人的面第一个交了卷，走出考场。我打算在明天的文科综合考之前，去市图书馆彻夜攻读，也许能解决一些重要的纯理论疑难，最好能再发明几个专利，这样可以保证我即使以后像白痴似的过一辈子，也能衣食无忧，父母也可以得到应有的照顾。

我走下楼梯，正在深谋远虑将来的安排，忽然听到背后脚步，回头就看到一个淡紫色衣衫的俏丽身影走下楼梯，向我跑来，甜美的笑容如同天使，长发在风中高高扬起。

是叶馨。

“阿勇！”她亭亭玉立地站在我面前，用银铃般的嗓音叫了我的名字，那声音曾令我无限迷醉，如今却毫无感觉。

“叶馨，你怎么——”

“我看到你从窗外经过，”叶馨说，眼睛中闪着奇异的光亮，“所以我就出来找你了。”

“你考完了？”我发现她表情奇怪，一瞬间已经推测出了端倪，心猛然一沉。

叶馨仿佛没听到我说什么，白皙的手指在我面颊上轻轻滑过，痴痴地说：“我好喜欢你。”

然后，她腿一软，倒在了我面前。纤弱的身体重重落在地上。但她没有昏倒，而是挥舞着手足，半睁着眼睛，喃喃自语着什么，仿佛是在梦游。

这时候，两个监考老师在她身后冲了出来，将叶馨架起来就往一旁的医务室里奔。

“她怎么了？”我跟着他们走去，颤声问，其实心里已经知道了答案。

“她还没答完题就开始胡言乱语，然后站起来到处走动，忽然就冲出来了，我们劝都劝不住。”一个男老师说。

“估计是用了苯苷特林，”另一个女老师叹息一声，“终生致痴了，今早新闻说，昨天山东就有一个考生在考场上变成了痴呆，河南有两个，广东也有……想不到今天居然轮到我们这儿了。这么花骨朵一样的小姑娘，唉……”

“不是说只有万分之一的可能吗？”男老师不解。

“废话，参加今年全国高考的有七百八十万人，万分之一也有七百八十个呢……同学，你怎么了？”女老师诧异地看着我。

我不知道自己看上去是什么样子，但估计不敢恭维。我呆呆地站着，只觉得心中一片空白。

虽然没有看到医生的诊断，但我目测下已经确定了女老师的推测不假，叶馨是变痴呆了，这不会错。

这些日子我也查了一些苯苷特林的资料，一开始看得似懂非懂，智力激增之后理解又深了好几层。我现在知道，终生致痴的原理和一般人身上出现的药物副作用大相径庭。正常情况下用过苯苷特林后都会头脑昏沉几天，是因为临时形成的神经突触连接迅速萎缩后产生的一种对脑细胞活动的抑制效应导致睡眠增加，问题不大。但在极少数人身上，却因为新的神经突触被免疫系统判断为异种入侵物质，而产生一种抗体，这种抗体不仅会吞噬新生的神经突触，而且会无差别地攻击多种神经递质，导致不可逆的反应。患者的整个大脑皮层最终将会被“格式化”，几十年的经验和记忆会全部丢失。甚至会侵袭小脑，比如叶馨刚才摔倒，就是小脑受损的明显特征。

我救不了她，世界上没有人能救她。这个过程极为迅猛，至多只有几个小时，而且病情最初是从大脑深处的髓质部分蔓延，表面上看不出来，等到出现明显发病的症状就已经来不及了。我的女友叶馨，将永远变成一个白痴。而几天前，她还信誓旦旦地跟我说，吃这种药没事的。

真是滑稽，滑稽得不可思议。

忽然，我耳中听到一个声音在哈哈大笑，又恍惚了片刻，才发现在笑的人是我自己。我笑得前仰后合，几乎眼泪都要笑出来了。

几个监考老师看着我，又相互看看，流露出古怪的目光，我看出他们的潜台词：这小子不会也变痴呆了吧？

我大笑着摆摆手："不，你们想错了，我没毛病，也许是因为考得太好了，哈哈，哈哈！"

"救护车叫来了！"一个穿白大褂的中年人匆匆跑来说，"只不过现在考试，进不了学校，就停在门口，我这里有副担架，咱们把她抬到校门口。"

众人手忙脚乱地把叶馨抬起来，放上担架，女老师看着我说："同学，别光站在那里，帮忙搭把手啊！"

"哈哈哈，没用的，"我狂笑着摇头，"你们救不了她，谁也救不了她，她再也恢复不了正常了，她完了，完了！"

"神经病！"女老师瞪了我一眼，几个人一起抬着叶馨出去了。

我笑了不知多久，直到旁边一个人都没有，笑声才渐渐止息，

我明白自己永远失去了叶馨，而我刚才还那样冷酷地对她！从今往后，在我蝼蚁一样的生活中，最后的一点慰藉也消失了。

而最可怕的是，对此我竟然无动于衷，只有深深的麻木。

八

考试结束的时间快到了，已经有其他考生交卷了，说说笑笑，陆续出场。他们看到一个男生坐在那里发呆，面无表情，只会以为是考砸了，有谁能想到，背后还有那么多惊心动魄的内幕？

我不想碰到熟悉的老师同学，站起身，拖着脚步，木然地走出校门，许多家长正在那里翘首相盼，好在没有我的父母，但估计也随时可能出现。我不想再见到他们，便关掉了手机。救护车刚开走，我听到许多人在议论"刚才被抬出来的那个漂亮女生"，唏嘘声一片，也无心多听。这种惋惜不过是一种为自己平庸低劣的生活增添些许安慰的心理净化剂，同情的背后，就是灾难没有落到自己头上的庆幸。

"同学！同学！"一个面容猥琐的小胡子男人出现在我面前，神秘兮兮地说，"看你神不守舍的，在里面考得不太好吧？"

“别拐弯抹角，你要推销什么，明天的考题？”我很快判断出他的基本动机，冷冷地问。

小胡子愣了一下，一番准备好的动听说辞用不上，不得不说实话：“这个……考题我弄不到，不过有样好东西能帮到你。你看看那些考得好的，其实他们都吃了聪明药，也就是苯苷特林，你该知道吧？如果你想要的话，我这里有，便宜点给你，一枚八万。明天还有最后一门考试，说不定可以改变你的命运，机不可失！”

又是苯苷特林。我一眼看出这个药贩的困境所在：他大概不惜血本进了一批苯苷特林，谁知道今年供过于求，现在手上还有一批没有脱手。病急乱投医，所以虽然只剩下最后一场考试了，他还是决定到考场门口来碰运气，看能不能忽悠到个把倒霉蛋。

“你手头有多少？”我问。

“只有三枚了，你有同学也要吗？如果都要我可以便宜点给你，一枚……七万吧。你放心，绝对是真的，都是从美国来的原装货。”

“我得先看看。”

“那不行，”小胡子警惕起来，“药我没带在身上，你先给我打了钱，一手交钱，一手交货，才能……”

他说话的时候，眼睛不自禁地往上看，表情微微不自然，我知道他在说谎，冷笑一声，转身就走，小胡子迅速软下来，拉住我，低声说：“行行，到这边来看。”

小胡子把我拉到附近的一条死胡同里，背后闪出一个膀大腰圆的大个子青年，对小胡子点了点头，看来是他的同伙，警惕地把守着胡同口，防止我抢了药就跑。他看着一切布置停当，才拿出一个印着洋文的乳白色瓶子。

我打开看了一眼，里面有一枚熟悉的半透明胶囊，我看出确是真货，问他说：“另外两枚呢？”

“怎么，你都要吗？”小胡子颇感狐疑。

“至少我得先比较一下，现在好多是真伪掺杂的。”

“你放心，我卖的都是真货……”小胡子拍着胸脯保证。我摇头说：“那算了吧。”作势要走，他犹豫一下，终于掏出另外两个药瓶。每个瓶子只能装一枚胶囊，因为严禁一个人同时服食两枚以上，这种方式是明确的提醒。

我让他把药倒出来看看，药贩小心翼翼地一枚枚拿出来，捧在手心上，对我说：“你不用担心，这些都是一样的，没一枚是假的，你要是都要，我可以再打个折扣，二十……十……十万全给你。”

我微微一笑，左手忽然抬起，在他手背一拍，三枚胶囊震飞了起来，我右手一抄，已经全都抓在手里，和预想的一模一样。在他反应过来之前，三枚苯苷特林已经进了我的肚子。

那两个人瞬间石化。药贩呆立了半晌，大叫起来：“你……你疯了？三枚都吃了？你不想活了？”

“所谓活着无非是有机体自我维持的生化反应，延续下去又有什么意义？”我冷冷地说，“不过我想看看，一个人的智力究竟能达到多高的地步？这应该很有趣吧？”

药贩气急败坏，扑上来想抓住我：“你想找死是你的事，可是你还没给钱呢？钱呢！”

我微微斜身，他从我身边冲了过去，又在他背上轻轻一推，力道恰到好处，他重心不稳，摔了个狗啃屎。他的同伙从背后冲过来，但我听到了他的步伐，敏捷地转身避开，又一拳打在那大个子的肚子上，让他痛得弯下了腰。然后我跃上旁边的一个垃圾桶，在墙头一按，身子跃起，就翻到了墙的另一边。

苯苷特林增加的不只是大脑的智力水平，也包括小脑和周身神经的反应速度。现在我全身的灵敏反应和身体控制力，可以和世界一流的武术家或杂技演员相比。对付这两个动作迟钝的呆瓜，不费吹灰之力。

在那两个家伙翻过这堵墙之前，我已经飞檐走壁，越过了三四个院落和两条小巷，跑得远了。

九

吞下五枚苯苷特林是什么样的感觉？能将一个人的智力提高到何种程度？我不知道，地球上大概没有人知道，因为没人会用这种奢侈的方式自杀。想死大有别的法子。当然，发明者之前在动物身上做过实验，一些动物服用过三枚以上的苯苷特林，它们无不在两三天后永远地停止了大脑活动，变成只剩下呼吸心跳的“植物动物”，没有人知道在之前那段日子里，它们的智力曾提高到怎样的程度。有个别报告说某只猴子曾学会人的语言，甚至能写歪歪扭扭的字，只是写下的东西不知所云，不过实验无法重复，其他的猴子大都在怪叫一通后就倒下不动了。

心灵的死亡迫在眉睫，我分秒必争，亦无怨无悔。如能登上智慧的群峰之巅，纵然下一秒便坠入深渊又有何妨？但巅峰又在哪里？

首先，我想到解决某个数学问题，但这个想法很快被我自己否决了。数学只是抽象的形式。即便解答了哥德巴赫猜想之类的难题，世界的本质仍然在迷雾之中。

当然，更不用说各种科学问题，我深深地明白，基础物理、宇宙学、分子生物学这些前沿学科必须建立在观察和实验所获得的坚实的实证资料之上，而我却没有时间，也没有资源去获得这些。单凭空想或许可以创造一个宇宙，但不是我们的宇宙。其他实证科学也是一样。

文学又如何？现在，我可以写出相当哀婉华美的诗篇和流畅动人的散文，如果有充分的时间，甚至可以写出一部精彩纷呈的长篇小说。但我仔细估量，发现自己还不能——至少是没有把握——超过历史上那些伟大的天才，似乎艺术天分并不完全依赖于智力，而是仰仗于某种更原始、更古老的构想能力。在某种意义上，荷马、杜甫和莎士比亚这些伟大作家已经达到了艺术的完美，在这些方面，后人尽管可以发展出更精密巧妙的文学技法，但在最基本的方面难以再取得显著的进步。

我走过一排哲学书架，我对哲学了解不多，全部知识都来自高中的政治课本。据说这是探索世界本质和规律的一门学科，是一切科学的王冠。这倒是引起了我的兴趣，我在书架上取下一本厚厚的黑格尔的《哲学全书》第一卷，花了五秒钟读完了头一章，然后便扔到一边。我甚至都能找到书中存在的推理问题，更有个别出彩的论断被淹没在大量随意而散漫的浮夸联想之中。

但我也无须去读其他的哲学著作。在匆匆一瞥间，我不仅看到了这本书本身的问题，也看到了哲学本身面对的是不可能的任务。没有任何方法能证明世界是精神的还是物质的，或者世界是否真实存在，一切尝试证明的推理都需要借助某种未经证明的前提，而任何一个彼此对立的论述都是自洽而无矛盾的——同时也是无意义的，我偏执地想着。

然而如果哲学不可能被最终证明，那么一切科学都不可能被最终证明，这是简单却无法挑剔的逻辑。一切的基础之下，就是毫无基础的虚无。

我开始感到一种更深层次的绝望。千变万化的经验世界仍然具有一种根本的限制，无论你有何等的智力，怎么去思考，都无法打破某个固定的界限，绝对不可逾越。如果一个人对这个世界真有上帝式的全知，那该何等可怕而无聊！能知道的都已经知道，不能知道的永远知道不了。

那么究竟什么是值得思考的根本问题，可以让我思考下去，并且可以真正找到一个答案呢？看上去，并不存在这样的问题。简单的问题不需要多少思考，而深刻的都找不到答案。

我一边想着，一边仍然手不释卷地阅读着。我没有在阅览用桌前坐下，而是直接在书架前站着，凭直觉选择，飞快地抽出一本本书，每本花几秒钟看看前面，然后决定是否读下去。大部分没有继续阅读的价值，但如果要读的话，就一页页地狂翻着，大部分只需略读，值得细读的寥寥无几，花三四分钟——对我来说已经是非常长的时间——细读完一本书后，某个学科的基本原理和方向就了然于心了。

两小时以后，偌大的图书阅览室被我逛完了，事实上我只看了不到千分之一的书，但其中至少百分之九十的精华都已经被我吸收，这种效率胜过无数皓首穷经的老学究。然而在这里我还是找不到想要的答案。

我走进了图书基藏库，它在图书馆的大楼中占据了三层，拥有二百万本以上的藏书。这里是不允许普通读者进入的。但我也无须借助什么欺骗的狡计，只是轻松地判断出管理员的视野盲点，找到了一个转瞬即逝的目光死角，在两个图书管理员目光交错之际，一闪身就窜了进去。而管理员丝毫没有看到我的动作。虽然有摄像头，但我肯定根本不会有人盯着看。

书库的内部幽深而肃穆，空气中散发着有些霉变的书卷气息。一排排书架在下午暗淡的光线中静静地伫立着，将无数已经死去的思想埋葬在自己体内，如同某个古墓中一眼望不到头的墓碑。这里的绝大部分书籍，无人阅读、无人想念，也无人知道。

这里大部分藏书事实上也是过时的废话和胡扯，只是一排排腐朽的古人骸骨，甚至还不如外面的有生气些。我一层层地看下来，在书库底层的最深处，我在一排外文图书前停了下来，看到某个熟悉的书脊，认出是昨晚翻过几页的那本英文版《联邦党人文集》，昨天被叶馨打断了，没有看完。

哦，叶馨、叶馨，我喃喃地念了几声这个名字，虽然相别才几个小时，却仿佛比眼前的那些书籍还要古老，古老得已不可能在我心中掀起一点点波澜。

不过，我今天或许可以读完这本书，如果值得一读的话。

我把这本书抽出来，发现它其实是几十年前人民大学出的一套“剑桥政治思想史原著系列”中的一本，是影印国外的政治学名著，包括《利维坦》《政府论两篇》《论法的精神》……本来的书号标签已经撕去，这些可能从来没有人读过的英文书上落满了厚厚的灰尘。

我翻开那本书《联邦党人文集》，埋头读了起来。这是关于美国建国原则的政论集，我刚才读过几本美国史的著作，但是这本书让我真正把握了美利坚合众国建国时的精神氛围：在那个时代，传统和习俗的影响已经逝去，一切都是可能的，一个崭新的国家，有史以来将第一次建立在理性的基础上。

这本书明晰透彻，富于思想的活力，可以看出，推动它的是一种理性健康的精神，一切都公开透明，可以讨论，从事实到结论，起作用的是逻辑而非修辞的力量。当然，在深层论证上，它仍然矛盾重重，依赖于某些不可靠的前提，并在一些关键推论上模糊不清，不难窥见时代的困窘。但这本书令我产生了兴趣，人类群体关系究竟有多少可塑性？人的生活意义究竟何在？

我又翻开了下一本书：《利维坦》，并花五分钟读完了它，在我已经是极为少见的细致。这本书比上一本基础得多。书中集中论述的是一个相当有趣的社会理论：最初在自然状态中，人人相互为战，但这种状态因为人类对彼此的恐惧而终结，从此人们签订契约，出让自己的自然权利以换取和平，以建立国家。这本书在很多方面当然都有明显的瑕疵，譬如历史中当然从来不存在作者所描述的状态，但不失基本的洞察力：人类社会得以成立的基础性前提是人性中对暴力的恐惧。

我又读了主张社会契约的一系列作品，譬如洛克和卢梭的著作，虽然他们的主张往往大相径庭，但可以看出他们的基本洞见不在于从历史意义上考察社会的起源问题，而在于从基本人性出发，希望建立一个最为符合人性的理想社会。在那里，代表个人的自然权利和代表集体的公共意志能够融合无间，人类能够踏上通向永恒幸福的大道。

我忽然想到，这正是我所寻找的那个问题：对于人性来说最理想的社会是什么？乌托邦是否可能？这个问题足够复杂，足够深刻，但又有一个确定的答案，至少不像“宇宙的本质”之类那样虚无缥缈，无法验证。人性，虽然就个人来说千变万化、差异明显，但是作为人类群体，在统计上必然趋于某个稳定的值。人性的各种需求，从饮食男女到自我实现，统计上也必然会有明确的先后排序关系，譬如，霍布斯把摆脱死亡恐惧作为第一需求，无疑是正确的。这样必然能够找到一种稳定的社会制度关系，使得它能够最大限度地满足人的需求。

不，这几点还不够。那些好几个世纪之前的思想家们还忽略了一点，这一切还涉及资源的问题，特别是人类获取资源的能力变化。显然在资源极少和资源丰富的情况下，资源分配模式也应该不同……这就必须考虑到历史的维度，这一制度不仅应该最大限度地满足当时的人类需求，而且应该最有利于向下一个社会形态嬗变，这就使得问题进一步复杂化了……

但这是一个真正值得思考的问题，并且一定会有一个确定的解。我将我的全部精神投入到这一方面，一本本书地读下去，从政治学到社会学，再到经济学和心理学，大脑疯狂地旋转着，忘记了周围的一切。

十

问题艰巨至极，在某种意义上比哥德巴赫猜想更深奥，比“三体”问题更无解，涉及的变量太多，彼此又相互纠缠作用，变成一团解不开的乱麻。

从逻辑上来说，任何一组特定的人性组合都应该有一个独一无二的制度解，这个解相当不稳定，并且条件极其敏感，人性的常量稍有变化，都会导致原来的解不再适用。但政治制度当然不可能是随机的，每一代都因为微有变化的人性条件而随时兴废。而如果稍微偏离本来的基础，就会酿成一场社会灾难。因此，我不得不放弃寻求最优解的努力，而转而思考，是否能找到一个不坏的基本框架，能在最广泛意义上容纳这些不同人性的可能，让它能够在各种不利条件下仍然良好运行。

很快，我找到了整整一打的制度解，其中只有三种在地球上出现过，另外四种有些思想家曾经在想象中描绘过，还有五种大概从来没有任何人想到过，而这十二种制度都可以保证人类获得基本上的和平、稳定与繁荣。

然而这些还不够。事实上，我对于其中任何一种都不满意，没有一种能够实现我希望实现的完美乌托邦。它似乎根本就不可能出现在这个世界上。人性自身的多疑、善变、自相矛盾和朝三暮四就阻碍了理想王国的出现。

除非……

难道……

我隐隐意识到了一个问题，在我的思想中有一个盲点，但那个盲点是什么呢？让我没办法看清楚某个最关键的地方，某个隐匿的真正条件。纵然以我的超级智力也不行，就像哥德尔发现任何一个形式系统中都有无法证明的命题一样，看来任何一个人的头脑中都会有某个盲点。

这个隐匿的关键何在？也许要把整个体系推翻了重来。我走到窗边，凝视着下面车水马龙，默默地思索着。让我们回到霍布斯吧，我想。任何社会都建立在人与人之间的某些默契上，这样的默契有很多，但最根本的只有几种，其中最重要的是对他人可能伤害自己的恐惧，出于这种恐惧，人们才会彼此协作，建立社会……

如此一来，整个社会都建立在一个根本上有问题的基础上。一个没有恐惧，仅仅出于对美好前景的共同追求而进行自愿协作的社会是可能的吗？那首先要去掉恐惧的基础，这种恐惧从何而来，它真的是不可避免的本性吗？还是——那句话说——

恐惧源于无知。

头脑中如被电光划过，我终于发现了盲点所在，那被深深隐藏在社会生活背后的盲点。我奇怪以自己的智力怎么会一开始没有想到。

恐惧源于无知！

这世界将何去何从？

大量书籍中的历史和现实在我脑海中浮现出来，被无数日常生活经验的例子所充实和印证，它们分门别类，按照历史和逻辑的顺序勾连起来，形成非线性的复杂因果网络，一波波运动，一次次革命，构成地质运动般的板块冲突，生长点和断裂带看似杂乱无章，但在超人智力的洞察下，一切都变得有迹可循，潜伏着严密的规则。在变化的历史处境中，某些最初的偶然条件被放大和固化，各种因素反复分化组合，几次反复之后，最后形成不可摧的刚性结构，并延伸向不远的未来。

然后是潜在结构的涌现、冲突和断裂，很快，一切都消失在黑暗中。这就是结局吗？人类最终将和自己最美好的未来失之交臂，并且永远也不可能再回到它？

不，不会是这样的，或许有什么办法改变，可方法在哪里？究竟在哪里——

蓦然，似乎有一千个炸雷在我脑海中响起，一切坚固的知识都不复存在，世界崩溃解体，化为数据的洪流，沉入无边的混沌，其中也包括我自己。

我知道，是那三枚苯苷特林的药效发作了。我无法再思考，也无法再找到答案。

以后的事，我记不太清楚了，只有一堆似是而非的片段。我的智力无法进一步提升，相反却淹没在亿万无关紧要的细节之中。

我比以前更加疯狂地翻着一本本书，从一堆细节跳到另一堆细节，但是再也无法找到一个整体，也无法得出任何结论，我甚至不知道自己在干什么。仿佛我已经疯了，又没有疯，还算清醒的那部分我困在自己的疯狂意识里。

不知什么时候，图书馆关门了，没有人发现我，门被锁上了，我也无法出去，我拍打着门，无人理睬。夜幕降临，我一个人留在黑暗中，和那些异化的知识和思维碎片搏斗着。我战栗着，呻吟着，头疼欲裂。我跳动的思维仿佛变成了一个巨大的旋涡，而我被卷入自己的思维中，无法逃脱。

在亿万意识的碎片中，偶尔也有之前生活的片段：童年和父母一起去游乐园的快乐，考上这所重点高中的欣喜，第一次见到叶馨时的心跳，和她在一起时那种醉人的甜蜜……我竭力抓住这一点点过去的碎片，试图找回自我，以此保持最后残留的一点清明。

可是我终归失败，那些记忆的片段一一消失，我昏了过去，却并非全然丧失意识，在“我”已经不存在的意识里，思维的旋涡仍在旋转着。

在昏迷中，我做了一个梦，梦见自己在一个清晨，再次走向学校，坐在了高考的考场上。问题简单得可笑，一切问题都有确定的答案，有的不在选项里，无所谓，我可以自己补充进去，我行笔如飞，每一笔都雷霆万钧，仿佛是上帝本人在撰写《创世纪》。我不是在考试，是在创造，在发散，在催生一个新的世界，又好像在写完全不知所云的东西。

高考结束了，我走出考场，身边都是同学的欢呼，许多人在撕书，撒向天空，碎纸如同雪花般纷纷落下。我茫然地站在纸片的飞雪中，直到看到阿牛站在我面前：“阿勇，你怎么了？跟你说话都听不见？”

这不是梦，我终于清醒过来，这是现实世界，我真的考完了高考。可是我怎么会在这里？昨晚究竟发生了什么？

我还没有明白过来，就看到老爸远远地跑来，气喘吁吁地问我："儿子，你考得怎么样？昨天你上哪儿去了？我和你妈都快急疯了。你怎么了？怎么脸色这么难看？"

"我没事，"我听到自己嘶哑的声音说，"爸，我终于考完了。"

然而这已经是最后的回光返照，下一秒钟，我就瘫倒在地上，我看到阿牛和老爸的脑袋出现在天空的背景下，焦急地对我喊着什么，我想回答，却已经张不开嘴。渐渐地，我看到他们的身影越来越模糊，最后一切都沉入无差别的黑暗中。

我的最后一个念头是："我会死吗？"

随即，我便落入真正的黑暗，落入再也不用去思考的、无梦的沉睡之中。

十一

我在一个浅绿色的房间中醒来，一切痛楚都消失了，但是意识却还很含混。朦胧中，我看到一个似曾相识的窈窕身影站在我床边。

"叶馨……是你吗？"我昏昏沉沉地说。那身影从模糊变为清晰，我才发现面前是一个未曾见过的女郎，看上去是西方人，一头金发，肌肤如雪，容貌美得毫无瑕疵，穿着某种浅蓝色的制服，像是护士的打扮，看上去年纪不大，目光中充满了自信的神采。

"林勇先生，你醒了？"女郎用纯正的汉语盈盈地问，声音柔美得如同夜莺。

"我……我在哪里？医院？"我问。

"算是吧，"女郎说，"你睡了很长时间。"

我的大脑艰难地转动着，试图回忆之前的事情，但头脑运转得却比老牛拉车还慢，再也找不到之前思维飞驰、精神翱翔的感觉。我发现自己对于直到图书馆那一夜之前主要的事件还有相对完整的记忆，但那个晚上及第二天的事已经完全记不清楚，只有残缺的碎片。我尝试着回忆之前汲取的海量知识,但绝大多数都想不起来，只有一点恍惚的印象，只是表面上还在那里，只要认真去回忆就消失了，宛如一碰就破碎的肥皂泡。

超人的能力已经丧失殆尽，我再次变成了一个普通人。

但我还活着，有正常人的思维，至少目前看上去是这样。

“我昏迷了多久？”我问，看着周围略感诡异的场景，心中颇有不祥的预感，“几个月？一年？十年？还是——”我忽然想到，自己现在是否已经变成了一个中年人甚至老人？我抬起自己的手臂，看到臂上仍然皮肤光洁，肌肉饱满，并不像已经过去很多年的样子。也许我是胡思乱想，也许不过是几天之后。

但是女郎的表情严肃起来：“你要有心理准备，林勇先生，事情可能和你想的完全不同。”

“你先告诉我，现在是什么时候？”我问。

女郎叹息着，说出了一串日期：“今天是二一七七年六月九日，自从二〇二七年六月九日上午十一点半你昏倒之后，已经过去了整整一百五十年。”

我呆了片刻，随即笑了起来：“这算什么？某种玩笑？”

女郎没有回答，向我走来，将一只雪白的手按在了我的胸口。“你干什么？”我有些紧张地问。

“别紧张，”女郎狡黠地一笑，“我为你做个全身检查。”

然后我看到了不可思议的一幕：女郎的整只手没入了我的胸口，只露出手腕。我大叫一声，惊恐地躲着，但女郎的手也随之延长，一直留在我体内，并上下搅动着。

“你……你……”我惊骇极了，结结巴巴地说，但很快发现，自己的胸口不痛不痒，事实上根本没有任何感觉。

女郎缩回了手，做了一个表示 OK 的手势：“恭喜，你很健康，看来纳米修复疗法非常成功。”

“你是怎么做到的？”我还是惊魂未定。

女郎微笑着眨了眨眼睛，身体上泛起了一圈波纹，她就像水面上的倒影一样波动着，渐渐变得半透明，仿佛是一个虚影：“我告诉过你，我们已经在未来，这个时代我们的技术你暂时还无法理解。”

过了许久，我有气无力地张口：“这么说，现在真的是……二一七七年。”

女郎郑重地点了点头。

“那你是什么？”我问，“是人还是……机器人？或者这里的你只是一个幻象？”

“我是人，”女郎清晰地说，“同时也是纳米机械体，我不是幻象，有实体的存在，却能够分化为亿万细微的纳米机器，进入任何坚硬的物质结构，也能够变得透明或改变形态，这座房间也是一样，事实上，在人和机械之间已经不存在界限。”

“发生了什么？”我干涩地问，“为什么我会睡了一百五十年之久？”

“你还记得多年前你最后一次考试吗？”

“嗯……”我仔细回忆着，“不过只有一点模糊的印象……好像做梦一样。”

“那不是梦，你真的去考试了，考完之后出来就昏倒了，从此昏迷不醒，还上了新闻。”女郎的手指向墙壁，墙壁变成了荧屏，出现了一些新闻图片和视频，我看到了悲痛欲绝的父母，摇头叹息的老师，还有昏睡不醒的……我自己。

“这么说我真的睡了一百五十年？”我摸着自己的脸颊，惊异地问，“一百五十年后你们唤醒了我？可是我不明白，为什么我看上去一点也不老？我被冬眠了吗？”

“没有，只是很简单的细胞再生技术……这个以后再说。我想问你，关于最后那场考试，你还记得什么？”

我摇摇头："几乎什么也不记得了，那时候我吃了太多的苯苷特林，意识完全混乱了，估计就是胡言乱语吧……这很重要吗？"

"是的，那场考试对今后的历史发展极为重要。"女郎说，随着她的话语，荧屏上出现了几张考卷的照片，我认出了自己的笔迹，纸上密密麻麻都是字，但不明白自己写的是什么。

女郎看到了我迷惑的目光，解释说："你的文科综合原始试卷已经遗失，只剩下几张不甚清晰的照片，但这些照片改变了人类历史。现在，它们是我们历史上最重要的文献之一。

"你的这次考试得了十八分，除了几道纯属偶然的选择题外，几乎所有题都答错了，按照标准答案拿不到任何分数，但却给所有阅卷者留下了深刻印象。特别是最后一道论述题，你竟然加了八张纸，写了九千多字，但写下来的几乎完全是乱码，每一个字词都能读出来，但没有任何意义，比如第一句话是'圣子疯狂的经济被石头了的的七十一死去已经'，显然只是疯子的呓语。"

我仔细回想，也想不起来自己是怎么写的，只能苦笑："记不清了，当时我大概真的精神失常了吧。"

"本来这张考卷也许会直接被扔进垃圾堆的，但是页边拯救了它。"

"页边？"

女郎点点头，虚拟荧屏上出现了若干答题纸的照片，果然，在密密麻麻的正文边上，是一组与之全然不相称的数字和数学符号，每一页都有。

"这是……"

"这是一个数学证明，一个相当简单的证明。"

"可我怎么一个字也看不懂？"

"其实你看得懂的，这是一个初等数论的证明，总共有七十七步，虽然比一般中学所学的数学证明繁复一些，但是……你看结论就知道是什么了。"

我看向最后一行字，那里写的是：

“……因此，当 $n>2$ 时，对于任何自然数，都不可能找到一组解，使得 $a^n+b^n=c^n$，QED。”

“这是……”我忽然明白过来，“这不会是费马大定理的证明吧？”

“正是，而且应该就是费马没有写在书边缘上的那个证明。”

我不由得倒抽一口冷气，费马大定理的故事我自然知道。当初费马提出了这个猜想，自称找到了一个“绝妙的证明”，但是因为书上“空白太小”而没有写下来。此后人们一直在寻找这个所谓的绝妙证明，但从未成功过。虽然曾经一个美国数学家最后证明了它，但却是费尽了力气，用了许多高级的数学发现，证明写了一大本书，可谈不上十分绝妙。

“人们长期以来都以为，这样的绝妙证明根本不存在，是费马臆想出来的。但你却天才地找到了一种另辟蹊径的证明方式，并向全世界展示出来，证明费马并没有说谎，的确可以用初等代数的方式证明费马大定理。”女郎说道。

我被她说得好奇得想看看自己究竟是怎么证明的，不过想想还是搞清楚目前的状况更重要：“等等，当时我写下这个证明干什么？”

女郎有点怜悯地说：“这你都想不明白？”

我模糊地想到了什么，却又觉得似是而非，头脑中意识乱糟糟的，听女郎说：“这个证明即使常人也看得懂，很快就被监考的教师发现，纷纷传阅。还有好事者拍下你的考卷，放在网上，引起了巨大的轰动，所以你很快就誉满全球，虽然你还是植物人的状态。不过国家奖励了你父母几百万元，足够他们安心生活一辈子了。”

“我父母……他们……”

女郎并没有回答，而是又绕回原来的话题，“人们对你当然也越来越感兴趣，很容易地就调查出你吃了整整五颗苯苷特林的事，对你的超级能力也感到极其钦佩。人们想，这个页边上的证明逻辑严密，思路清晰，既然如此，正文那九千多字怎么可能只是乱写的呢？所以，就有有识之士意识到，那篇看上去只是胡言乱语的文字，或许只是某种加密的文字，中间很可能隐藏了某些重要的信息，你有一个天才的头脑——不，应该说是整个地球生命体系几十亿年来所产生的最卓越智能的结晶！许多人都尝试破译，但是却一直没有人能够破译出来，这篇文字一度变得比伏尼契手稿还要出名。

“一般的人类没有能够解开这个谜。但你的成功也鼓励了对智力提升药物的研究，在二十年后，一种最新的智力提升药品苯苷特林Ⅵ问世了，它能够稳定地将人的智力提高一个层次，并稳固下来。经过它提升的一些读者经过苦心钻研，终于发现了你文章的加密方法，你用表面的修辞掩盖你真正的预言，同时也提供了解读的线索。你巧妙地用一些怪异的表述和错别字，提示出某些句意的颠覆，某些上下文衔接的错位，某些错误推断背后的真意……这些常人无法读出来，即使告诉他，他也会觉得是牵强附会。但在经过高阶的智力提升之后，再看这些文字，就好像从三维图中看到隐匿图像一样清楚明显。”

十二

“那么我的预言是什么？”我越来越好奇了，那一夜，我究竟发现了什么？

“你看到了这个世界上真正暗流的涌动，它很快会浮出水面。一个旷古未有的转折点即将到来。随着智力提升技术的最终成熟，提升的智力将会稳定下来，使得一部分大脑结构特异者永久性地获得过去只有最伟大的天才才能享有的高阶智力。几十亿年来，宇宙对地球生物最悭吝的资源——智力，终于将对人类的一部分成员近乎无限地开放。他们将成为超人类。

“但这并非天使的号角，最初反而是魔鬼的诅咒。由于第一批超人类的出现，整个世界都将面临异常的混乱。在几十年内，由于经济差异和个人体质问题，一部分人的智力将会得到提升，另一部分人则没有，智力提升者内部也不是铁板一块，有些人可以提升到极高的智力。有些人不过比正常人略高，高阶的智力提升者看待初阶的同类，不亚于人类看待猿猴，甚至他们自己也将形成不同的立场和派系，这一切将会在世界上引起史无前例的仇恨、疯狂和恐慌。

“最大的可能是，为了维护世界稳定，成为超人类的高阶智力提升者在足够壮大之前，就被以立法的形式加以限制和消除，比如永久禁止一切类苯苷特林药物的使用。其他的可能包括全球核战争、种族大屠杀，或者个别超人类对全人类进行专制统治和扼杀同类等，人类几乎无法走出这个瓶颈。

“但几十年前的你计算出了这一切，并在最后几千字中用隐语阐明了新的社会生活原理，你指出，以往人类社会的根本前提是人性稳定不变，但在苯苷特林等药物问世后，这一前提已不复存在。人类自古以来的全部政治智慧都已不再适用，超人类必须创造属于自己的完美社会。而你指出了这个新世界的建立方式。”

“恐惧源于无知……”我想起了最后那句话，喃喃地说道，“原来这句话的意思是，只要有超人的智能，就能够摆脱恐惧，实现真正的协作。”

我依稀明白过来。当时自己的盲点就在于看不清人性的基础即将发生巨大的变化，当人的智力提高到一个全新境界的时候，一切基于旧人性的社会体系都不可能再存在了。

“那新世界是什么样子的呢？”

“其中较为深奥的部分，现在你自己也无法理解。简单地说吧，新制度是严格按照智力区分的等级制度，不同智力阶层之间不相互侵害，但是却拥有不同的政治权限。原来的人类和低阶的智力提升者无权进行统治，而必须绝对服从高阶者的命令，如同儿童要服从大人。虽然这些人本身可能是成人，而高阶者可能反而是他们的儿童。”

“这未免太……专制了。”

“如今你自己也这么认为，不是吗？旧人类根本不可能接受这样公然违反人类基本价值观的社会制度，因此你知道自己必须保持隐秘，只能让超人类们获知这一点。你知道自己的高考考卷由于特殊必然会广泛传播，因此精心设计，不仅让它在之前发挥了重大的影响，而且在其中埋下了思想密码，等待着几十年后才会出现的同类来解开。

“按照今天的分类，你服下第一枚苯苷特林的时候，还只是聪明的普通人类，智商是一百五十到一百六十，服下两枚后，智商提升到二百左右，也仅仅是刚刚跨过超人类的门槛，属于Ⅰ型超人类，但最后三枚苯苷特林起作用后的十二个小时之内，你的智力相当于超人类Ⅲ型，已经无法用旧人类的智商指数测量。而在几十年后，出现的也只不过是Ⅰ型和Ⅱ型。你的蓝图对他们也是意义匪浅的。如果没有你，必然会发生一场可能毁灭世界的混乱。

“超人类们破解了你留下的秘密之后，彼此联合起来，心照不宣，秘密地按照你的路线前进着，虽然不无波折和坎坷，甚至几度险些被清除，但他们韬光养晦，形成了秘密团体，凭借智力的绝对优势逐渐把握了世界的政治经济命脉，当旧世界发现他们的力量之时已经太迟了，超人类已经过于强大，非旧人类可以想象。经过一场短暂的全球革命，全球各大政府被颠覆了，超人类的权威统治建立起来。这一事件被称为‘奇点革命’。那是一百多年前的二〇七一年的事了。

“此后一百年，人类的发展不仅超过以往的一万年，也超过了旧人类在另一种未来可能的一万年。超人类的社会制度无限解放了人类的创造力，我们从真空中取得无尽的能源，让全人类得以摆脱劳动的苦役；我们转变了自身的存在形态，让人和纳米机械完美融合，进一步将智能提升到无与伦比的程度；我们还通过人造时空虫洞打开星际之门，驰骋于宇宙，成为亿万星辰的主人。你想看看我们的世界吗？”

“你们改造了整个地球？”

女郎不置可否，舞动手臂，做了一个仿佛是“打开”的手势。周围的墙壁渐渐变得透明，然后消失，我发现自己面对着一座缤纷奇异的城市，珊瑚一样巨大而精致的建筑从发光的海洋下生长出来，伸向天空，如同一座水上森林，甚至在缓慢摇曳着，在“珊瑚枝”之间，花朵一样的奇妙结构四处飘飞。我无法用语言形容这座城市的恢宏壮丽。我们就在某片不大的花瓣上，悬浮在海洋和天空之间。

我出神地看了很久，才又抬头望去，头顶上是繁星点点的星空。但不是我熟悉的星空。星光璀璨了百倍以上，在天心处横亘着一个气势磅礴的银白色巨蛹，向两边延伸出亮丽的光带，直垂天际的地平线。

“这是……”我瞠目结舌。这不可能是地球上的景象，难道是某种虚拟的数字效果？

“这不是虚拟，”女郎像看透了我的心思，“我们在仙女座星系的中心区域，我们看到的是它的核球部分，不过这不是一颗行星，而是一个直径三百万公里的人造环形世界，这是目前泛宇宙人类文明的中心。我们距离仙女座星系的中心一万光年，距离银河系和地球二百一十九万光年。”

十三

“不可能……”我失声惊呼，“才一百多年，人们怎么可能到……到仙女座星系？怎么可能那么快！？”

“快慢依赖于度量标准，对我们来说，过去时代的发展才是慢得像蜗牛的步伐。在奇点革命之后，在超人类的社会中，一切都在飞速进化，无数之前只是科幻概念的超级技术都在几年甚至几天之内出现了。现在每一秒钟都有上亿个超人类从各星球的复制中心诞生，每秒都有十个以上的行星和卫星被殖民，每秒都会诞生好几个过去千百年才能产生一个的重大发明，并在几小时里在全超人类的范围内普及。人类的足迹已经踏足一亿光年内的每一个星系，甚至已经启程去探索已知宇宙的边缘。”

我呆呆地望着这遥远而陌生星系的银心，半天说不出话。小时候，我曾经梦想过去月球和火星，长大后这种幼稚的梦想早已烟消云散。但今天，我却在两百万光年外的另一个世界。

“这一切都是你带来的，”女郎说，“虽然今天超人类的智力已经超越了你当初的巅峰状态，但是如果没有你的设计帮助我们渡过最初的瓶颈，也不可能有后来的一切。虽然超人类中不存在偶像崇拜，但你的历史功绩仍然受到超人类的敬重。”

“可是我是怎么到这里的？”

“自从你昏迷之后，就成了植物人，不过发现费马大定理的简单证明所带来的名利给了你和你家人足够的生活和医疗所需。还有不少人积极筹款想把你唤醒，问清楚那段乱码背后的秘密，但从来没有成功过。对于你的病症,世界上最顶尖的医生也无能为力。你的神经元突触连接已经全部被破坏，没有任何意识可言。但是人们让你活了下来，超人类兴起后，也秘密接管了你的肉体，将你妥善地保存起来。

“在奇点革命后，你被超人类视为我们这一种族的先知，地位更胜从前。随着超人类创造力的几何级数式的爆发，新的技术开始越来越快地出现。我们首先让你在肉体上实现了永生，然后让你已经是一个老人的躯体年轻化。许多即使在超人类中也是最杰出的头脑为了研究让你复生的方法殚精竭虑。终于，在三十年前，这种技术问世了。它能够根据被严重破坏的脑结构残痕算出本来的突触连接，后进行再造，从而恢复你的记忆和意识。原理虽简单，但计算量大得惊人，如果用你昏迷之前的最先进技术，要制造地球那么大的超级计算机才可能在适当时间内算出结果，不过这对超人类来说，已经不成问题。

“然而在这里，人们发生了分歧。究竟复活哪一个你？我们可以去除后加的增生突触，复活本来的你，也可以复活那个智力上升到顶点的你。一部分人主张复活智力巅峰时期的你，这样你可以作为和我们平等的超人类加入我们。但另一部分人则主张复活常人的你，因为那才是真实的你自己，是后来历史真正的本原。两种意见相持不下，但是没有争执，我们只是决定搁置这些争议，让历史来决定。

“大约十年前，随着人类文明中心的转移，你随同地球上的无数文物资料一起被转移到仙女座星系内部。两个小时前，经过最后的商议，人们最终决定复活本来的你，然后让你决定自己的未来，一切由你的选择决定。一小时前，你被复活。”

“我……有什么选择？”

“你已经被宇宙超人类最高理事会赋予了特殊荣誉公民的身份，你可以保持目前的状态，在全宇宙范围内游历，并受到人们的尊重和欢迎。但是让我提醒你，人的世界在你沉睡一百五十年后已经演变到了你根本无法理解的程度，你无法和任何一个最底层的超人类进行同样水平的交流，你不可能适应超人类的生活。”

“可是我们之间不是能交流吗？”

女郎微笑了，带着怜悯的目光：“某种意义上，人和他养的宠物也能交流。”

我不禁苦笑：“看来我永远无法融入你们的社会，就像一只猴子无法融入人类社会。”

“恐怕是的。不过还有一种选择，就是再度进行永久的智力提升，变成那个给我们启迪的真正的先知。那样你可以愉快地融入我们的世界，跟随我们一同进化，享有宇宙所能提供给智慧生命的最大幸福。”

“这么说，我有什么理由不去选择后者呢？简直太完美了。”

女郎凝望着远处的珊瑚形建筑，微微摇头：“有一个很特殊的原因，这也就是一开始在超人类中的分歧——你的大脑拓扑结构事实上不适合进行永久的智力提升，它的发展弹性是有限的。如果强行进行智力提升的话，在你人脑中会形成新的超级人格，但如今的你会沉入超级意识的底层，变成某种类似潜意识的状态。这也就是当年为什么你在最后阶段会丧失意识，事实上，当时的你大脑内形成了一个全新的超级人格，问题是，你只是其中一部分，你无法享有整体的自我意识，你不会感觉难受，但是会把自我意识让给新形成的超级人格，而你降格为其中一个运算单元。”

“你们不能解决这个问题？你们技术那么先进，不能让我——我现在的自己——变成超人类吗？”

女郎摇头说：“你没有明白问题在哪里。当然，我们甚至可以把一只蚂蚁的神经结改造成人类的大脑，但如何改造呢？也只能加入新的材料和结构，本质上我们只不过是新造了一个人类大脑，并把那只蚂蚁的神经结嵌进去。那个人并不是之前的蚂蚁。至于你，虽然不至于像蚂蚁那样近乎毫无智能，但问题是类似的，不可能通过技术方法解决。”

“也就是说，”我自嘲说，“一种选择是让我生活在一个我永远不可能理解的世界里，另一种选择是让我生活在我永远不可能理解的自己之中？真是完美的选项。”

“抱歉，我们别无他法。”

我苦笑一声：“看来你们的力量也有限度，那么在这个时代，还有像我一样的人吗？对了，我爸我妈——他们还在吗？”

女郎微微摇头：“他们照看了你几十年，但在奇点革命之前就寿终正寝了，你父亲去世于二〇五八年，你母亲死于二〇六三年。

令人宽慰的是，他们在临终时都知道了我们会保证让你重生，所以走得很安详。”

老爸老妈已经死去一百多年了……我想哭，却哭不出来，醒来之后的各种震撼实在太大了，甚至压倒了悲伤。

“那么……”我的心忽然一跳，“对了，叶……叶馨呢？你知道她吗？”

女郎面无表情，淡淡地说：“知道。”

“她在哪里？你们也让她恢复意识了吗？”我一颗心狂跳起来。也许很快，我就可以见到叶馨，我已经预感到，她正在什么地方等待着我……

女郎摇摇头：“很抱歉，叶馨她……也已经去世了。事实上，你知道的旧人类都已经不在这个世界上。”

我蓦然一惊：“奇点革命只不过一百多年，你们又发明了超级技术，他们怎么会都死了？”

“请别误会，”女郎像是看到了我的心思，解释说，“这里没有战争或者种族灭绝，当然在奇点革命中曾有一些旧人类顽抗，甚至试图动用核武器，超人类不得不进行反击……只不过死去了几千万人而已。奇点革命后，旧人类被集中在保留地，我们用超级技术供养他们，给他们舒适的生活，只是不传给他们永生技术，如今他们的后裔还在地球上，但是你认识的那一代人都已经过世了。”

我惨然无语。

“如果你愿意，可以回到地球上，和他们生活在一起。”

“不，”我决然摇头，“我想我没法适应被当作超人类豢养的宠物似的生活，你们不如给我一台时间机器，让我回到过去。”

“没有也不可能有时间机器，因为这在物理学上不可能实现。不过或许有一个办法，能够达到相同的效果。”

“什么方法？”我又鼓起了希望。

“重造出那个曾经的世界。”

“这怎么可能！？”

“在这个世界，没有什么是不可能的。我们可以通过你的记忆和那个时代的丰富历史记录，通过超级计算机海量数据的计算精度，为你创造一个虚拟实在的世界，在那个世界中，你将回到过去，抹去一部分的记忆，继续过你之前的生活，过几十年、上百年都可以。你可以在许多年之后重返现实，也可以选择无限循环地过下去，甚至可以选择……像一个正常人那样死去，意识永远消失。”

我被这个念头诱惑了，犹豫了一会儿说：“可那是逃避现实。”

“不，应该说，我们在为自己创造现实，无论是旧人类还是新人类都是一样。”

“我想知道，”我盯着她的眼睛问，“如果你是我会怎么选？”

“我吗？我会选择最适合我本性的生活。”

“那什么是适合你本性的生活呢，叶馨？”

女郎并没有显露出太惊讶的神情，只是沉静地看着我，最后无奈地摇头一笑。她的眉眼忽然如在雾气中一样模糊，但片刻间，已经恢复了正常，却已完全变样。那张我魂牵梦萦的面容再次出现在我面前，只是目光已经变得完全不同，它曾经天真又炽热，如今却睿智而冰冷。

“想不到你还是认出了我。”叶馨说，她的声音也和旧日相似，温柔如水，却没有任何情感在里面。

“从一开始我就有一种微妙的熟悉感，你的脸虽然不是你自己的，却是你最喜欢的安格尔的《泉》中少女的样子，你的一些手势，还有你微笑时眨眼睛的样子……这是那种恋人间不可言传的熟悉。虽然我也无法完全确定，不过如果叶馨真的活着，那么要唤醒我，她应该是最好的人选。”

“你猜对了，即使在变成超人类之后，有些事还是无法改变，”叶馨轻叹着，“很抱歉，阿勇，我隐瞒你，只是不想增加你的困扰。是的，我是叶馨，那场悲剧后我们都沉睡了，但我的情况比你轻，我在奇点革命后不久醒来，接受了永久的智力提升。”

“但我也没有欺骗你，我已经是另一个人格，以往的叶馨确实已经不复存在，沉入我意识的基底。我还记得叶馨的一切，但是整体上已经超越了人类的阶段。变成超人类后，一切都不一样了，往昔的情爱已经无足轻重。超人类有全新的生活和情感，或许你无法理解。”

“我能理解。”我声音涩滞地说，“我也曾有过类似的感觉。”

“那就好，”叶馨说，一对明眸在仙女星系之心的照耀下闪闪发亮，“在我身上，也有一部分想要回到过去，回到和你在一起的日子呢。或许那就是我至今仍然保持一些过去小习惯的原因。我想，是该和过去的自己彻底分离了。现在，我把她送给你。”

她把手再次放在我胸口，那只手慢慢融化，变成水银一样的流体，渗透进我的皮肤之下。我感到了一种久违的熟悉的温暖，那是真正叶馨的感觉……

“你的选择是什么？”她轻声问，随即微微点头，“不用说了，我都已经知道……你会如愿以偿的……”

她身体的其他部分渐渐消散在空气中，周围的奇异城市和星空保持了片刻，然后也烟消云散。

而我再度落入无意识的深渊，刚刚的记忆又在遗忘之海中沉没。

尾　声

细雨空蒙，渺远无涯。丝丝雨线从阴霾的天空落下，在黄浦江上跳动着，泛起万千细碎的涟漪。十里洋滩在雨幕中变成无差别的一片灰蒙蒙，远处的东方明珠和金茂大厦顶部也笼罩在一片雨雾里，若隐若现。秋雨绵连，气温陡降，地上落满了破败的梧桐树叶，没有几个游人，只有空旷的滨江大道在雨中伸向远方。

我撑着一把黑伞，独自伫立在外滩，凝望着流动的黄浦江水，心中百感交集。

五个月前的高考，我铤而走险，多服了一枚苯苷特林，终于完成了预定的目标，在英语和文科综合考试中拿到了近满分的佳绩，弥补了语文和数学上的损失，虽然没有进北大清华，总算也考上了上海的一所重点大学。但过量服用苯苷特林的副作用也大得可怕，我随后沉睡了三个月，志愿都是父母代填的。等我清醒过来的时候已经是九月多了，险些耽误了入学。

三个月的沉睡，我好像做了许多稀奇古怪的梦，比如似乎一次次参加高考，却在试卷上胡乱涂写，又好像飞檐走壁如同大侠，甚至似乎到过奇异的外星，遇到过一个有几分像叶馨的金发少女……但只剩下零星片段，似幻似真、无从寻觅。当我醒来，知道自己已经酣睡了三个月之后，惊得出了一身冷汗：我真担心自己永远睡去，再也醒不过来，那让把我当成命根子的父母如何承受？

好在一切都过去了，我及时醒来，看到了梦寐以求的录取通知书。恢复了几天后我就出院，由父母带着，背着大包小包来到上海读书。我的同学也大都考上了不错的高校，就连阿牛都上了本市的一个本科。

但是还有一个人，一个我无法忘记的人，她却——

背后传来轻盈的脚步声，我忙回头，看到一把红伞下，一个窈窕的熟悉倩影向我走来。

“叶馨……”我喃喃地念着这个甜蜜而凄楚的名字，女孩走到我面前，和我对面而立。几个月不见，她瘦了一圈，却显得更加清丽。

昨天，当我在宿舍里接到她的电话，告诉我她来了上海，约我今天见面的时候，我还不敢相信自己的耳朵。但今天，看到那个我爱的女孩亭亭玉立地站在我面前，我忽然鼻子酸了，想要哭上一场。

叶馨的眼眶也红了，她擦了擦眼角：“阿勇，阿勇。”

我们走向对方，在伞下轻轻地拥抱，亲吻，感受彼此的呼吸和心跳。

“你真的没事了？”过了一会儿，我问道，昨天电话里我们已经说了一些近况，但没来得及详谈，“我醒过来以后，一直联系不到你，听同学说，你爸妈带你去美国治病了。我打了好多个电话，也打听不到你的消息。我快急死了，生怕你……”我把最后几个字咽进肚子。

“是啊，美国那边发明了一种新疗法，可以刺激脑细胞的轴突重建……我治了三个多月，总算没事了，回家以后才知道你的消息。可惜你又开学来上海报到了。”

“没事就好，对了，你怎么到上海来了？”

“我当时昏倒了，最后一门文综不是没考吗，”叶馨叹了口气，“上大学是没戏了，我爸说，也不用复读了，干脆让我出国，去多伦多念书，这两天到上海的领事馆来办签证手续，事情一大堆，好不容易才抽出半天来见你。”

“你要去加拿大了？”我心中一沉，“什么时候走？”

“大概下个月吧。”叶馨轻轻说。

“去多久呢？”

“我也不知道，要读本科的话，可能得要几年。”

我默然无语，心里难过。我们大难不死，本以为总算可以在一起，谁知刚刚见面，又要分别，从此远隔重洋。我扭头望向远方，一只孤独的鸟儿在雨中飞着，越过清冷的江面。

“其实我也不想去，”叶馨小声说，“我宁愿复读一年呢，可是爸爸说，我的身体不能再吃苯苷特林了，在国内可能没法上大学，所以……”

“挺好的，”我强忍着内心的波澜说，“那边读书条件更好，反正现在交通通信也方便，我们可以在网上天天视频，你过年放假也可以回来。”

“嗯，我会的，”叶馨说，又挤出一个笑脸，“对了，别说我了，说说你吧，上大学一个多月了，感觉怎么样？有没有认识别的女孩子？听说大学里面美女很多，你可不能见异思迁！”

“哪儿有……”我苦笑着，看她面色苍白，身子发颤，“怎么了，不舒服？”

“不是，只是有点冷，降温太快了。”

“我们别站在这里说了，”我说，“去前面找个咖啡馆坐下来慢慢聊吧，还有时间。”

“嗯，”叶馨重复了一句，“还有时间。”

叶馨钻到了我的伞下，拉住了我的手，像我们第一次确定感情时那样。我感到她的小手异常冰冷，不由得怜惜地攥紧了它。慢慢地，我感到了她掌心的一丝暖意。

我们牵着手，在细雨中走向迷蒙的未来。

守夜人 / 王立铭

逃离这个黑色世界的希望，返回那个黄金时代的希望。

一、守夜人

六点三十分，闹钟准时响起。

陈东几乎是条件反射般地拍灭了床头柜上的闹钟，在床上做了一个舒适伸展的“大”字，吼出一长串几近撕心裂肺的“啊”——

陈东努力让自己清醒过来。

起床、洗脸、刷牙，从门上的信筒里取出当天配送来的饼干和能量饮料后，陈东坐在餐桌前一边听着电视里循环播放的实时天气信息、交通状况和当日工作安排，一边略显机械地咀嚼着饼干。早晨生活对陈东来说如固定仪式，几乎可以在二十五分钟里下意识地重复昨日。

对于陈东来说，唯一可期待的小插曲大概是配送饼干的口味变化。周一苹果味，周二香蕉味，周三番茄味，周四清咸味，周五……哦，周五是茄子味，周六奶油味。周日是开元公司规定的休息日，配送的早餐也会相应丰盛一些，是发泡奶油涂抹的面包片，外加热牛奶。老实说，什么年啊月啊星期几啊之类，对于陈东来说毫无意义——和很多工作积极分子一样，他每周日都选择自愿加班，因此日子直接按自然数排列下去反而更方便——所以他几乎从来都记不得当天的具体日期或者是星期几。而在咀嚼早餐时，花几秒钟体味下来自舌尖的味道，猜猜今天是星期几，也成了陈东每天早晨的例行功课之一。这可能也是为数不多的例行娱乐，陈东不禁戏谑地想。茄子味——今天周五，陈东转头看了眼电视右上角的红色数字。

又对了。

六点五十五分，陈东把早餐的空包装盒重新塞回信筒，套上厚厚的连体防尘服，戴上橡胶头套，背好充满电的空气过滤器，打开室内空气循环，开门、关门，仔细检查好门缝上的密封条……楼外的黄色路灯在大雾中晕成一团团的光圈，几乎彻底失去了指路的功能。还好地面上有隐隐散发着绿光的磷光路标。顺着路标，陈东很快来到路口的班车车站，站牌上那同样暗绿色的时钟显示着“6:59”。

七点，班车按时到达，气密门打开，上车、摘掉头套（陈东几乎每次都会下意识地深呼吸几次，按照公司规定，登上班车意味着进入工作空间，而工作空间内的空气质量控制系统总是要比居民区的分散式循环系统好得多），跟车上的同事们问好，选择一个靠窗的座位坐下。

班车随即开动。陈东座位前的屏幕自动点亮，一张满是数字的表格缓慢滚动起来，这是即将下班的夜班同事留下的工作日志，陈东的工作将与之无缝对接。屏幕底部的记分条同时亮起，出现一串红色的数字——七十九点一二三九，并开始从万分位缓慢上升。

一天的工作开始了。

一路上交汇的车辆很少，燃料电池驱动的班车开动起来悄无声息。在昏暗的车厢里，每个座位前的屏幕都不时变换着图案和颜色，在哑光的车顶棚上映出斑驳陆离的光影。

班车从陈东上车的那站到公司需要四十七分钟，这段时间里，陈东的眼睛很少离开屏幕。毕竟除了工作时间，工作结果也要定量进入工作计分系统的考核。而且说老实话，车外的浓雾密得让人难辨白天和黑夜，向外望去，有时候会让人觉得班车像是在茫茫宇宙里飘荡的一叶扁舟。

只有觉得眼睛酸涩的时候，陈东才会偶尔抬起头，揉揉太阳穴，顺便瞥一眼窗外。车子驶过街边的人行道时，陈东能隐约看到路边黑沉沉的居民楼，如同怪兽巨大的黑影，如果他努力地睁大眼睛，还能勉强看清，楼上大部分的窗口没有玻璃，像是怪兽们的巨口。

通常也只有在这时，陈东才会不情愿地想起那个名词。

那个出现于他的孩提时代、伴随着他一生所有重要的事件——读书、工作、（失败的）初恋、父母去世、开启自己的工作计分系统——的那个名词。那个无处不在，刻进每个活着的地球人的骨髓，但人人都小心翼翼避免想到和提及的名词：守夜人。

和每天一同搭乘班车的三十二名同事一样，和在开元冬眠集团能源分厂第十九号基地工作的所有一万七千六百二十名工程师和工人一样，和在L市居住的三十五万人一样，和在地球上生活着的三亿五千万人一样，陈东是一名守夜人。

他们的工作、他们的生活、他们的整个生命，就是在这个暗夜沉沉的恐怖世界里等待，等待冬天的过去，等待新的日出来临，等待冬眠人重返地球的那一天。

二、太空棺材

守夜人——倒并非是个历史悠久的名词。

事实上，陈东还大致记得这个词应该就出现在二十多年前、自己差不多要离开幼儿园读小学一年级的时候。而对于这个名词出现前的童年时光，陈东的脑袋里只留下了非常模糊、但却无比锋利的印象。

那时候的世界是彩色的。天空是蓝色的，云朵是白色的，妈妈做的肉肉是让他流口水的金黄色，新年到来时爸爸带着他点燃的烟花是五颜六色的。那时候的生活也是彩色的，开心的秋游是金色的，暑假的海边旅行是蓝色的，不好好吃饭被罚站是深灰色的，背儿歌得到的奖励是红色的……

可现在的世界只有黑色。

战争差不多就是那个时候开始的，而陈东已经不记得确切时间，甚至都不十分清楚具体发生了什么事情。实际上，具体的事故起因已经不太有人记得，除了因为在事故之后的世界里已经没有人有考究历史和追究责任的闲情逸致外，事故本身的混乱和惨烈也从物理上消灭了还原历史和刨根问底的可能。在战后的世界里面，关于当年的战争起因，流传颇广的谣言包括意外、月球开发过程中的利益分配失衡、环境污染、计算机病毒、转基因灾难、外星人入侵、恶灵降临，等等。而对于这些明显带着幼稚的阴谋论色彩的传言，陈东已经听得太多。他甚至连稍微留意或者纠结一下的心情都没有。

然而战争的结局，是每个活着的守夜人都能明白看到的。

从埃及金字塔到中国的长城，从欧洲日内瓦的核加速器到美国亚利桑那沙漠上用液氦冷却的量子计算中心，从永不入睡的华尔街全球金融交易所到遍布酒吧和流浪诗人的丽江小城，带有极高辐射量和有毒化学物质的灰尘颗粒从天而降，笼罩了人类文明所创造的一切奇观。透过能见度极低的阴霾，人类双眼所及之处只留下了荒凉和残缺，那些征服宇宙的雄心壮志和花前月下的甜言蜜语，都已成为过眼云烟。

不过有一件事情，是古代那些所有预测过地球灾难的大人物们没有预料到的。

在陈东出生前大约二十年，冬眠技术诞生了。黄金时代（在被压缩到少得可怜的中学历史课上，战争之前的大约半个世纪被称为和平时代，不过实际上几乎所有人都用“黄金时代”来描述从人类诞生到事故之前的整段岁月）的生物和材料科学家们发现，在变速降温至液氦温区的同时，给人体吸入经过精细配比的麻醉气体（主要是硫化氢和三氧化二氮），就可以使人体进入深度冬眠的状态，身体新陈代谢几乎完全停止。根据当时的估算，在理想的保存条件下，处于深度代谢抑制状态的人可以存活长达七千到一万年！

然而在战争开始之前，人体冬眠几乎没有任何现实意义上的可操作性。维持人体冬眠状态的系统极其复杂和昂贵，超出了地球上绝大多数人的经济承受能力。而对于身处人类社会金字塔尖、有经济能力选择冬眠的少数人来说，找到一家能够千秋万代存在下去、并且尽职尽责维护冬眠系统的公司又无异于痴人说梦。于是各国政府基于伦理和平等保护原则设定的反冬眠法律，成了画蛇添足的玩意儿，从发明冬眠技术到战争开始之前的大约三十年里，可能只有区区几十人选择了进入冬眠，而这些第一代冬眠系统，在经历战争造成的混乱后，早已无处寻觅。

但这一切限制因素，都随着冬天的到来冰消雪融。

十多年的惨烈战争和混乱推动了军事科技的飞速发展。为应对核战争下的残酷条件所开发的单兵循环系统，在战争尚未结束时就已经被用于维持冬眠系统内的温度和液体循环。这套极端微小、成本相对较低的系统后来也被形象地叫作“棺材”。而战争中迅速更新换代的远程打击武器也为需要超低温维持的“棺材”找到了最合适和最经济的存放地点：大气层外的近地轨道。在核冬天和世界末日的恐慌中，大批富人也已经顾不得太长远的考虑，纷纷拿出全部身家购买了太空“棺材”，匆匆逃离这个似乎已经被造物主所诅咒的星球。事实上，在现有的极其有限的战争史料中，有心人甚至可以查阅到这样吊诡的现象：忙于作战的各国军方，在高强度动用社会资源投入战争的同时，还在有条不紊地发展用于近地空间发射的导弹技术和用于近地轨道姿态调整的航天发动机技术！这些技术的实际拥有者可能会是个永远的谜，但各大冬眠集团显而易见是这些技术的最终受益者。

于是在从战火正酣的时候开始，到战争结束后的短短二十年里，有多达一百七十万人离开地球，静静地躺在近地轨道的“太空棺材”里，等待着核冬天的最终离去和黄金时代的再次降临。这里面的少数人，将苏醒的时间设定在三百五十年后的二十五世纪，这也是黄金时代的科学家们所预测的核灰尘被地球自身的循环系统彻底清理完毕的时间。而冬眠者中的绝大多数，都在财力所及的情况下将冬眠合同订到了无限远的未来。他们设定的人工唤醒条件往往是一套整合了空气成分指数、温湿度、日照指数、生物多样性指数、土壤和水质量指数的复杂函数。这些函数的背后都指向着一个田园牧歌式的新黄金时代。

与此同时，在地球表面，战争之后侥幸活下来的三亿多守夜人，在黑暗中继续着他们的生活。

人类遗忘痛苦和适应环境的本能无比顽强。在难以分辨白天黑夜、任何时候出门都需要穿着全套防护服和空气循环系统、大多数城市都被彻底摧毁和污染的这个黑色的世界，侥幸留得残生的人类慢慢聚集起来，并基本复原了战争之前的生活方式：读书、工作、结婚、生子、死去（唯一增加的重要事件可能就是开启工作计分系统）。尽管战争让人类文明倒退了至少半个世纪，但是却并未带来诸如粮食短缺、大瘟疫、社会暴动等足以摧毁人类社会的重大灾难。原因很简单：战争夺去了超过百分之九十五的生命，剩下的这三亿人，特别是像陈东这样的在战争前后出生的年轻人，依靠侥幸漏网的黄金时代的文明遗迹就足以生存下去。

似乎是顺理成章的，在战争期间迅速崛起的几大冬眠集团取代各国政府，成了黑色新世界的组织者和管理者。他们通过制造“太空棺材”成功收割了黄金时代积累的绝大多数社会财富和资源，并以“太空棺材”维护业务和来自旧军队的骨干力量为核心，在被阴霾笼罩的各个大陆，几乎可以说是迅速而高效地重建了整个社会秩序。

完成这件不可能任务的关键，是希望。

逃离这个黑色世界的希望。

返回那个黄金时代的希望。

三、希望

班车平稳地驶入开元冬眠集团能源分厂第十九号基地的大楼

（平时，陈东和同事们喜欢用“开能十九”来称呼自己的工作单位）。天花板上的喷淋系统洒下柔和的水雾，与此同时围拢而来的机器人清洁员迅速地擦除了班车车身上的浮尘。车前方墙壁密布的圆孔随即吹出黑色的烟雾，迅速包裹了整个车身，随后被车尾部吸走。陈东听楼宇维护系统的同事们在午饭闲聊时说起过，这种黑色烟雾其实是中空的纳米金颗粒构成的吸附剂，能够彻底扫除和清洁班车所有死角里的放射性灰尘与有毒微颗粒。不过陈东从来没有兴致关心这一成不变的清洁程序，一方面当然是因为这几分钟的工作时间不能浪费；另一方面，他也觉得这迎面扑来的黑色烟雾让他不由自主地想到战争和死亡。在如今这个世界，黑色、烟雾，可能是守夜人心中最带有恐怖色彩的两个名词了。

屏幕上的时钟跳到了“8:00”，班车的门轻轻打开，屏幕熄灭。陈东和同事们走下了车，向着办公楼的各个入口走去。

“开能十九”是开元集团为“太空棺材”提供燃料电池的二十五个基地之一，而陈东是开能十九电极开发小组的一名工程师。他的日常工作是优化燃料电池正极的材料配比，尽可能地提高燃料电池的使用寿命和稳定性。

实际上早在黄金时代人们就知道，冬眠的一大技术难点是需要定时（大约三个月一次）对深度冷冻和冬眠的人体进行短暂而迅速的复温，在三十秒的时间内将体温升至液氮温区之后再迅速复原，这是保证冬眠极限长度的关键所在。而为了实现定期复温，“太空棺材”的太阳能电池板提供的能量是远远不够的，需要依赖定期从地面发射来的燃料电池。

这一点守夜人与冬眠人之间仅存的微弱联系，让陈东所在的小组毫不意外地成了开能十九的核心单元之一。事实上，要不是有着集团大学材料系的学位，全优毕业的成绩单，毕业前在开能十九的优秀实习经历，陈东很难在嫉妒和羡慕的眼光里中加入这个炙手可热的部门。

在过去的七年里，陈东已经在这个岗位上积累了两万一千二百四十小时的工作时长。在这段时间里，陈东和同事们利用计算机模拟计算和小规模的实验，尝试了超过三千万种材料的配比，其中三十六种配比进入下一环节的工厂化实验，九种已经进入了开元集团燃料电池的标准生产程序，相应地带来了电池寿命百分之零点零二六的增长，以及电池全寿命输出功率万分之三点七五的提升。而在这些工作中，陈东个人的贡献比达到了一比三十七点六六。这所有的数字，都无比精确地记录在陈东个人的工作计分表中。

而这，也是陈东全部生活的希望所系。

从七年前大学毕业进入开能十九工作，正式开启工作计分系统之后，陈东的积分已经从零缓慢上升到七十九。按照这个进度，陈东的工作积分距离三百五十这个梦幻数字，还隔着大约二十三年的辛勤工作。

那时候，他还不到六十岁的退休年龄。

那就好……

整个上午陈东都没有停下来。在办公室座位上坐下之后他立刻开启了面前的电脑，接上了在班车上尚未完成的模拟计算工作。最近一段时间陈东小组的工作集中在调节电池正极制作的最后一道工序——正极保护膜喷涂后的清洗流程优化上。这道工序直到最近才被开元集团的最大竞争对手，另一块大陆上的大西洋冬眠集团所掌握并投入使用。就像曾经无数次发生的那样，各大集团之间的技术差别迅速地被商业间谍和反向工程的努力所抹平。而陈东小组的工作目标，就是试图在这道工序上继续改善，反超大西洋集团。

十二点整，午饭时间到了。计算模拟工作也几乎同时完成。陈东在离开办公桌前和同组的三位同事简短地交换了一下意见，之后熟练地将模拟结果导入小规模试验的等候队列中，这样午饭时间就不会被白白地浪费掉。事实上，自己的工作积分积累的速度要快过大多数同时进入开能十九的同事，这种对每日工作流程的精妙把握大概也是原因之一吧，陈东不禁得意地想。

像往常一样，排队领取了自己那一份工作午餐之后，陈东在餐厅里找了一个角落坐下，慢慢地咀嚼、吞咽、喝汤，同时带着点迷惘地四处张望。每天的午餐时间是陈东工作中仅有的休息时间，而张望和闲聊对他而言是最好的放松方式。

“嘿，伙计，中午好啊！愿积分天天增长！”脑袋后面一个声音传来。

“是你吗，山本？哦，愿积分天天增长。”不用回头，陈东就知道是谁在和自己打招呼。嘴里还在嚼着的玉米粒让他例行公事的问候声听起来有点含混不清。

一个头发稀疏的矮胖子随即“砰”的一下坐在陈东的对面，他手里的餐盘与其说是放落，倒不如说几乎是跌落在餐桌上的，几滴红色的番茄浓汤洒在了桌子上。这是山本聪，开能十九电池正极装配部门（哦，也就是陈东的直接下游部门）的技工，陈东在基地里为数不多的可以午饭时聊聊闲话的朋友。陈东其实并不确切知道他的年龄，不过从山本经常唠叨黄金时代的种种旧闻来看，他应该在核战争之前就度过了青春期，那么算起来，山本应该有五十几岁了。

“今天过得怎么样？”陈东几乎是下意识地问。

“别提了。昨晚上有点失眠——可能是梦到我前妻和孩子了吧！一上午工作状态都不太行。说起来还真有点不好意思啊。只装配了十五套工件，还有一套不小心给弄坏掉了。”话虽然这么说，山本的脸上可看不出什么“不好意思”的羞愧，倒是有些愤愤不平地撕扯着手里的面包往嘴里塞。

陈东神色如常地喝着汤，“啊，那你的工作积分又要倒退了呢。”他甚至都懒得装出一副惋惜的表情。这么多年的午餐闲聊下来，他知道山本是什么样的人。哦，准确地说，是什么样的工人。

山本果然还是一副大大咧咧的表情，“老弟，你知道我不在乎这个。我今年五十六岁了（这还是山本第一次说出自己的准确年龄，陈东想），还差四年退休。工作进度条有三十几个，哪怕再扣点零头，哪怕退休时候的所得税再多几个税点，也足够我快快活活养老了”。

山本一边说着，一边夸张地拿汤匙指指餐厅的天花板，“你也知道，在我这样的岗位，这样的年纪，想要最后到‘上面’去，太难了。我可不想一辈子用这个折磨自己。”

“我知道。”

这是那一瞬间陈东心里闪过的念头，不知道是放松还是难过。

和在战争前后出生的人不同，山本这样在黄金时代度过童年的老人，很难真正地适应“守夜人”这个全新的身份。在他们看来，世界本来就应该是战争之前那个五颜六色的样子，甚至在熬过十几年的战争之后，这代人记忆里的黄金时代还是被黑暗的新世界映衬和扭曲得更加美轮美奂。山本可能从来没有真正接受过这种工作和生活方式，生活就是积分，三百五十分就是生活的全部，而这种生活方式，恰恰是整个战后世界秩序的基石。

在开元集团内部，每个工作人员从入职第一天起就被分配了独一无二的工作编码和工作积分记录系统。每一分钟的工作时间，每一次周日加班，每一点工作带来的收益——不管是陈东他们对燃料电池正极材料的优化还是公司食堂大厨烹饪的工作午餐和晚餐，都会被忠实地计入其本人的工作记分系统。和黄金时代的工资完全不同，工作积分的意义不在于领取工资养家糊口。

实际上，各大冬眠集团都不约而同地实行了部分甚至全部的生活资料配给制（比如陈东每日的早餐就是公司配送的），也为员工提供了包括医疗健康、子女抚养和教育、工作培训等全方位的福利体系。

工作积分的作用首先当然还是经济的：它提供了退休后的生活保障。冬眠集团的员工退休后，仍然可以享受在职时的全部生活福利，但是要用在职时积累的工作积分来兑换。按照当前的物价水平，维持退休前生活水平的代价是每年二到五分，这也就是为什么临退休的山本聪可以不那么紧张地对待自己的工作失误。

而对于陈东这一代成长在战后的全新人类来说，工作积分的真正意义在于希望，一个逃离这个黑色世界的希望。

每位开元集团的员工，只要在六十岁退休前积累到三百五十分的工作积分，就可以在退休当日领取无限期的“天空棺材”使用权，摆脱守夜人的身份，从此重新拥有希望——一个在地球重生之日，回到黄金时代的希望。三百五十这个神奇数字，在过去七年里就像迷雾中的灯塔，指导着陈东生命的航向。从每天起床的时间，吃早饭的节奏，一周七天的加班，早晚班车上的工作，小组讨论中的绞尽脑汁，工程试验时的屏住呼吸，都是为了这个数字。

“好了小伙计，我该走了。到了我这个年纪，吃完午饭总是要休息一下的。辐射病，年轻的时候还不觉得，以为用了紧急循环血就彻底好了呢。”山本抬头看了陈东一眼，似乎是有点诧异他突然间的沉默不语，自顾自地端起餐盘离开了。走的时候山本下意识地拍了拍后腰，低声嘟囔了一句话。他的声音很低，让陈东很难确定，山本是不是真的希望他听到。

“好好攒你的积分吧。你们部门是开能十九的核心，上头很重视，你们攒得会很快的。”

沉浸在回忆里的陈东这时候才恍然抬起头来，目送着山本的背影离去，他突然发现，山本的背影确实显得苍老佝偻了许多。他也第一次意识到，也许能和年龄性格职业相差悬殊的山本聪成为朋友，可能只不过是因为在他的潜意识里，山本从来不会是自己的威胁：山本的年纪，山本对工作和工作积分的草率态度，也许还因为没受过什么专门教育的山本只能做简单的装配工作，每小时能积累的工作积分也远远比自己低。

那一刻，陈东有种想哭的感觉。这种感觉他已经久违了。

四、儿子

六点三十分，起床。六点五十五分，出门。七点整，上班车，开始工作。

看着已经自动点亮的屏幕，陈东不禁轻轻地叹了口气。这些日子以来他觉得自己越来越力不从心了。他时不时会想到当年的那个朋友山本。

山本五年前去世了，倒不是因为公司对他有什么不好。他退休之后积攒的工作积分足以维持十年左右的正常生活，而七十岁差不多也是核战争亲历者的寿命极限了。他退休后，陈东和妻子还时不时去宿舍探望山本，那时候的山本几乎把所有的积分都用来采购烈酒。这样的死法陈东不知道是不是山本刻意选择的。

哦，是的，陈东结婚了。九年前，集团大学材料系毕业的小雪（也就是陈东的嫡系师妹）加入了开能十九，第一个实习岗位就在陈东他们那个正极材料研究小组。几个月的工作后，陈东觉得自己爱上了这个大部分时间都在很安静认真地学习、偶尔笑起来时候眉眼弯弯的女孩子。那时候的陈东也觉得自己处在人生最好的年纪：刚刚升职成了小组负责人，这也意味着单位时间工作积分有好几倍的增加；开元集团的业务看起来安全稳定，而陈东这个正极材料小组的重要性更是毋庸置疑。那个时候，陈东觉得自己有资格谈情说爱，有资格建立家庭，有资格保护这个安静的女孩子和他们未来的孩子，有资格带他们一起去未来了。

婚后的生活很甜蜜。每天早晨，陈东不再需要被震耳欲聋的闹铃叫起，妻子会温柔地揉搓他的脸颊直到他醒来。每天的早班车上两个人在各自的电脑屏幕前工作，但是时不时会悄悄地握握彼此的手掌。按照公司的规定，两个人的工作记分账户也合并了，陈东还记得自己那时候骄傲地拍着妻子的肩膀说，“看我吧，我一个人能挣够咱们一家三口的积分！”

后来。后来孩子出世了，生活就像驶进了快车道。尽管婴儿保育是公司福利的一部分，公司也配发了保姆服务，但是陈东和妻子还是很享受每天和孩子相处的短暂时光。陈东还记得儿子两岁的时候开始说话，每天早晨上班前他会把早餐饼干掰成小块塞给儿子吃，刚开始学说话的儿子会断断续续又非常认真地说“爸爸，鞋子（茄子），鞋子（茄子），不好期（吃）”，逗得他和妻子哈哈大笑的情景。

后来是怎么了？

想不清楚。有太多变化，开始的时候感觉不到，回忆的时候会吃惊自己当时的迟钝和单纯，陈东想。

哦，开能十九的研发部门开发出了新一代的燃料电池，对正极材料的要求降低了许多，于是陈东的部门虽然还有常规的材料优化和生产工作要做，但是对于集团的重要性不知不觉地降低了。最明显的变化当然就是单位时间工作积分的下降。然后就是周日加班奖励的下降，现在周日已经变成集团的常规工作日，不管是早餐的奶油蛋糕还是额外的工作积分奖励都没有了。儿子上学也从完全免费到开始收费，现在陈东每月积分的十分之一都用来给孩子交学费。

这些变化在过去十年里慢慢发生，每一次公司的解释都完美得无懈可击：太阳风活动异常上升导致“棺材”的保温系统受损，提高了短期内的维护成本啊；大西洋集团利用激进的价格战抢占部分新兴市场（特别是五年前深海钻探得到了巨量的低成本氢能源，短期内造就了一批买得起“棺材”的新富豪），压缩了开元的利润空间啊；集团早期工人陆续进入退休年龄，辐射病高发带来的医疗负担太重啊；等等。陈东还记得，每次公司宣布改革预案并征求管理层意见时，陈东都是投了赞成票的，他总觉得依靠自己的能力足以应付这些变化。

而且，投赞成票还能得到额外的零点五个积分呢。

只是这么慢慢地过了十年，有一天陈东终于意识到，不管自己和妻子再如何努力工作，都不可能在退休前攒够让一家三口冬眠的一千二百积分了（没错，冬眠的门槛积分也慢慢地从每人三百五十涨到了四百）。所以后来妻子离开了，儿子进入了集团小学寄宿。于是陈东又开始了每天依靠闹钟起床，在早班车上独自工作的生活。

现在，陈东的希望已经变成尽量攒够退休需要的积分，然后把多余的积分都留给未来注定也要在开能十九工作的儿子。陈东计算过，如果能给儿子留下一百来个积分，儿子应该能在退休前轻轻松松地攒够冬眠的积分。

班车停在一个车站，几位同事上了车。陈东没有抬头。

不过他很快感觉到来自肩膀的轻微触感。一位同事走过他的座位的时候，似乎把什么东西留在了他的领口。

是一个小小的硬纸卷。陈东叹了口气，展开了它。

果然，上面是歪歪扭扭的一行小字："增加冬眠名额！提高加班奖励！我们不要一辈子做守夜人！"边上标记着红色的时间和地点："今晚九点东二宿舍区五〇三"。

最近这段时间这样的消息是越来越多了，陈东不无苦涩地想。不知道从什么时候开始，在班车上、在午餐的餐桌下面、在宿舍气密门的缝隙，慢慢开始会有这样情绪化口号的出现。内容除了增加冬眠名额、提高加班奖励这样的直接诉求，有时候还会有诸如允许集团间员工自由流动啊，定期公开员工积分排名和冬眠门槛线啊，民主选举每年的冬眠者人选啊之类的口号。口号边上也开始出现具体的时间地点。陈东从来没有真的按照这个时间地点去探究一下接下来会发生什么，但是他隐约地听说，有些激进分子在秘密地筹划罢工。

估计都是那些游手好闲不好好干活的那群人在瞎折腾吧，陈东想。像他自己这样能给孩子留下不少积分的人不多，他可不愿意浪费这些辛辛苦苦积攒的分数，和这些捣乱分子产生任何的交集。

呵，儿子，儿子。

五、三年后，到永远

关于开能十九某员工非正常死亡的处理报告

开能十九人力资源委员会：

开能十九电池后勤维修部工程师陈东（员工编号三二二一〇九，工作积分一百二十二点三一五）在宿舍内死亡。其生命指征如心跳和血压约于当晚九点三十分有剧烈上升后下降到非正常水准。据调查，死亡原因是利用晚餐餐盒捂住口鼻后窒息死亡，无他杀迹象。

据其留下的遗书判断，自杀动机疑与集团近期推行的积分继承条例相关。根据集团新条例，员工退休前积累的工作积分将在退休日征收一次性百分之十五的退休税；为更好地激励员工，员工积累的工作积分如欲转移至子女或其他亲属账户，则需缴纳百分之七十的罚款。

另据调查，陈东之子陈小华就读于开元集团技工学校三年级，将于两年后入职开能十九基地。如何处理盼回复。

开能十九员工关系委员会

处理意见

报告已阅。

拟暂停新遗产税条例，尽力消除影响。

作为惩罚，陈小华入职集团后，工作积分从负一百分起记。

开能十九人力资源委员会

太阳火 / 凌　晨

太阳活动已经减弱了许多年，地球上的冰河特征越来越明显。为了避免全球气候出现大的逆转，一个激发太阳活动的国际计划开始执行。而负责执行计划的，是被称为“燃火者”的一系列智能无人飞船和机器人……

“文昌，这里是国际空间环境地基监测中心，监测正常。”

“文昌，这里是全球环境与安全监测中心，监测正常。”

“文昌，这里是国际深空探索器监测中心，监测正常。”

“文昌，这里是超算监测中心，监测正常。”

……

无数信息集中涌入文昌航天中心综合处的“ATS 计划”执行部。ATS，意即 Activate The Sun，旨在激活太阳，产生太阳风暴，从而改变地球的气候。此时，执行部圆形阶梯大厅的每一层台阶上都布满了控制台，工作人员正紧张地忙碌着。大厅中央，“地球 - 太阳实时状态展现系统”按照大厅的尺寸比例呈现出一个火热又明亮的硕大太阳，蓝色晶莹的地球小巧地落在一旁，还有那在地日之间微小得像蚊虫的人造飞行器。

墙上，一行数字不断变化，如同战鼓的鼓点，催促着每个人的脚步。只见此时，数字显示着：“北京时间下午六点，二〇六五年三月二十日。”

二〇六五年三月二十日　北京时间十八点十五分

月球国际天文台

“文昌文昌，这里是月球国际天文台，‘燃火者’第四次姿态调整监测正常。”方自健报告道。离他半米远处，是一个微型的“地球 - 太阳实时状态展现系统”，由虚拟现实增强技术制造出来的太阳正安静地喷射着火焰，二十七艘“燃火者”无人飞船像二十七粒黑芝麻，贴在红彤彤的太阳上面。方自健好几次都想伸手去擦拭这些家伙，手穿过了太阳才醒悟，这一切不过是电脑的仿真影像，于是不由得笑骂道："我这笨蛋！"

"月台，你是挺笨的。"太阳影像上叠映出夸父太阳观测站的舱室，太阳马上消失了，取而代之的是位于拉格朗日点 L5 的夸父太阳观测站。站上的三名工作人员挤成一团，笑嘻嘻地说。

这三个人来自不同的国家、不同的民族，却长得好像三胞胎，方自健永远搞不清楚他们谁是谁。

"你们那边怎样？"方自健问。

那三胞胎一一回答："挺好。""太阳很老实。""磁暴就像中医点穴。"又齐齐地伸出食指、中指摆出 V 状，异口同声道："ATS 激活太阳，耶！"

这段对话马上被文昌那边剪辑为三十秒钟的视频，发送到星空深度网络的边边角角，立刻博得公众的超高点击率和关注度。方自健扫了一眼显示在水杯壁上的全球热点话题，苦笑了一下："大众终于肯关心我们了。"

"地球太冷了嘛。"伪三胞胎之中的一个有板有眼地说，"ATS 激活太阳后将增加地球表面百分之二十的光照，大大改善目前的极端天气，当然会获得公众的支持。"

"'燃火者'是关键，轰炸太阳，引发太阳内部的耀斑爆发。ATS，"方自健揉揉太阳穴，"了不起。"方自健见过在月球表面集训的"燃火者"，这些灵巧的自动飞行器闪着耀眼的光泽，非常漂亮。想到它们将要被太阳炙热的大气层吞没，方自健心里还是觉得有些可惜的。

伪三胞胎却不以为然："它们是机器！""了不起的是我们，能够驾驭了不起的它们。""是的，没有我们的梦想，超算不过是一堆沙子。"

沙子变成了万能机器，方自健哆嗦着，不过百余年，仿佛就换了个世界，超算甚至可以制订"ATS 计划"。

太阳耀斑爆发后，对外辐射将急剧增加。可见光、紫外线、

X射线、伽马射线、红外线……都会呼啸着狂奔向地球，形成汹涌的太阳风暴，首先危及地日之间所有的人造设施，其次破坏地球大气中的电离层，干扰地球磁场，损害全球信息通信系统。这种种后果，如果没有超算的精心设计加以避免，改造太阳来拯救地球的“ATS计划”就真是白日做梦。现在，超算系统已经布置好了引流通道，引导太阳风只攻击大气层中的特定位置，以触发全球大气对流方式的改变，从而促进全球气候变化，减缓地球日渐变冷的趋势。

“如果超算计算有误，就错了一个小数点，”方自健不禁打了一个寒战，“会有什么后果？”

伪三胞胎笑得欢实：“不可能。”“想都不要想。”“那不是一台超算！那是全球超算网络！整整一百零八台！”

方自健做了个鬼脸，仿佛怀疑超算就如同怀疑人类的存在。他不怀疑，他只是莫名地惊恐。

“你比我还婆婆妈妈。”杨志远说，“你在月球上发神经的时间太长了。”

是，一个人待着容易胡思乱想，但杨志远也是独自面对望远镜，他就没那么多想法。

方自健敲动水杯，呼唤好友，没有回应，他大概还在外巡视着。他抬起头，那伪三胞胎仍然挤在视频窗口里。

“你们觉得‘ATS计划’能成功吗？”方自健问。

伪三胞胎信心满满，齐声笑答：“人定胜天，当然行！”

二〇六五年三月二十日　北京时间十八点三十分
贵州省天文台

杨志远已经巡视完了大部分区域，走到观景台上休息。群山环绕的大窝凼就像一口大锅，巨大的FAST射电望远镜静静地躺在锅的中央。游客从观景台走到望远镜这里，需要沿螺旋状的道路盘旋而下，望远镜从视野中的半圆形锅子渐渐变成眼前的庞然大物，那种震撼无法言说。时值初春，山里寒冷阴湿，游客原本稀少，但最近 ATS 大热，连带着大望远镜也被关注，每日游客竟然过千人。此时天已经很暗了，观景台上还站着不少人，不住地朝脚下眺望。但山林里到处黑黢黢的，连望远镜也快被这黑暗淹没了。

“回去吧。”杨志远劝说道，“马上就要下雨了。”

游客们还恋恋不舍。杨志远说：“ATS 直播可是绝无仅有的，千载难逢。FAST 天天都在这儿，跑不了。”

游客们笑起来，就有人问：“干吗晚上执行‘ATS 计划’？白天看不是更壮观？”

“十三个攻击点都在大洋上空，这时候那边是白天，大洋面对太阳。”杨志远尽量耐心解释，“何况，我们不能直接面对太阳观测，眼睛会坏掉的。”

游客们这才兴尽散去。伴随着发动机的启动声，几点车灯在丛林中晃动了一下，天地便重归静寂。杨志远走到观景环廊入口——这是一段悬空的玻璃走廊，游客们最喜欢白天站在上面，人好像漂浮在望远镜上。杨志远走上去，低头，他分辨得出玻璃下面大望远镜粗黑的轮廓。碳钢玻璃反射着夜视鞋的冷光，显示出其晶莹剔透的存在，提醒着他正站在一块玻璃上面。

人类如今是不是也在玻璃板上？超算组成的玻璃板，强大又坚硬，将人类和自然隔绝开来。为了人类的舒适，玻璃板就变出各种花样。他脚下这块是超强度的玻璃板，坦克压过来都经受得住。正要执行的“ATS 计划”，其目的就是为了人类能享受到舒适的气候。十年来，地球平均气温一直在降低，各地气候都在变化。大窝凼的春天越来越冷，越来越潮湿。几滴冰碴扎进杨志远的皮肤，山区的毛毛细雨落下来就凝结起来，如细小的冰沙，糊在人身上，寒冷到骨头中去。尽管杨志远是本地人，还是在这细雨中打战。

杨志远快步走回观测站。FAST 专注“两暗一黑三起源”，而一晃五十年过去，在太空望远镜越来越多的二〇六五年，渐渐失宠的 FAST 这次能加入 ATS 观测系统，他也说不好是幸运还是祸事。

观测站里温暖明亮，杨志远脱下已经潮湿的外套。初春，站上没有第二个人了，他吹了声口哨。

方自健的虚拟形象出现了，时间显示是十二分钟前的留言。“我害怕。”方自健说，脸色沉郁，“万一那些攻击点不对，触发错误……我不敢想象。”

接着，又一个虚拟形象出现，八分钟前的留言，这是一个扎着马尾辫的小姑娘，穿着白色的春季校服，精神抖擞。杨志远认出她是自己做顾问的中学联盟天文台的会员林奕。

林奕满心欢喜：“杨老师，我们切入了惠灵顿联合观测站的系统，这样，我们就可以完成观测任务了！”

杨志远把林奕的留言复制给了方自健，附加自己的一句话：“举世皆欢你独醒，你好意思吗？”

二〇六五年三月二十日　北京时间十九点
中学联盟天文台昌平台

当《新闻联播》片头曲开始的时候，一直碎屑般在天空飘荡的雪花终于变成了鹅毛状，劈头盖脸地落向路人。赵晨光赶紧小跑几步，踏上天文台的台阶，在电视主持人“今天的主要新闻有……”的声音中走进天文台，身形和正在絮叨的主持人几乎合二为一。主持人端坐着的虚拟影像毫无障碍地继续念叨着全球大事，倒是赵晨光被影像晃了一下眼睛，踉跄了几步，冲到工作台前才站稳。

“你小心点！”林奕尖叫，赶紧点了关闭键，工作台台面立刻恢复为普通的黑色塑料桌面，耐压、耐脏、耐高温。

赵晨光把盒饭放在桌面上，喘了口气，拍打着身上的雪说道：“春分还下这么大的雪，老天爷又发神经。”

林奕瞪眼："这几年不都是这样嘛，地球开启了'冰寒模式'而已。你们男生就爱瞎抱怨。"

赵晨光吐舌，做个鬼脸。一旁的电视主持人正在播报："春分麦起身，一刻值千金。但本周华北地区的持续降雪，给春小麦的生长带来了极大困难。"影像随即变成白茫茫一片的郊野大地，大雪中，蹲在田头的农民满脸焦虑。

林奕有些不快，"怎么回事，今天头条不该是 ATS 吗？"

"ATS 毕竟是天上的事情，和咱老百姓关系不紧密呀。"赵晨光逮着机会吐槽。

"瞎扯，ATS 不就是为了改善气候环境，让春分时能升温下雨，和从前一样吗？关系大了去了。"林奕生气，就要关闭电视机。

"别别，"赵晨光赶紧拦住她，"往下看肯定有。"

画面切回到主持人标准的中国男性的脸庞上，他用非常好听的普通话字正腔圆地播报："今天午夜，'ATS 计划'将正式实施。目前，全球已有四十七亿人订阅了实况转播。"画面上出现了世界各地的天文台和观测站，各种肤色、发色的男女老少粉丝们穿着厚实的棉衣守候在这些台站旁，满脸兴奋之色。

林奕不屑，点击桌面，工作台的台面恢复了，她调出 ATS 专用频道。

赵晨光惊呼："哇，惠灵顿系统给了我们接口！"

林奕都懒得生气了，说："大惊小怪！我们的观测成绩一直很好，为什么不能有接口！"

赵晨光不习惯平面视频，想更改为立体显示模式。林奕的手却抢在他之前接触屏幕，点击了台面。

月球国际天文台出现了，方自健有点惊恐地回过头。

"是你们啊。"方自健勉强做出了一个愉快的表情，"你们还没吃饭？"

"方老师，我们进入了惠灵顿联合观测站的系统，和他们共享中学联盟天文台网的观测数据，这样就能描绘太阳黑子在'ATS 计划'执行期间的变化情况了。"林奕兴冲冲地汇报,"要不我们就什么都干不了,只能傻坐着等天亮。到那时太阳耀斑爆发早结束了。"

原来听了杨志远的话,方自健也当了中学联盟天文台的顾问。相比林奕的兴奋,赵晨光一脸"我还没吃饭就别讨论星星"的表情更吸引他。于是方自健转而问赵晨光:"你不相信ATS能成功?"

"啊?"赵晨光奇怪,挠头说,"我没想过。超算做的事情会不成功?"

方自健这才意识到自己说出了心里话,连忙辩解:"噢,当然会成功。超级计算机嘛,尤其是网络化之后,能耐大了。"这话说得很不真诚,方自健不由得四下看看,幸好"繁星三号"听不出他声音中的调侃之意。"繁星三号"是月球上的超算,管理着月球上的一切人类设施,支持着月球上所有的人类活动,就埋在南极月海的地下。现在,"繁星三号"还是执行"ATS计划"超算网络中的一个节点。

但林奕听出了方自健语气中的问题,立刻问:"老师,你觉得ATS这事不大可能成功?超算的计算方式和逻辑推理有问题?"

方自健感到额头发凉,摸摸却并没有冷汗出来,他并不擅长编造理由,连忙说:"我哪儿有能耐看出超算的问题!我还局限在人类的思维定式和行为框架中,对太阳心生畏惧。"

"这样啊!"林奕深表同情状,"那您还真不如杨老师。"

方自健连忙表示赞同:"是啊是啊,我还要向杨老师学习。"杨志远怎么说来着——举世皆欢你独醒,最讨人嫌的行为就是在大家高兴的时候泼冷水。

"可是,"赵晨光慢吞吞地问,"超算真没有失手的时候吗?"

二〇六五年三月二十日　北京时间十九点四十五分
月球国际天文台

超算还真没有失手的时候。方自健用了半个小时梳理超算的发展历史，死活想不出来超算失败的例子。随着虚拟场景的不断变化，他脑海中充满了“超算为自己找到了永动机”“太空进入超算时代”“超算在月球成功开机”等新闻标题。二十年来，超算帮助人类消灭了疾病和战争，走入深海与太空，早已深深地渗透进人类的生活之中。方自健扫视四周，仪器全部铆死在墙里面，一排排整齐有序，反射着明亮的阳光，阳光从长方形的窗户洒进来，月球南极的阳光灿烂，四台巨大的天文望远镜沐浴在光海之中，雄姿英发。方自健不由得肃然起敬。生活在这个科学昌明发达的年代，人们马上就要利用太阳进行地球气候改造工程了，应该理所当然地自豪骄傲啊！怎么自己内心却如此地充满怀疑和不安呢？

“文昌呼唤。”随着一个调皮的女声，虚拟场景变回“地球—太阳实时状态展现系统”。拉格朗日站、月球天文台，以及分布在地球和太阳之间的其他人造设施都清晰可见，方自健甚至在想放大月球天文台后，一定能看到自己正坐在控制室中发呆的傻样。

“你们都还好吗？”女声问，“ATS 计划”执行部的虚拟形象 Sunny 走向方自健。这是一个年轻充满活力的女性形象，笑容甜美，身材曲线动人，此时的她同时也出现在其他工作人员面前。

地日间的工作人员头像瞬间全部出现，压住各自所在的设施影像。虽然七嘴八舌，但大家表达的意思基本一致：没问题，太阳很正常，计划很顺利，我们很开心……

Sunny 提醒众人：“二十四点‘ATS 计划’开始执行，我们将见证人类历史上最伟大、最了不起的时刻。届时，公众一定会渴望从你们那里得到更多的相关信息。希望你们注意言辞。”

“噢，那你不用担心。而且我们所有的对话都在内网中，必须通过你才能发布。”方自健说，觉得 Sunny 未免有些小题大做。

“例行通知。”Sunny 微笑，“毕竟敢在太阳头上动土，这还是人类有史以来的第一次。”

方自健愣住，这么反应敏捷又可爱的 Sunny 还是第一次见，超算升级智能处理程序了？

“我们深感荣幸。”伪三胞胎像对待真正的女士那样奉承道，私聊频道还跳出一句话给方自健，“超算终于做对了一件事情。”

超算网络的运算速度达到兆亿亿次，比闪电还快，比思念还迅捷，它几乎无所不能，制造 Sunny 只是小菜一碟。

其实敢在太阳头上动土的，是超算啊。方自健暗自想。这句俏皮话通过私聊频道传给了杨志远和林奕他们。

“老师，”赵晨光回应道，“太阳对于超算，只是数据计算量庞大的一个工作对象，超算不会产生我们对太阳的那种崇敬感和畏惧感，对吗？”

方自健点头：“是这样。”

赵晨光展现出少有的严肃表情，字斟句酌地缓慢说道：“老师，我发现了一个问题。”

二〇六五年三月二十日　北京时间二十点
中学联盟天文台昌平台

赵晨光在林奕眼里是个很典型的学渣，也就是体力好点，野外观测时能熬夜，能搬个重仪器，其他基本没有可取之处。对赵晨光为何要选择天文社团，林奕压根儿不感兴趣，因为赵晨光连目镜和物镜都分不清！

所以，当赵晨光说他发现了一个问题，方自健只是好奇，林奕却是极为吃惊，甚至在想这家伙千万别说出什么白痴问题，毁了本台的形象。

像是要让林奕更吃惊似的，赵晨光调出了一张超算网络全球分布图，他说：“老师，绝大部分超算分布在北半球的这一带。”他的手划过地球，超算在他手底下依稀发出亮光，连缀起一条绚烂的光道。

“是的。”方自健点头，“有什么问题吗？”

赵晨光调出了第二张图，“这是一张昨天的全球气温图，如果将两张图重合在一起……”赵晨光得意扬扬，“怎样，问题大吧？”

“什么问题啊！”林奕没看出重合的图有什么毛病，责备赵晨光，“你别神经了，有话快说，有屁快放，我们还有很多事情要做，我们可不是ATS的旁观者。”

方自健也摇头。

“不会吧，你们竟然看不出来——”赵晨光嚷嚷道，“超算所在地的气温都很低！”

“那又怎样！”林奕还是没明白。

方自健说：“这很正常。超算运行时会产生大量的热能，需要气温较低的环境，这样运行才能稳定，所以，”他忽然停住，看着赵晨光，“你想到了什么？”

“人类害怕低温，但超算不怕。”赵晨光说，“我的问题就是，超算们真的会全力以赴地帮助我们吗？”

“你什么意思？”林奕着急，推了推赵晨光，“说话别大喘气！”

赵晨光撇嘴后道：“我的师姐，你要是救人的同时却烧死了自己的家人，你还会救吗？如果‘ATS计划’执行顺利，有十九台入网超算所在地区的温度将提升五到十摄氏度，甚至更高。”

林奕一时转不过弯来，呆愣着。

方自健却已经在联络杨志远：“老杨，你觉得这问题怎样？会对‘ATS计划’产生影响吗？”

二〇六五年三月二十日　北京时间二十点二十分

贵州省天文台

当方自健的声音在办公室响起的时候，杨志远正就着本地产的刺梨酒埋头读一篇关于柯伊伯带的文章。最近“嫦娥二号”探测卫星在柯伊伯带旅行，它发回来的信息与FAST射电望远镜的观察结果有重叠部分。他恍然间仿佛站在柯伊伯带的太空石子上，寻找着遥远深邃空间中那一点闪烁的阳光。

直到方自健的声音都消失了，杨志远才突然一惊，宇宙从脑海中消失了。面前巨大的落地窗外，FAST的桁架将夜色切割成三块，雨水不时地洗刷着这些色块，从不沾水的玻璃上滑过去，不留丝毫痕迹。但寒气却留了下来，透过玻璃，爬上他的膝盖。

二〇六五年的早春，竟是如此凄凉。杨志远愣了几秒钟，才打开方自健的语音记录。方自健的声音中有点儿看热闹不嫌事大的淘气："老杨，你觉得这问题怎样？会对'ATS计划'产生影响吗？"

杨志远揉揉太阳穴，答案脱口而出："不会，一百零八台超算中有二十一台备用机，随时可以替代彼此，就算那十九台入网超算因为温度升高而出问题，也有应对之策。"

二〇六五年三月二十日　北京时间二十点四十分
月球国际天文台

"好吧。我们的计划万无一失。"方自健回应，备用机这事儿他怎么就没想起来呢。潜意识里，他是真的想发现ATS的问题，让自己的怀疑和担忧落到实处。

其实"ATS计划"和方自健没多大关系，他出生在太空城市中，习惯了微重力的环境、洁净的人造空气、绝对的孤独以及虚拟的人际交往。他的真实生活里，从来没有同时接触五个以上实体人的经验。地球对他来说，只是视觉上的习惯存在。

方自健的目光落在地上。"繁星三号"就在脚下，它能计算出赵晨光问题的答案，只要他给一个指令。但指令一旦发出，就等于向整个超算网络宣布他的怀疑。

"同学们，杨老师说，"方自健强调"杨老师"三个字，"温度变化对超算系统没影响，有备用机。"

二〇六五年三月二十日　北京时间二十一点
中学联盟天文台昌平台

“真的没影响？”赵晨光反问，对等了一个小时才得到的答案并不满意，声音里不由得带了些抱怨和委屈，“老师您确定？我可不是信口开河。”

“你还没信口开河？”林奕憋了一个小时，终于忍不住发作了，“有影响没影响是你拍拍脑袋、看看地图就能得出来的结论？科学得有依据！”

赵晨光说：“当然有，我给你看。”他便手触屏幕，导入个人资料库的地址。资料库按照他的喜好做成了飞机状，他打开机舱门跳进去……赵晨光忽然终止动作，看着林奕，有点犹豫：“我讲给你听吧。”

林奕拉了一张椅子坐下：“成，给你五分钟，说吧。”

赵晨光却什么都说不出来。抱臂跷着二郎腿的林奕比校长都有权威感和压迫性。

“快说！”林奕催促，“我要开始计时了。”林奕最讨厌赵晨光每到关键时刻就吞吞吐吐的白痴样，“怎么不说了？平时你倒是伶牙俐齿，说得过曹操，吓得退司马懿，有什么用！”

赵晨光一拍大腿：“罢了，我给你看。”

二〇六五年三月二十日　北京时间二十一点三十分
贵州省天文台

“杨老师，您还记得二〇四九年的机器人KTV杀人事件吗？”林奕问，看过赵晨光的那些黑材料，她还真有点忧心忡忡，“日本发生的那起。”

一些资料图片涌进杨志远面前的虚拟显示区，在他眼前自动播放。那是在KTV从事服务业的人形娱乐机器人，忽然放火烧掉了KTV，造成顾客九死十伤的悲剧事件。

“我记得。”杨志远回答，“这之后加强了对机器人的行为监控。你们想说什么？”

“那些机器人，是‘出云四号’超算控制的工厂制作的，包括行为模式输入。”赵晨光说，“‘出云四号’后来被禁用，您知道为什么？”

杨志远摇头。一台超算被禁止工作的原因有很多。比如“小桂”，大窝凼天文台成立初期定制的超级计算机，由于ATS的大部分项目被太空望远镜取代，经费捉襟见肘，就只能束之高阁。

看到杨志远忽然黯淡的表情，赵晨光倒豆子一样哗啦啦地一气说了出来：“调查发现，‘出云四号’不仅为机器人在设计时输入了行为模式，还接受它们的行为反馈，可以随时调整机器人的表现。也就是说，这些机器人实际上由‘出云四号’操纵。机器人纵火，并非报道中的机器人控制失灵，而是超算指挥。超算杀了人！因为人欺负了那些娱乐机器人！”

林奕拉住赵晨光：“别激动别激动，慢点说。”

“类似的例子，在这二十年中发生了多少起，老师您知道吗？三十九起！总共有七百八十三人丧生！老师！”赵晨光情绪上来了，语速有些不稳，掐住林奕的手臂，“这不是事故，这是蓄意谋杀！”

杨志远劝道：“真别激动，晨光，每年全球交通事故的死亡人数有多少？你不能就此认为，那些无人汽车、高速火车和超音速飞机想谋杀人。”

“不，不，这怎么能和交通事故相比呢？这是有意地谋杀！”赵晨光提高声量，“老师，超算是超级计算机，也是强智能计算机，它从‘他识’上升到‘我识’只不过是时间问题。”

林奕的手臂被赵晨光掐得发疼，她想甩开这只讨厌的手，但“他识”和“我识”两个词儿把她惊到了，一时间忘记了皮肤的痛楚。这……这个声嘶力竭、认真到满面通红的男生，真是她认识的那个嬉皮笑脸成天没正形的赵晨光吗？

杨志远也吃了一惊，不由得眉心打了个结，严肃地说："晨光，你说的是人工智能和强人工智能的问题。不是那么简单的，也不是……"他停顿几秒钟，斟酌词句，不想伤了孩子们的热情，但又不能不提醒，"你们这个年龄该考虑的事情。"

"不，不，"赵晨光连连摆手，"老师您误解了，我说的不是超能超脑什么的，我想说的是，'ATS 计划'，可能要出事儿！"

二〇六五年三月二十日　北京时间二十一点五十分
月球国际天文台

方自健跳起来，一时忽略了月球引力，重重地撞到了墙上。他反弹回去，穿过虚空中的杨志远，摔在地上。

他记得机器人 KTV 纵火事件。这件事占据了两天的舆论头条，有铺天盖地的新闻报道和研究文章。但大众的关注重点是娱乐机器人的智能仿真度需不需要将人类情感中的负面情绪都一一仿真出来，没人多想"出云四号"在事件中的作用。

超算有了自我意识，所以对人类欺负低级计算机也就是娱乐机器人产生不满，所以指挥娱乐机器人放火烧死 KTV 中的顾客，这更像是一部老套科幻电影，太没新鲜感了。

要知道，为了防止人工智能对人类产生不利影响，有个组织叫"国际人工智能伦理评审委员会"，还有个机构叫"超算监测中心"。委员会和监测中心，就像人工智能头上的两把利剑，随时可以刺下去，阻止人工智能的发展。

超算监测中心考虑的就是超算联网后，并行的数据处理能力会不会突破量变到质变的阈值，达到"超级人工智能"的可能性。监测中心记录了超算的每一条指令、每一个数据流，会定期对超算的智能度进行检测评估。如果确实有哪台超算出现超智能思维，哪怕仅仅是蛛丝马迹，监测中心都可以下令毁掉它。每台超算的控制程序之中都埋有一颗逻辑炸弹。一旦启用，系统将出现大量的冗余计算问题，超算有再惊人的运算能力也应付不来，只能死机，变成一堆废铜烂铁。

人类需要的是强人工智能，能高速高效地为人类工作和服务，而不是无法预测和控制的超人工智能。

杨志远的表情却很镇定："晨光，你的担心只是人类对大工程的不适应心理。有个类似组织就叫'别动太阳'，想炸掉全球的超算以阻止'ATS 计划'。"

"是的，他们的观点是超算把人类养懒了，人类越离不开超算，离做生物电池的日子就越近。"方自健想起来，"这种观点也是陈词滥调。"

"老师，"赵晨光看看天上和地上的两位辅导员，神情郑重，"你们手边就有超算，为什么不马上计算一下超算在'ATS 计划'中可能的反应呢？"

二〇六五年三月二十日　北京时间二十二点
贵州省天文台

杨志远没说话。他是天文台的站长，要启用"小桂"可以找出无数理由，大不了用下半年的工资预支电费。"小桂"是多年前制造的，已经是小型化和高效能比的存在，要是在当时可是最先进的超级计算机。现在，"小桂"的计算力在超算中排不上号了，连超算网络都没有采用它，将它孤立在全球发达的信息网络外，但计算赵晨光的问题还是绰绰有余。

赵晨光等了几秒钟，没有得到任何反馈，很是失望："要是我能调动超算就好了。你们，你们大人不敢。"

方自健这时候才说："从策划到决策，'ATS 计划'是人类历史上第一个完全由'他物'操作的重大工程。人类在这么重大、关乎种族前途的问题上，竟然放弃了任何思考，而把巨大的权利和风险，都交给了超级计算机。”他笑起来，“未来地球气候是否如人所愿，人类能否活得舒适快乐，全取决于超算今天晚上表现是否正常，发不发神经。”

“对啊，那它会表现正常吗？”赵晨光有些焦躁。

方自健说：“不知道。但这二十年来，超算没有出过差错。”

“不等于它以后不会出错。”赵晨光的语气更焦急了，“时间快到了。你们，真的要袖手旁观吗？”

“老杨，你怎么说？”方自健叫嚷道。

窗外的雨还在下，“嫦娥二号”探测器仍然在柯伊伯带，代表着人类文明前行。超算代表的机器智慧也在日渐成长，终有一天，会独立于人类存在。那一天会不会是今天？

杨志远终于回答：“我在想，我是个成年人，如果责任感连一个十五岁的孩子都比不上，实在说不过去。”

二〇六五年三月二十日　北京时间二十二点四十分
中学联盟天文台昌平台

工作台上，南半球的天空蓝得透亮清澈。天顶中，太阳闪动着璀璨的光芒，惠灵顿联合观测站正沐浴在光芒之中。

林奕已经连接上了观测站，可以随时进入其虚拟站房展开观察，但她心神不宁，迟迟没有踏进虚拟投影区域。

“‘小桂’还没有结果吗？”她问。

赵晨光摇头。

“你觉得那些产生‘我识’的超算首先会维护自己的利益，”林奕理清了赵晨光的思路，“如果环境温度升高会给超算带来诸如芯片过热、能源供应紧张、数据紊乱等问题，超算就可能采取特别手段保护自己？”

赵晨光点头。

林奕接着问：“那你认为超算会采取什么手段？如果那十九台

超算拒绝执行ATS的命令，ATS会强行关闭它们，启动备用超算。你别忘记，还有超算监测中心在！”

“学姐，”赵晨光提醒，“超算监测中心也是一台超算，名字叫‘女娲’。”

林奕愣住了。

二〇六五年三月二十日　北京时间二十三点

月球国际天文台

方自健的表情说不上开心还是忧愁，他对三十多万公里外的杨志远说：“我把‘小桂’模拟的结果递交上去了。”

“好，我们分别向两个不相干的部门汇报计算结果，但恐怕这报告改变不了什么。”杨志远说，“‘小桂’也只是模拟了一种可能。”

在这种可能里，那十九台超算由于升温产生了一些问题被替换了，对整个网络来说它们无足轻重，ATS被严格无误地执行了。但在ATS执行过程中，超算之间的大规模数据整合与调控达到兆兆亿次，几十亿个参数瞬间湮灭又产生，“女娲”的监测与控制能力无法跟上，对超算智能的禁锢将被突破。

“小桂”的模拟到这里结束。禁锢被突破后会怎样，“小桂”以参数不够被拒绝了，给他仍留下了无尽的想象空间。

“极大的可能，硅基生命的文明，”方自健吹了声口哨，“自明日始，呵呵。”

杨志远点头：“是诞生一个异类文明还是忍受极度严寒，这需要全人类进行选择。”

二〇六五年三月二十日　北京时间二十三点二十分

贵州省天文台

“会是这样的未来？”赵晨光怀疑，“我还以为，仅仅只会影响到ATS。”

杨志远鼓励他：“谈谈你的想法。”

赵晨光说：“那十九台超算拒绝执行命令被替换，超算就会分成两派，一派支持ATS，一派要求维持低温地区的现状。它们之间将发生逻辑错误。如果‘女娲’因此判断超算出现严重的‘我识’，干扰超算工作，ATS就无法执行。”

林奕盯住赵晨光，突然问：“你一根本不懂天文的人到天文社来干什么？”

“你别乱猜，”赵晨光赶紧声明，“我虽然天文不咋地，但我对电脑比较了解，十一岁时我参加过‘给超算找Bug’的亚洲区比赛，要不是因为腮腺炎，我能冲进前十名去……”

“你该去超算爱好社，”林奕的目光依然压迫着赵晨光，“你跑到我这儿来，是想通过我的系统黑掉ATS吗？”

赵晨光大笑：“你编科幻小说吧！我来这儿，是为了你。”

林奕听到了这个晚上最荒唐的话，她有点气愤又有点尴尬，厉声道：“别胡说八道了！”

“我没胡说八道。”赵晨光认真地说，“马上ATS就会改变这个世界了，不管这改变是好是坏，我都愿意陪你接受它，在新的世界中寻找我们的未来。”

林奕想要再说些什么，张开嘴，却什么也没说。

杨志远看着这两个少年，笑了，在这充满未知的黑夜，只有少年们的眼睛是明亮的。

二〇六五年三月二十日　北京时间二十三点五十分

月球国际天文台

方自健对面前的杨志远、赵晨光、林奕摆手：“执行部的信号要进来了。不能再聊了。”

“对‘小桂’的报告，上面没有反应吗？”林奕问。

“没有。也许我们神经过敏，也许上面早有对策。也许，那报告根本就送不上去。所有通信方式都在超算的掌控之中。”方自健微微皱眉，“我们明天见。”

杨志远叹息道：“哪怕是推迟执行ATS，也不可能吗？”

方自健苦笑着：“我们人微言轻。老杨，既能生活在温暖如春的地方又能目睹一个异类文明的诞生，也算前无古人的珍贵经历。”

“但那是异类文明，会不会对我们有害？”赵晨光问。

“硅基文明吗？它自有其生存之道。我觉得人类的资源对它来说都是垃圾。”方自健扮了个鬼脸，“地球不够大的话，还有太阳系，足够容得下两种文明形态。”

信号铃声响。杨志远等人的虚拟形象骤然消失了，取而代之的是微型“地球－太阳实时状态展现系统”，还有明眸皓齿的虚拟姑娘Sunny。

“文昌，这里是月球国际天文台，‘燃火者’监测正常。”方自健报告道。

Sunny盯住方自健看，直到把他看得出汗，才问：“你要求推迟执行ATS？”

“是。”方自健点头，“我认为对这个计划执行后的结果估计得不足。”

“时机正好，无法因少数几个人的怀疑就改变。抱歉。”Sunny说。

“不客气。”方自健深深地呼吸着，“这又不是你的错。”

“等地球花开，指挥中心会安排你到地球休养。你想去哪里？”Sunny问。

“大窝凼。”方自健立刻回答，“我喜欢FAST。”

Sunny微笑，挥舞着漂亮的手，宣布：“时间到了。”

地日虚拟系统上，出现一行小字：

“北京时间零点，二〇六五年三月二十一日。”

二〇六五年三月二十一日　北京时间零点

文昌国际宇航中心 ATS 执行部

一艘艘“燃火者”投进了太阳的火焰之中，二十七艘漂亮的人类文明结晶须臾之间不见踪影，只有火焰在狂舞。

“文昌，这里是国际卫星联络处，相关卫星已经关闭。”

“文昌，这里是国际航空联络处，相关航班已经取消。”

“文昌，这里是国际空间站联络处，各空间站已改变轨道，站上乘客均已进入防护舱。”

“文昌，这里是超算监测中心，监测正常。”

太阳上，用黑色小旗标定的色球层区域突然明亮起来，耀眼的光芒即便是用虚拟系统呈现，也刺得观察者的眼睛都睁不开。

太阳色球层中，光芒持续增长着。

二十七艘“燃火者”按照设计要求有条不紊地一一爆炸，刺激着太阳，使其产生了预期中的耀斑喷发。

“ATS 计划”执行部的圆形控制大厅中响起一片欢呼声和掌声。

“M5.9，X1.2，X2.8，”监测站不断报告着耀斑等级，声音都是一蹦三尺高，“X5.3！最高级别！喷发达到预定值！”

二〇六五年三月二十一日　北京时间零点十一分

月球国际天文台

太阳中的增亮区域喷射出长长的火焰，红色瞬间占据了整个虚拟图像，映照到方自健的脸上。

方自健整个人都是红彤彤的，他也不由得鼓掌，甚至拥抱了 Sunny。

夸父太阳观测站的伪三胞胎一起出现，依然挤成一团，笑嘻嘻地说：“酒！开瓶酒。”

“好，干杯。”方自健比了个动作。管它什么硅基碳基，如此规模宏大的行动，该为地球一醉。

伪三胞胎一起抬臂。一道光芒切了过来，瞬间火花乱窜。伪三胞胎的图像抖动了几秒钟，随着一声震响，突然消失了。

方自健急忙看向地日虚拟系统，夸父太阳观测站正在燃烧，突然就爆炸了。

仿佛被巫婆的扫帚扫中了一样，地日之间的人类设施一个个地爆炸，产生一朵朵小火花，翻腾着盛开在黑色的宇宙绒布上，有着邪恶的美丽。

地日虚拟系统的图像开始抖动，像是被这恐怖的意外吓傻了，Sunny 也抖动起来。忽然，虚拟的地球、太阳，还有 Sunny 都一齐消失了。本来一片杂乱的通信频道，瞬间就无声了。

方自健的双手颤动着，却不敢有丝毫迟疑，急忙按下面前操纵台上的一个按键。那是一个启动指令，按下它，能立刻打开设在月球上的超算——“繁星三号”和超算网络接口上的一道逻辑锁。

这样，即便有硅基文明诞生，起码“繁星三号”在一段时间内依然是人类的工具。

二〇六五年三月二十一日　北京时间零点二十一分
中学联盟天文台昌平台

自从太阳耀斑开始爆发，林奕就全力以赴地追踪耀斑的变化，毫不理睬身边的赵晨光。此时，林奕看到了地日之间最悲惨的一幕。她的心脏忽然就有那么一会儿不跳了，她觉得自己的呼吸都要停顿了。

林奕满脸泪水，她愤怒地冲赵晨光叫嚷：“你说中了！都让你说中了！超算杀死了他们！那些在太空的航天员和科学家！”

赵晨光牵住她的手，拉她往外跑。

“你要干吗？你！”林奕狠狠甩开他的手。

“你看，那边！”赵晨光指指天空。

天边，一片片绚烂的色彩闪动，光彩夺目。

“极光啊！”赵晨光提醒林奕，“太阳风电离了大气层引起的。”

林奕看着平时只有在高纬度地区才会出现的极光，惊惧的脑子才一点点恢复了感觉，“太阳风过来了，对那些气候触发点起作用了吗？”

赵晨光摇头：“现在还不知道，要等各个地方的消息。这雪是越来越大了。”

说着，赵晨光把大衣脱下来披在林奕身上。

二〇六五年三月二十一日　北京时间零点四十五分

贵州省天文台

地日空间中凌乱得一塌糊涂，九十多个无人和载人的航天器被瞬间直射而来的高能所摧毁。人类在地日之间的设施均无一幸免。

杨志远关闭了直播。他转过头问“小桂”：“这个结果，你怎么没有算到呢？这就是硅基文明的开始吗？”

“小桂”沉默不语。

杨志远穿好外套：“我要出去走走。你看门。以后无论多么艰难的情况，我都不会关闭你。我们得做好准备，迎接战争的到来。”

“小桂”的合金外壳发出一声呜咽。

杨志远点头：“是的，战争！我们将像猴子一样拿着棍棒打仗，超算会占据上风。但我们没有退路。”他忽然笑起来，“方自健这家伙在的话，一定会说，自己造的超算，就要有超算超过自己该怎么办的预期啊！”